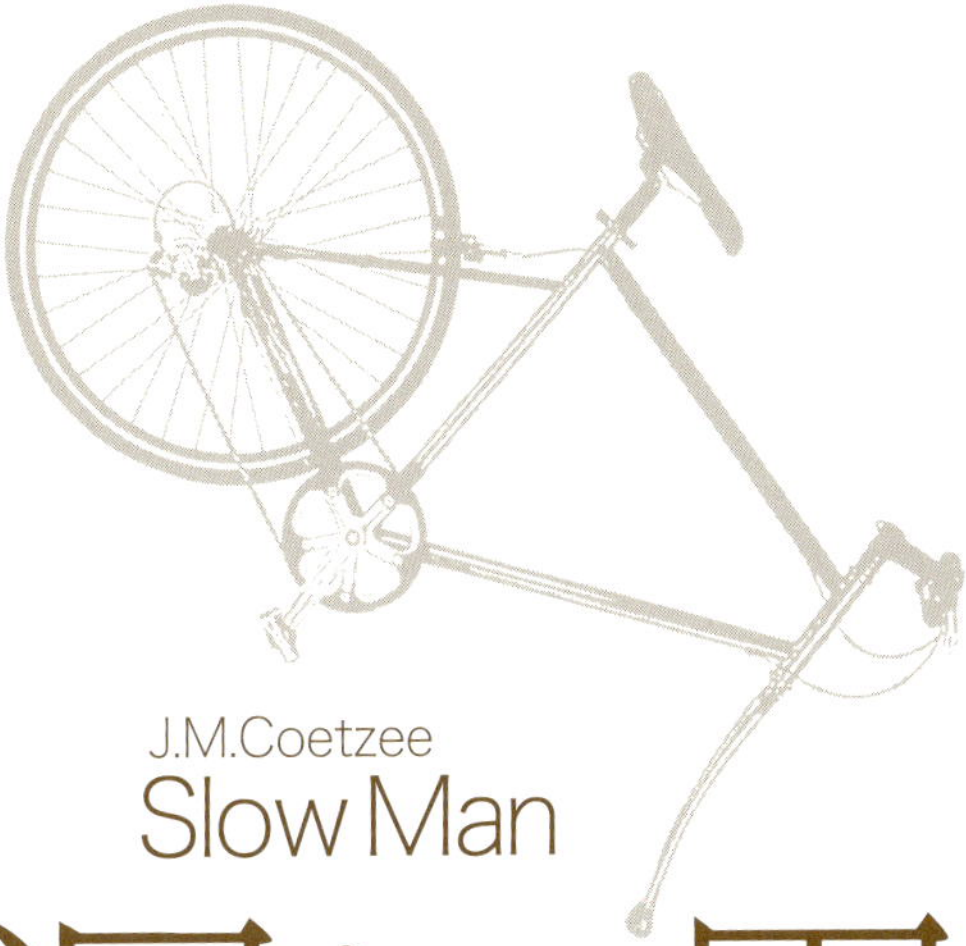

J.M.Coetzee

Slow Man

# 遅い男

J・M・クッツェー

鴻巣友季子＝訳

早川書房

# 遅い男

SLOW MAN
by
J. M. Coetzee



Translated by
Yukiko Konosu
First published 2011 in Japan by
Hayakawa Publishing, Inc.
This book is published in Japan by
arrangement with
Peter Lampack Agency, Inc.
551 Fifth Avenue, Suite 1613, New York, NY 10176-0187, USA
through Tuttle-Mori Agency, Inc., Tokyo.

装幀／ハヤカワ・デザイン

# 第一章

右側からガツンときて、感電したかのような、思いもよらぬ鋭い痛みが走り、彼は自転車からふっ飛ぶ。〝力を抜け！〟宙を飛んでいきながら（〝おちつきはらって飛んでいきながらだ！〟）自分に言い聞かせ、すると、実際に身体がそれに従って脱力するのが感じられる。〝猫をまねろ〟。また自分に言い聞かせる。〝くるんと転がったら、つぎの事態にそなえてすばやく立ちあがるんだ〟。ふだん使わない〝しなやか〟だか〝しとやか〟だかいう言葉も頭に浮かびかける。

ところが、思ったような展開にはならない。足がいうことをきかないせいか、つかのま気絶していたせいか（道路に頭がぶつかるのを感じるというより、小槌を打ちつけるような固い音を遠くに聞いた）、すばやく立ちあがるどころか、ずるずると、どこまでも横に滑っていくばかりで、そうして滑っているうちに気持ちがだいぶ鎮まってくる。

彼は心おだやかに大の字になる。まばゆいばかりの朝だ。陽射しはやさしい。体力の回復を待って、道にのびていたからって、世にも最悪なことはいえまい。いっそひと寝入りしてもいいぐらいだ。彼は目を閉じる。身体の下で地面がかしぎ、ぐるぐる回りだす。そうして意識が薄れる。

一度だけ、ほんの短い間、意識をとりもどす。あんなに軽々と宙を飛んだ身は、いまや重たくなり、もうあまりに重くて、どうがんばっても指一本動かせない。見れば、だれかが上からのぞきこんできて息苦しい。ちぢれ毛で、生え際にニキビがならんでいる若者。「じ・てん・しゃ・は」彼はその青年に言う。言いづらい語を一音節ずつ発音しながら。自分の乗っていた自転車がどうなっているか訊きたかった。だれかが見てくれているのか。自転車が目を離したとたん消えてしまうのは、周知のとおりだ。が、そんなことも言えないうちに、また気を失った。

# 第二章

　身体が右に左に揺られている、どこかに運ばれながら。遠くから、話し声が、ただガヤガヤと、独自のリズムで高まり低まりつつ聞こえてくる。一体どうしたことだ？　目をあけることになれば、わかるだろう。が、開けられない。何かが近づいてくる。一度に一文字ずつ、カタ・カタ・カタと、メッセージがタイプされていくばら色のスクリーンは、瞬くたびに水面《みなも》のようにゆらぎ、まるでまぶたの裏側のように見える。E-R-T-Yと文字がならぶ。つぎは、F-R-I-V-O-L、そしてぶれがあり、Eときて、Q-W-E-R-T-Y（通常のタイプライターは文字の最上列がこのような並びになっている。クワーティ配列と呼ぶ）その後に続々と……。

　取るに足りない《フリヴォル》。パニックに似たものがおそってくる。彼は身をすくめる。内なる洞《うつろ》からうめき声がこみあげ、喉からとびだす。

「ひどく痛みますか？」と、声がする。「じっとして」針の先がチクッとふれた。一瞬にして、痛みはぬぐわれ、するとパニックも、つづいて意識も消し去られる。

　目覚めると、何かに押しこめられたような感覚がある。上身を起こそうにも起こせない。コンクリート詰めにされたようだ。まわりは、単調な白一色。白い天井、白いシーツ、白い照明。おまけに頭の中まで、むかしの歯みがきペーストみたいなくすんだ白色で塗りこめられた感じがする。それでまともにものも考えられず、だんだん自棄《やけ》になってくる。「これはどういうことだ？」彼は言う。〞言う〟どころか叫びたいところだ。その意味するところは、〞一体おれの身に何がおきた？〟あるいは、〞気づいてみれば、ここはどこだ？〟あるいはいっそ、〞おれの身にどんな運命がふりかかったんだ？〟

どこからともなく白衣姿の若い女があらわれ、立ち止まって、しげしげと眺めてくる。彼は混乱した頭でなんとか質問をしようとする。が、まにあわない！　女はにっこりとし、心配しないでという調子で腕を軽くたたくと――妙なことに、たたく音は聞こえたようだが、触られた気がしない――それだけで行ってしまう。

かなりひどいんですか？　ひとつだけ質問する時間があるなら、そう訊くべきだろうが、なにがどう〞ひどい〟のかは、できればあまり考えたくない。とはいえ、〞ひどさ〟の問題なんかより、そう、マギル・ロードで具体的にどういうことがあってこの息苦しい場所にふっ飛ばされてきたのか、訊きたいことはいろいろ胸にうずまいているが、そんなことより、まずはうちに帰りつき、ドアを閉めて住み慣れたわが家に腰をおろし、人心地つきたい。そんな気持ちのほうが差し迫って強かった。

右脚に、わるいのはこっちだとおぼろげなサインを送りつづけてくる右脚に、触れてみようとするが、どうにも手が動こうとしない。どこもかしこも動こうとしない。

服はどうしたろう。〞わたしの服はどこです？〟そう訊くなら害もなく、いい布石になるだろう。

〝わたしの服はどこです？　どのぐらいひどい状況なんですか？〟と。

さっきの若い女がすっと視界のなかにもどってくる。「服は」彼はやっとの思いでそう言いながら、火急の意をつたえるために、思いきり眉をつりあげてみせる。

「心配いりませんよ」若い女は言い、また微笑みを賜る。どこまでも天使のような微笑みだ。「なにもかも無事です。みんなお預かりしています。まもなく先生が来ますから」実際、間をおかないうちに、若い男――これが〝先生〟だろう――がベッド脇に姿をあらわし、耳元で低く話しかけてきていた。

「ポール？」若い医師は呼びかけてくる。「聞こえますか？　お名前は、ポール・レ、イ、メ、ン、ト、さんでよろしいですか？」

「ああ」用心しながら答える。

「こんにちは、ポール。しばらくは、少し頭がぼうっとするかもしれません。モルヒネを射ったせいです。もうすぐ手術に入ります。事故にあわれたんですよ。どのていど憶えておられるかわかりませんが、片方の脚をだいぶやられてしまった。どれぐらい残せる《セイブ》かは、手術してみないことには……」

もう一度、彼は眉をつりあげる。「残す？」と言おうとする。

「脚は残しますよ」医者はくりかえす。「切断することにはなりますが、できるだけ残すようにします」

そのとき、彼の顔になにか変化があったのだろう。若い医師は意外な行動にでる。手をさしのべて頬にふれ、そこに手をおいたまま、このじいさんの頭を〝なでなで〟してきたのだ。女がやるような仕草だ、だれかを愛する女が。そんな所作に気恥ずかしくなるが、体《てい》よく身を離すこともできない。

「その点は信頼してもらえますか？」医師は言う。

彼は言葉もなく目をしばたたく。

「けっこうです」と言って、医師はひと呼吸おく。「選択の余地はないんです、ポール。選択できるような状況ではない。そこを理解してもらえますか？　同意いただけますか？　用紙にサインをお願いするつもりはありませんが、手術への同意をしていただきたいのです。できるかぎり残しますが、あなたは大変な事故にあい、ひどい損傷をうけた。たとえば膝を残せるかどうか、現段階ではまだわかりません。膝はすっかりつぶれており、脛《すね》の一部も同様です」

事故にあった右脚が自分の話をされているのを聞きつけたかのように、こんな酷《ひど》いことばを聞いて不穏な眠りから醒めたかのように、一閃のするどい激痛を送ってくる。ウッと息をのむ自分の声が、つづいて頭に血がのぼって脈打つのが聞こえる。

「了解しました」若い医師はそう言うと、頬をやさしくなでる。「では、まいりましょう」


つぎの目覚めは、ずっと気分がよかった。頭はすっきりとし、いつもの自分にもどっている（〝元気もりもり！〟というぐらい）。心地よい眠気もあるが、いつでもまたひと寝入りすればいい。打撃をうけたという脚は、妙にばかでかく、巨木のように重たく感じるが、痛みはない。

ドアがひらいて、看護婦があらわれる。見たことのない、潑溂《はつらつ》とした顔だ。「気分はよくなりました？」そう言ってから、すぐに付け足す。「まだ話そうとしないで。ハンセン先生がじきに来て、お話ししますから。それまでに済ませておくことがあります。ちょっと身体の力を抜いていてください ね……」

身体の力を抜かせて何をするのかといえば、尿道カテーテルの挿入である。なかなか嫌な作業だ。作業をするのが赤の他人でよかった。〝やれやれ、こんなことになったじゃないか！　〝彼は自分を責める。〝一瞬でも気を抜くと、このざまだ！　ところで自転車は。おれの自転車はどうなった？　今後はどうやって買い物に行けばいい？　ともかくマギル・ロードを通ったばっかりにこんなはめになって！〟彼はマギル・ロードに悪態をつく。もっとも、この通りは何年も自転車で走っていて、なんの災難もなかったのだが。

若いハンセン先生はやってくると、まず彼の損傷の所見をざっと述べて、〝予備知識〟をあたえ、しかるのち、脚に関するもっと明細な知らせをもたらす。よい知らせと、あまりよくない知らせと。

まず、全体の容態としては、スピードの出た車にはねられた場合、人体にどんなダメージがあるか、ありうるか、ということを鑑《かんが》みれば、さほどひどくなくてよかったといえるだろう。むしろ〝ひどい〟どころか、運がよかった、幸運だった、ありがたいと考えるべきだ。そう、確かに、はねられて脳しんとうはおこしたけれど、ヘルメットを着けていたので救われた。今後も経過観察はしていくが、頭蓋内の出血の形跡は見られない。いま見るかぎり、運動機能については損傷ないと思われる。多少の失血はあったものの、輸血で補うことができた。顎のあたりのこわばりが気になるかもしれないが、打撲傷だけで、骨折はしていない。背中と腕の擦過傷も、見た目ほど重傷ではない。一、二週間もすれば治るだろう。

さて、つぎは脚、打撃をうけた脚についてだが、彼（ハンセン先生）のチームは結局、膝までは残せないということになった。よくよく話しあった末、全員一致の結論がでた。事故の衝撃を――あとでレントゲン写真をお見せしますが――もろに膝にうけているし、おまけにずいぶんとひねったふしもあり、膝関節は砕けると同時にねじれてしまった。もっと若い患者なら、再建手術にとりかかったかもしれないが、今回の場合、充分な再建をするには、何度も手術をくりかえさねばならず、一年あまりか、へたをすると二年ぐらいかかるうえ、成功率は五十パーセントに満たない。というわけで、おおむねのところ年齢を考えれば、プロスティーシスに必要な長さの骨を残し、膝上で脚をすっぱり切断するのが一番いいだろうと思われた。彼（ハンセン先生）は彼（ポール・レマン）がこの思慮深い決断を受け入れてくれることを望む。

「お訊きになりたいことがいろいろおありだと思います」医師はしめくくりにそう言う。「お答えするに吝《やぶさ》かではありませんが、いまはやめておきましょう。あすの朝にでも、いったんお寝みになったあとで」

「ぷろすてぃーしす」彼はこれまた発音しにくい語を口にする。もっとも、顎は打撲だけで骨折はしていないとわかったので、発音の難しい語にもさほど臆することはない。

「プロスティーシスとは、義肢のことです。手術の傷が癒えたら、それを装着します。四週間後、場合によってはもっと早くに。そうすれば、すぐにまた歩けるようになりますよ。もしお望みなら、自転車に乗ることも。いささか訓練が必要ですがね。ほかにご質問は？」

彼は首を横にふる。〝どうして、真っ先にこの本人に訊かなかった？〟本当はそう言いたいが、言葉にしたが最後、自制を失い、わめきだす気がする。

「では、明朝またお話ししましょう」ハンセン先生は言う。「お気落としなく！」

しかしながら、これで済んだのではなかった。これでおしまいではない。やつらはまず侵害行為をしておいて、あとから侵害への同意を求めるわけだ。彼は書類にサインをするまで放してもらえず、この書類というのが、見てみると驚くほど難しい。

たとえば、家族のこと。家族はだれがどこにいるか？ 家族にはどのように連絡すればいいか？ と質問事項にある。それから保険のこと。どこの保険会社に入っているか？ 契約の保障内容は？ 保険はなんの問題もない。めいっぱい掛けてあるし、証書になるものも財布に入っている。用心深いのだけが取り柄だ（〝が、その財布はどこ、服はどこ？〟）。家族の問題はそう簡単ではない。家族というとだれだろう？ 正しくは？ 姉が一人いる。十二年前に他界したが、いまでも自分のなかに、いや、自分とともに生きているし、母親もおなじくだ。自分のなかにもそばにもいないこともあるが、バララットの霊園の墓で天使のラッパが鳴り響く（最後の審判の幕開け）のを待っているだろう。父も父で、もっと遠く、フランスのポーの霊園で待っている。むこうからお出ましになることはめったにないが。彼ら三人を家族といえるだろうか？ 〝この世に生まれる自分を迎え入れてくれた人たちは、亡くなったりしない〟。だれが書類のこの質問を考えたのか知らないが、そいつに教えてやりたいものだ。〝人は先人とともに生きる。自分が後人に忘れられまいと願うように〟。とはいえ、そんな長々しい答えを書くスペースは、用紙にはない。

そんなことよりはるかに確実に言えるのは、妻も子もないということ。たしかに一度は結婚したが、その企てにおけるパートナーとは縁が切れていた。彼のもとを逃げだしていったのだ。きれいさっぱりと。どんな手を使ったのか、いまだにわからないが、ともかくそういう状況である。彼女は逃げだし、自分の人生とやらを始めた。かくして、実際問題、すくなくとも書類の主旨からすればまちがいなく、彼は非婚者ということになる。非婚で、独身で、独居者で、つまり独りぼっちである。

家族：**なし**と、ブロック体で書くのを、横から看護婦がのぞいている。彼はつづく質問事項をチェックし、二枚とも用紙にサインをする。「今日の日付は？」看護婦に訊くと、「七月二日です」と答えがある。日付を書きこむ。運動機能に損傷なし。

渡された薬は、痛みをやわらげ眠らせるためのものらしいが、彼は眠らない。これは――この慣れないベッドと、この殺風景な部屋と、この消毒薬とかすかに尿のまざったような臭い――これは断じて夢などではない。現実のものだ。このうえもなくリアルな。それでいて今日一日が丸ごと――いや、まだ日付が変わっていなければの話だし、そもそも時間がまだなにか意味をもつならの話だが――夢みたいに感じられる。たしかにこいつは、いま初めてシーツの下のそれをとくと眺めてみたが、このばかでかくて、白いものに包まれて腰のあたりにくっついているこいつは、まるで夢の国から抜けだしてきたような代物《しろもの》である。で、もう一つのなにやらは――あの異様にまぶしいメガネをかけた若造が、やけに熱心に語っていたあれは、いつ登場するんだ？　むきだしのままの義足を目にしたことなど、いまだかつてなかった。頭に思い浮かぶ図といえば、こんな木の棒だ。上部に銛《もり》みたいな尖った突起があり、細い三本の〝足〟の先にはゴムの吸盤がついている、というもの。まさにシュールレアリスムの絵そのもの。まるでダリの絵だ。

彼は片手をのばして（真ん中の三本の指がひとまとめに縛られていることに、いま初めて気づいた）、白地に包まれたものをぎゅっと押してみる。触られた感覚がまるでない。木片でも触っているようだ。やっぱり夢か。彼はひとりごち、深い深い眠りにおちていく。

「今日は、歩いていただきますよ」若いハンセン先生は言う。「午後に。そんなに長くは歩きません。ほんの数歩、感覚をつかむていどです。エレインとわたしがつきそって、手をお貸しします」と、横にいる看護婦にうなずきかける。これがエレイン看護婦か。「エレイン、整形外科に連絡してあれを用意してもらえるかな？」

「今日は歩きたくない」彼は言う。歯を食いしばったまましゃべるコツを覚えつつある。顎は打撲だけでは済まず、打った側の臼歯がぐらついており、ものが噛めない。「急《せ》かされたくない。プロスティーシスもつけたくない」

「それでもかまいませんよ」ハンセン先生は言う。「いずれにせよ、いま言ったのはプロスティーシスのことではないんです。それはまだ先の話でして、今日のところはちょっとしたリハビリです。リハビリの第一歩といいますか。でも、始めるのは、明日からでもあさってからでも結構です。片脚を失ったからって絶望するにはおよばないと思っていただけたらの話ですが」

「もう一度言わせてもらう。プ、ロ、ス、テ、ィ、ー、シ、ス、は、つ、け、た、く、な、い」

ハンセン医師とエレイン看護婦は目くばせしあう。

「プロスティーシスよりほかにお望みのものが？」

「自分の面倒は自分でみる」

「わかりました。では、そうしましょう。こちらはなにも無理強いしません、約束します。では、脚のことについてお話しさせてください。脚の手当について」

〝わたしの脚の手当についてだと？〟彼は中っ腹になる。彼らはわかっていないのだろうか？〝おまえたちはおれに麻酔をかけ、脚をちょん切って廃棄場に捨て、それをだれかが収集させ、焼却炉に放りこませたのだろうが。なのに、よくもおれの脚の〝手当〟についてのうのうとしゃべれるな？〟

「手術では、残った筋肉をのばして骨の先端までもってきて」ハンセン先生はもう説明を始め、こんな具合にしたのだと、手のひらをすぼめてみせる。「そこに縫いつけました。傷が癒えてしまえば、その筋肉が骨を包みこむパッドのようになってくれるでしょう。これから数日のうちに、外傷と寝たきりのせいで、むくみや腫れが出やすくなります。なにか対処が必要です。それから、筋肉が臀部《でんぶ》のほうに引っぱられる傾向もあります。こんなふうに」先生は横向きになり、お尻をつきだして見せる。「これをストレッチで防ぎます。ストレッチ運動はとても大事ですよ。エレインがいくつかお手本を見せ、必要なら手をお貸しします」

エレイン看護婦がうなずく。

「だれがこんなふうにした？」彼は言う。顎が開かないので大声は出せないが、そのほうがいい。歯ぎしりせんばかりの怒りにはお誂《あつら》え向きだ。「おれをはねたのはだれだ？」目に涙がこみあげている。

夜は涯てしがない。身体がやたらと火照《ほて》ったり、冷えすぎたりする。ぐるぐる巻きにされた脚が痒くても、手が届かない。息をつめていたら、切り落とされた脚の断片が、また身体にくっつこうとして忍び寄ってくる幻の音が聞こえそうだ。ぴたりと閉ざされた窓の外では、一匹のコオロギがひとり歌っている。眠気が襲ってくるのはいつも不意で、眠りは短く、まるで残っていた麻酔薬が肺から疾風《はやて》のように駆けめぐり、彼をノックアウトしていくかのよう。

夜も昼も、時間はのろのろと過ぎていく。ベッドと向かいあう形でテレビが置かれているが、テレビにも、どこかのご親切な代理店が供給する雑誌（〈フー〉（豪州のセレブ・ニュースや娯楽記事の専門誌）〉だの〈ヴァニティ・フェア〉だの〈オーストラリアン・ホームズ＆ガーデンズ〉）にも興味がない。腕時計の文字盤をじっと見つめ、両針の位置を記憶にきざみこむ。そうして目を閉じると、ほかのことを考えようとする――自分の呼吸のこと、台所の椅子に座って鶏の羽をむしっていた祖母のこと、花々のまわりを飛び交う蜂たち、なんでもいいから。しばらくすると、また目を開ける。時計の針は一ミリも動いていない。動こうにも膠漬《にかわづ》けにされているみたいだ。

時計は止まったままでも、時間は止まっていない。こうして横になっているいまも、時間が消耗病のように、屍体にふりまかれる生石灰（身体の水分を奪い肉を溶かす）のように、この身を蝕《むしば》んでいるのを肌で感じる。時にすこしずつ囓られ、この身を作りあげている細胞をひとつひとつ食いつぶされていく。自分の細胞はいずれ、電気が消えるように力尽きるのだろう。

六時間ごとに与えられる飲み薬のおかげで、最悪の激痛をまぬかれられるのは助かるし、ときには催眠作用で眠れるのはもっとありがたいが、一方、頭が混乱し、ひどく恐しい夢を見てパニックになったりするので、服薬を尻込みしてしまう。〝痛みがなんだというんだ〟。彼は自分に言い聞かせる。〝身体から脳への警戒信号にすぎないじゃないか。エックス線写真が実物でないのとおなじで、痛みも現実のものではないんだ〟。とはいえ、間違っているのはむろん彼のほうだ。痛みは現実にあるものだし、そう強く押してみるまでもなく、彼は思い知ることになる。いや、なにも押さなくたって、ちょっとチクリとやっただけで、その後は意識の錯乱だろうが悪夢だろうが我慢してすみやかに受けいれることになる。

だれかほかの患者が部屋に運びこまれてきた。彼より年配の男で、手術からもどったところだ。男は日がな横になって目をつむっていた。ときおり看護婦が二人やってきて、ベッドをぐるりと囲むカーテンを閉め、上掛けで隠しながら、彼のシモの世話をしてくれる。

ここにじいさんが二人。年寄り二人で、同病相憐れむというところか。看護婦たちは有能であり、親切だしほがらかだが、そのきびきびとした仕事ぶりの奥に察せられるのだ――決して思い過ごしなどではない、過去にもいやというほど見てきたものだ――彼と同室のこの男、二人の男たちに降りかかった運命なんぞには断固として興味がないということが。若いハンセン医師にも、その優しげな気づかいの下におなじ無関心が感じられる。このじいさんたちが人類に貢献することなどもはやないので、ものの数に入らないのだ。ふたりの担当についた若い娘たちは無意識下でそう悟っているかのよう。〝なんと未熟で、なお心ないことよ！〟彼はひそかに毒づく。どうして若者たちの世話になどなってしまったのか？　〝老人が老人の、死にかけが死にかけの面倒を見るほうがいいだろうに！　それにつけても、この世に独り身でいることの愚かさよ！〟

若い医師や看護婦たちは彼の未来について語る。リハビリをしてその未来に備えよとせっつき、ベッドから追いたてようとするが、彼にしてみれば未来などない。未来への扉はすでに閉ざされ、鍵をかけられてしまっていた。もし心に念ずるだけで人生に終止符をうつ方法でもあるなら、もうつべこべ言わずに実行するところだ。自分で自分に始末をつけた人々の話がつぎつぎと頭に浮かんでくる――ツケなどをきちっと精算し、遺書をしたため、むかしのラブレターを焼き、鍵のひとつひとつにラベルを貼り、そうしてすっかり整理がすむと、晴れ着をきて、この日のためにためておいた薬をぜんぶ飲み下し、きれいに整えたベッドに身を横たえ、忘却の彼方へ旅立つ顔つきになる。彼らはみな、詩に詠《うた》われもせず、讃えられもせぬ英雄たちだ。〝決して人の迷惑にはなるまいぞ〟。ただひとつ、自分でどうにもならないのは、あとに残していく肉体だ。その肉の塊は一日二日もすると、悪臭を放ちだす。もしできることなら、もし許されるなら、タクシーに乗って火葬場まで行き、運命の扉の前に立ったところで薬を飲みこみ、意識が薄れる直前にボタンを押して、炎のなかへその身を自動的に投げこんでもらい、反対側から出てくるときには、重さもほとんどない、ただひと掬《すく》いの灰になっているという、そんな死に方を彼らは望むだろう。

できることなら、すぐさま自分で始末をつけてやるという意気込みはある。とはいえ、そんなこと考えつつも実行しやしないのもわかっている。みずから死を望んだりするのも、たんにこの身体の痛みと、この病院で過ごすどんよりした眠れぬ夜と、若者たちの心ない凝視から身を隠す場所もないこの〝屈辱ゾーン〟のせいにすぎない。

この白の郷《さと》で二週間を過ごすころ、寄る辺《べ》ない独り身とはどういうことか、その含意をいやというほど痛感させられる出来事がある。

「ご家族はいないの?」夜勤の看護婦ジャネットが訊いてくる。ふだんから無邪気にからかってきたりするやつだ。「お友だちも?」そう言いながら鼻に皺をよせている。ご冗談でしょう、と言いたげに。

「望むていどの友人はいるさ」彼は答える。「孤島のロビンソン・クルーソーじゃあるまいし。目下はそのだれとも会いたくないというだけだ」

「ご友人に会えば、気分も明るくなるのに」ジャネットは言う。「きっと元気が出るわ」

「その気になったら面会に来てもらうよ、ありがとう」彼は答える。

彼はもともと気むずかしいたちではない。ただこの病院では、怒りっぽく、神経質で、かんしゃく持ちのじいさんという顔をしている。そのほうが世話人たちも彼を放っておきやすいだろうから。ひと皮むけばそんなに悪い人じゃないのよ。同僚たちに抗弁するジャネットの姿を想像する。ふん、あのジジイ！　同僚たちが鼻で笑って言い返す姿も思い浮かぶ。

このじいさん、身体も回復してきたことだし、こういう若い女たちに欲情するものと思われているんだろう。男の患者であれば年齢を問わずもよおしてしまうこの劣情は、不都合なときに頭をもたげてくるものだから、なるべく速やかにぴしゃりと逸《そ》らしてやらなくてはだめよ、と。

じつのところ、彼にはその手の欲情はなかった。心は赤子のように純なのである。しかしこうして純真であっても、看護婦たちの間で株があがるということは当然なく、自分でもそんなことは期待していない。当方が好色じいさんであることもゲームの一環なのだ。そんなゲームは参加お断りしたいが。

友人の面会を拒むとすれば、それはひとえに、これまでになくしょぼくれた、侮辱的というか屈辱的というか、そういう状態の自分を見られたくないからだ。とはいえ、どのみちこの事故のことはきっと人の耳に入る。励ましの手紙なんぞ送ってくる者、直接電話までかけてくる者もあるだろう。電話でなら嘘だってつきやすい。〝なあに、片脚ぐらい〟。と、無念さを声に出すまいとしながら言うだろう。〝しばらく松葉杖のお世話になったら、プロスティーシスをつけるつもりだ〟。しかしこれが面と向かってとなると、演技しとおすのもそう楽ではない。今後背負いこむことになる邪魔物への嫌悪があからさまに顔に出てしまうだろうから。

この章の幕開け、すなわちマギル・ロードから今にいたるまで、彼の態度はあまりよろしくなく、せっかくの機会を活かせてもいない。それぐらいは自分の目にも明らかだ。運命の酷《むご》い一撃を人はいかに快く受け入れるか、その手本を示す絶好の機会をあたえられながら、それを踏みにじってきた。だれがおれにこんなことをした？　どこにでもいそうな若者だが〝能力〟には事欠かないであろうハンセン医師に、そう怒鳴りちらした醜態を思いだすに――「こんな事故にあわせたのはだれだ？」と質《ただ》すように見せながら、じつは「おれの脚を切断した無礼者はだれだ？」と言っていた自分――恥ずかしさでいっぱいになった。なにも、不本意な事故にあった最初の人間でもあるまいし、目が覚めてみると病院にいて、善意にあふれながら無関心きわまりない若者たちに型どおりの看護を受けた年寄りだって、これまでにいくらもいるだろう。脚が一本なくなった。広い目で見れば、脚一本なくすことがなんであろう？　やがてなにもかもを失うことへのリハーサルにすぎないじゃないか？　その日が来たら、だれに怒鳴りちらすというのだ？　だれを責めるつもりなのだ？

マーガレット・マッコードが見舞いにやってきた。マッコード家はアデレードで最もつきあいの古い一家だ。なのに報《しら》せを耳に入れるのがこんなに遅くなったと言って、マーガレットはぴりぴりしており、彼をこんな目にあわせた相手への義憤にかられていた。「もちろん訴えるんでしょう」と彼女が言うので、「いや、訴えるつもりはないよ」と返す。「笑いぐさになるのがオチだ。脚をとりもどしたいと願っても叶わず……。まあ、そっちのほうの問題は保険屋に任せるさ」「そんなことじゃだめよ」彼女は言い張った。「不注意な運転をする輩《やから》には思い知らせてやらないと。義足はつけてもらえるんでしょう。最近はものすごくよく出来た義足があるのよ。じきにまた自転車にだって乗れるようになるわ」「それはどうかな」彼は答える。「わが人生のそういう部分は終わったよ」マーガレットは首を振る。「なんてことかしら！ 労《いたわ》しい！」

そんなことを言ってくれて優しい人だな。彼はのちのち思い返す。〝ポールったらかわいそうに、気の毒に。これからどんなに辛い目にあうことか！〟そういう意味だったのだ。言わなくても伝わるとわかっていたのだ。〝しかし人間だれしも、終いには大なり小なりこんなような目にあうものだよ〟。こちらとしては、そう言ってやりたいところだ。

病院業務というのは一体に呆れたもので、その関心はポールの脚を継ぎあわせること（〝これは上々だ！〟と、ハンセン先生はきれいに爪を手入れした指で脚の断面をつつきながら言う。〝きれいに閉じてきています。もうすぐ元どおりになりますよ〟）から、いずれ娑婆《しゃば》にもどった彼がどのように（病院の言葉を借りれば）〝対処〟していくかという点へと、かくも速やかに移っていく。

失礼なぐらい早々に、少なくともポールにはそう感じられるぐらい早々に、ミセス・パッツ（Putts だか Putz だか）なるソーシャルワーカーが送りこまれてきた。「まだお若いんですもの、レマンさん、いえ、ポール」と、さも初々《ういうい》しい口調で説明を始めたが、きっと老人相手にはこう話せと仕込まれてきているに違いない。「自立した生活をお望みなら、もちろんそれに越したことはないんですよ。でもね、しばらくは介護が、専門の介護士が必要になるでしょう。その手配をこちらでお手伝いしますよ、ということです。それに、ご自分で動けるようになっても、もっと長い目で見れば、お世話をする者が要るのではありませんか？ 買い物、料理、掃除などを引き受けて手を貸す者です。周りにはどなたもいらっしゃいませんか？」

ポールはよく再考してから首を横に振って、「ああ、いない」と答えた。その言葉の意味は〝このわたしの要望、料理、掃除等々を引き受けて身を尽くす儒教的務めをわがことと捉える者など周りにだれもおらんよ〟ということだったし、ミセス・パッツも理解したろうと思う。

さて、いまの質問で興味深いのは、ミセス・パッツの目に患者側の状況がどう映っているか、それが明らかになったことである。彼女も病院の人々とは、彼と話すときよりずっと率直なやりとりを交わしてきたことだろう。率直で、実質的な会話を。その実質的なやりとりから、たとえ長い目で見ても、この患者は他人の手を借りずには生活できないと結論したらしい。

自分が思い描いていたのは、そう、もう少し安らかな気持ちで思い描いていた〝長い目で見た未来図〟とは、たとえ不具（露骨な言葉だが、なぜぼかす必要がある？）になっても、松葉杖かなにかのお世話になってどうにか凌《しの》いでいくというものだった。以前よりペースはゆっくりになるだろうが、もはや遅いだの早いだのが問題になるだろうか？　ところが、あちらさんの描く未来図は違うらしい。その図によれば、ポール・レマンは一変した新たな環境をわがものとして、世の物事にあまねく〝対処〟できる類《たぐい》の患者ではなく、プロの介助なしには、いずれよぼよぼじいさんたちの施設に入るしかないウスラ呆けの類である、ということのようだ。

ミセス・パッツが忌憚《きたん》ない態度で接してくる気なら、こちらもそうしてやろう。〝対処についてはもうたっぷりと考えてきたよ〟。そう言ってやろう。〝覚悟はとうの昔にできているんだ。万一の場合にも、自分の面倒は自分でみられる〟。ところが、こういう際の暗黙のルールに縛られて、おたがいなかなかストレートに話せない。たとえば、もしもポールが自宅のバスルームの戸棚に隠してあるソムネックス（睡眠薬）のことなど話そうものなら、ここはひとつ鉄則どおり、カウンセラーに預けて自殺防止に努めねば、という気を起こすかもしれないのだ。

ポールはため息をつく。「あなたの目、つまり専門家の目から見てだな、ミセス・パッツ、いや、ドリアンヌ。どんな手順を提案しようというんだ？」

「介護人を雇う必要がある、まずこれは確かです」ミセス・パッツは答えた。「フレイル・ケア（要支援の高齢者の介護を指す）に慣れた介護士を個人的につけるのが望ましいでしょう。あなたが頼りないというのではありませんよ。でも、またご自分で動けるようになるまでは、安全を期したいですよね？」

「まあ、そうだな」彼は答える。

フレイル・ケア。か弱《フレイル》き者の世話。レントゲン写真を見るまで、自分を〝か弱い〟などと思ったことはない。しかしその写真に写るクモの脚みたいなか細い骨が自分の身体を直立させているとは信じがたく、よたよた歩き回ればポキンと折れてしまいそうな気がした。背丈が高くなるほどもろくなる。背が高すぎては元も子もないということだな。こんなに背が高くてこんなに脚の長い人を手術したのは初めてですよ。ハンセン先生は言っていた。そして自分の失言に赤面した。

「ぶしつけですが、ポール」とミセス・パッツは切りだした。「ご自分の保険でフレイル・ケアまで賄《まかな》えるかご存じですか？」

またまた別な世話人のご登場か。白くて小さなナースキャップをかぶってしかつめらしい靴をはいた女がうちの中をせわしなく立ち働き、やけに明るい口調で「Rさーん、お薬の時間ですよ！」などと声をかけてくるのだろう。「いや、保険はきかないと思う」彼はそう答える。

「でしたら、そのぶんの費用を用立てなくてはなりませんねえ？」ミセス・パッツは言う。

# 第三章

Frivolous（取るに足りない）。あの日、幻のタイプライターで打ちだされたこの神々の御ことばに神経を集中しようと、マギル・ロードでどんなに頑張ったことか！　思い返すだに笑うしかない。その時が来れば、なにかご神託があって心の整理がつくと信じていたなんて、なんと古風で、まったく旧式だったことよ！　この宇宙のどんな片隅に、どんな存在が残りうるというのだろう？　天高く飛翔しながら人生という帳簿の貸し借りを鑑みて臨終時の収支決算を片端からチェックしようという存在を求めたりしたら。

とはいえ、frivolousというのは、事故の前にも後にも、彼の身の上をありのままに要約するに悪くない語ではある。来し方を振り返るに、自分は甚大な危害をおよぼしたこともない代わりに、これといって善行もなしていない。おのれの名前を継ぐ子どもすら残さず、なんの足跡も残さずに去ることだろう。流れ星のような人生、などと言って、昔の人たちは彼のような人生を表したものだ。おのれの損得を勘定してひっそりと成功をおさめ、世間の耳目など惹かない。そんな人生に審判をくだす者がだれもいないというなら、万象の大審判員が審判を投げだして奥に引っこみ、爪でも切っている（創造者は作中から姿を消し、どこかで爪でも切っている、という創作者の超越的無関心を表すJ・ジョイス『若い芸術家の肖像』のくだりへの仄めかしか）というなら、自分で宣告してやろう。つまり、人生を棒に振ったのだと。

戦争を表す言葉など持ちえないと思ってきた彼だが、こうして病院のベッドに横たわり、時間を空費しみずからも疲弊するなかで、持論を改めつつあるようだ。都市への攻撃、財宝の略奪、罪なき人々の虐殺、そう、ああした無謀な破壊のなかにも、彼はある種の叡智《えいち》を感じとるようになっている。歴史は自らの行ないをいちばん深いところでわかっている。年寄りは去れ、若者に道をゆずれ！　死して子も残さず、血すじを断ち切り、世代という一個の大作から身をひく――ここがとくに辛いところだが――これ以上に自分勝手でみじめなことがあろうか？　いや、みじめどころではない。自然の摂理に反している。

病院から解放される前日、予告もなく見舞客が訪れる。ポール・レマンを車ではねた若者だ。ウェイン・なんとか・ブライト（Bright だか Blight だか）。ウェインが見舞いにきたのは、どうやら非を認めるためではなく、はねた相手のようすを見にきただけ、ということのようだ。「具合はどうかと思って、レマンさん」ウェインはそう切りだす。「事故のことはほんとに残念でした。まじで運が悪かった」およそ芸のない喋りかただが、ひと言ひと言じつに注意深く核心を避けている。病室に盗聴器が仕掛けられているとでも教えられてきたんだろうか。実際、あとから知ることになるのだが、面会のあいだじゅうウェインの父親が廊下で盗み聞きをしていたらしい。この父が前もってこんな入れ知恵をしたに決まっている。「いいか、相手のじいさんには丁重にな、ちゃんとお悔やみを言うんだぞ。けど、間違っても自分の非を認めちゃいけない」

交通量の多い通りで老人が自転車に乗っていたことについて、息子と父がこっそりなにを言いあっていたか、目に浮かぶようによくわかる。しかし法律は法律だ。いかな自転車乗りのボケじいさんといえど、車にひかれない権利はあるのだし、ウェインと父親もその点はわかっているのだ。ポールおよびその保険会社に訴えられることを思うと、震えあがる思いだろう。そんなわけで、ウェインはこうも用心深く言葉を選んでいるに違いない。

〝まじで運が悪かった〟。この言いぐさへの返答は幾通りか思いつくが、手始めには、〝運不運の問題か、ウェイン、「まじで悪い」のはおまえの運転だ〟、といったものがあるだろう。しかし、ぶち壊したものを元通りにする力もない若者をやりこめてなんの意味がある？　〝もういい、これ以上過ちを犯すな〟。いま思いつくかぎり最善の切り返しはこんなところだ。簡潔にして含蓄がありいかにも年寄りらしい意見表明であり、ブライト親子も帰り道に思いだして大笑いするだろう。ウェインに早く出ていってほしくて目を閉じる。

事故。人の身に降りかかってくるもの。意図せず不意に起きるもの。そうした定義でいけば、彼、ポール・レマンは確かに事故にあった。では、ウェイン・ブライトのほうは？　ウェインも事故にあったのではないか？　大音量で音楽を流しながらすっ飛ばしていくミサイルのごとき愛車が、人間の肉の柔らかみに突っこんだ瞬間、ウェインはどんなふうに感じたろう？　不慮にして不意のことで、驚いたに違いない。とはいえ、それなりに爽快だったのではないか。あの悲運の交差点で起きたことは、ウェインに降りかかったと本当に言えるのか？　あの場に降りかかるものがあるなら、それはこっちからすれば、自分に降りかかってきたウェインに他ならない。

ポールは目をひらく。ウェインは上唇に汗の玉をぽつぽつと噴きださせて、まだベッドサイドに突っ立っている。そりゃそうだろうとも！　学校では、先生が授業の終わりを告げるまで教室から出てはならないと頭に叩きこまれてきたはずだ。この子はどんなに開放感を味わっていたことだろう！　やっと学校や教師やその他のもろもろから自由になって、アクセルを思いきり踏みこみ、窓を全開にして顔に風を感じながらガムを噛み、好きなだけ音楽のボリュームをあげて、「どけーっ、クソじじい！」などと叫びながら年寄りどもの横をすっ飛んでいったときに。それがいまはまた殊勝な顔つきをさせられ、さも申し訳なさげなことを言おうと苦心している。

さて、パズルはおのずと解けた。ウェインは合図を待っているし、ポールはもう金輪際、ウェインとは関わりたくもない。「どうもご苦労さん」ポールは言う。「頭痛がしてきたんで、少し眠ったほうがいいらしい。それじゃ、このへんで」

# 第四章

ミセス・パッツに紹介された通いの介護士は、名前をシーナといった。十九歳に見えたが、書類によれば二十九歳とのこと。太った女だ。がっしりと脂肪のついた貫禄ある太り方で、どこからどう見ても、まぎれもなく気のいい人物だった。彼は即座にこの女が嫌いになり、お払い箱にしたかったが、ミセス・パッツは頑として言う。「在宅看護というのは、ひとつの専門職なんです。シーナには切断手術の患者を看てきた経験もあります。その彼女をくびにするなんて馬鹿なことを」かくして彼は折れ、その代わり、救急サービスに登録をし、つねにポケベルを手元におくのだから、夜間介護士は不要ということで納得してもらった。

ミセス・パッツの心証はそこねないよう気をつけている。彼女の権限については正しく把握しているつもりだから。ミセス・パッツは即ち福祉制度の一部である。福祉とは自分の面倒をみられない人々の面倒をみるというものである。もしいつの日かミセス・パッツに、この人は自助生活ができない、この無能は補助が必要であると判断されでもしたら、だれを頼りにすればいいだろう？味方になって戦ってくれる仲間などいない。まさに孤軍だ。

ミセス・パッツの力を過大視している可能性も、もちろんある。福祉の問題、または看護職とかいう問題になると、自分は時代おくれと見てまず間違いない。自分とミセス・パッツがともに生まれ変わったすばらしき新世界では、スローガンは〝なすに任せよ！《レッセ・フェール》〟であり、彼女は己を彼の番人とも、己の同胞の番人とも、だれの番人とも思っていないかもしれない。この新世界では、身障者、弱者、貧者、ホームレスらがごみを拾って糊口《ここう》を凌《しの》ぎ、手近な出入り口にマットレスを敷いて寝たいというなら、なすがままにさせ、たがいに固く身を寄せあうに任せて、翌朝無事に目を覚ませばおめでとう、てなものかもしれない。

　救急隊が彼を自宅に送っていくと、シーナが支度をして待っている。彼のために寝室をしつらえ直し、掃除婦を監督し、どこに手すりをつけるか便利屋に指示し、全体の指揮をとったのは彼女である。一日ごとのふたりのスケジュール表をすでに作成しており、食事、リハビリ、彼女がＳＣと呼ぶもの、すなわち切断面の手当などの時間割が書き込まれたそれを、彼の頭上の壁に貼る。その時間割のなかには、午前中の中頃、正午、午後にそれぞれ一回ずつ〈ＳＤプライベートタイム〉と名づけられた時間帯があり、これは彼女がキッチンに引っこんで休憩する時間らしい。彼女が買い置きの食料をしまう冷蔵庫の棚にも〈ＳＤプライベート〉と書いてある。退屈で死なないよう、キッチンでラジオをつけっぱなしにし、なにやらやかましいＣＭとズンチャカズンチャカうるさい音楽を交互に流す局にあわせている。音量をさげてくれと言うといくらかさげるが、それでも自然に耳に入ってきてしまう。

　シーナに肘を支えられて用を足してみるのが、体力テストの手始めとなる。便座に座る動作ひとつうまくいかない。左脚が、こっちから見た左の脚に、力が入らないのだ。シーナは口を引き結ぶ。

「いったんベッドにもどりましょ。おまるを持ってきてあげます」

病人用の便器を、シーナは〝おまる〟と呼ぶ。ペニスは〝ポコちゃん〟だ。たとえば、スポンジで身体を清拭している途中、脚の切り口にとりかかる前に、おもむろに赤ちゃん言葉になって、「シーナにポコちゃんを洗ってほしいなら、とってもていねいに頼まないとダメでちゅよ。でないと、シーナにいけないことされちゃうからね。とってもとってもいけないことよ」と言って彼の腕をぽんと叩き、ほんのジョークだと知らせるのだ。

その週の終わりまでシーナでがまんし、ミセス・パッツに電話をした。「もう辞めてもらうよう、シーナに言うつもりだ。あれにはとても耐えられん。他の介護士を探してくれ」

ところが、シーナを辞めさせるのはそう簡単なことではないと判明。プロとしてのプライドを傷つけずに辞めてもらうには、二か月分の賃金を支払うはめになった。シーナの介護業のうち今回ほどの成功例は何割ぐらいだろう。ラジオも赤ちゃん言葉も、たんにこっちを怒らせるための手口だったのかもしれない。

シーナが辞めた後、彼は保健福祉局から次々と送られてくる介護士に世話される。彼女らはみな〝派遣《テンプ》〟と称し、一日か二日で交替する。「だれか常勤の介護士は探せないのか?」彼は電話でミセス・パッツに訊く。「わたしだって精一杯やってますよ」と、ミセス・パッツ。「フレイル・ケアは膨大な数の申込みがあるんです。しんぼうしてください。レマンさんのことは最優先のAリストに載せてます」

病院を脱出してきた高揚感は長くはつづかない。不機嫌におちいり、それはちっとも晴れない。どの〝テンプ〟も気に入らない――子どもか阿呆のように扱われることも気に入らない。彼女たちが自分の前で出す元気で明るい声音も気に入らない。「わたしたち、今日の調子はどうかな？」と、やつらは「わたしたち」を使う。「そう、いいわね」彼が答えようとすらしなくても、そう返してくる。

「わたしたち、いつ脚をつけましょうね？」やつらは言う。「新しい脚というのは、いったん慣れてしまえば、ほんと松葉杖よりずっと快適ですよ。すぐわかりますよ」

腹が立ってむっつりとする。放っておいてくれ。だれとも話したくない。たまらず、涙なき慟哭《どうこく》（というべきもの）の発作に襲われる。〝本物の涙が流れてくれさえすれば！〟彼はそう思う。〝涙に溺れてしまえたら！　たとい、ビスケットとオレンジジュースだけで凌ぐことになろうとも、あれやこれやと理由をつけて世話を焼きにくる人々のいない生活のほうがよほどいいものを〟。

この憂鬱は鎮痛剤のせいではないのか。頭に憂鬱の靄《もや》がかかっているのと、ひと晩じゅう眠れない骨の痛みと、どっちが耐えがたい？　彼は鎮痛剤を飲まずに、痛みを忘れていようとする。それでも憂鬱は晴れない。憂鬱が根をはやして、気候の一部になってしまったみたいだ。

むかしは、あの事故の前は、自分はいうなれば憂鬱質（中世で四種類の体液で決まるとされていた気質。胆汁質、憂鬱質、粘液質、多血質がある）ではなかった。孤独癖はあったかもしれないが、それはある種の動物のオスが単独行動を好むのと同じだ。つねに充分すぎるほど気のまぎれる用事があった。図書館から本を借りるとか、映画に行くとか、自炊もしてパンだって自分で焼いていたのだ。車は持っていなかったが、自転車に乗るか歩いていくことができた。こんな生活のせいでいくぶん奇矯《ききょう》になったとしても、いたって穏やかなオーストラリア人の良識内にある奇矯さであろう。自分は背が高く、手足が長く、鋼のような体力を蓄えてきていた。いささか奇矯であろうと何であろうと、九十代まで生きて不思議のない男だった。

まあ、今でも九十代まで生きるかもしれないが、そうなったとしても自分で選んだ道ではないだろう。今の彼は動きの自由というものを失っており、義足を付けても付けなくても、そうした自由の奪回を望むのは馬鹿げている。もう二度とブラック・ヒルの山道を悠々と登ることもないし、自転車をこいで市場へ買い物に出かけることもない。いわんや、モンタキュートのカーヴを自転車で一気呵成に下ることもありえない。宇宙はこのフラットとその周り一、二ブロックの範囲に縮小してしまい、二度と再び広がることはないのだ。

活動範囲を限定された人生。ソクラテスなら、これに対してなんと言うだろう？　制限多きあまり、もはや人生が生きるに値しなくなることもあるだろうか？　幾年《いくとせ》も刑務所の同じ黒い壁を眺めて過ごしたのち、とくに心を鬱勃《うっぼつ》とさせることもなく出所してくる人々もいる。四肢のひとつを失うとは、どれぐらい特殊なことなのか？　これがキリンなら、脚一本失えば間違いなく死ぬだろうが、しかしキリンたちには、彼らの福祉を見守るというミセス・パッツに体現されるような近代国家の代理人はいない。なぜ彼は〝身体の不自由な老人〟にも冷たくない都市でゆるやかに制限された人生を送るというあたりで、手を打ってはいけないのか？

こんな疑問には答えを出すことができない。答えを出せないのは、答える気になれないからだ。〝鬱勃とする〟とはこういうことだ。知性を（「なぜこうではない？」「なぜああでもない？」と問うて）自由に遊ばせたりきらめかせたりする精神レベルのはるか下に落ちこんでいるこの男、そう、〝彼〟のことだ。自分では〝おまえ〟と呼びかけたり、時には〝わたし〟と称したりするこの彼は、いま暗闇と静寂と死を抱きしめることばかり考えていてそれどころではない。ここにいる彼は、かつてその心が射る矢のごとくあちこちに飛んでいった人物ではもはやなく、ひと晩じゅう疼いている人間だ。

もちろん、特別なケースではないだろう。日々、四肢とその機能を失う人々がいるのだから。歴史は片腕の水兵と車椅子に乗った発明家に充ちている。盲《めし》いた詩人と狂気の王にも充ちている。ところが彼の場合、脚の切断が過去と未来の間に引いた線たるや、尋常でないほどはっきりしており、〝新た〟という語に新たな意味が付与されるぐらいなのである。この切断という出来事をひとつの標《しるべ》として、新たな人生が始まる。もしおまえがこれまで、人間の人生を送る人間だったとすれば、これからは犬の人生を送る犬になるということだ。その声はそう言っている。暗雲から聞こえてくる声が。

彼はすでにあきらめたのか？　死にたいと思っているのか？　結局はそういうことになるのか？　いいや。まず、質問が違っているのだ。手首を切りたいとも思わないし、睡眠薬のソムネックスを二十四錠も飲みたいとも思わないし、バルコニーから飛び降りたいとも思わない。死を欲するわけがない。なにも欲していないのだから。しかしもう一度、ウェイン・ブライトがぶつかってきて、自分を楽々と宙に飛ばしたなら、決して助からないようにしようと思う。ガツンとぶつかられて転がることもなく、跳んで立つこともなく。最後に考える時間があって、いまわの際になにか考えるとしたら、たんにこういうものになるだろう。〝最後の思いってこんなものなんだな〟。

弦のゆるんだ《アンストラング》。ホメロスの詩からそんな言葉が思いだされた。槍が胸骨を砕き、血が噴きだし、四肢は弦がゆるむごとく力を失い、身体は木製の操り人形のようにひっくり返る。この四肢は事故以来、力を失ってしまったが、いまや精神ものびた弦のように力を失っている。心までいまにもひっくり返りそうだ。

ミセス・パッツが選んだ次の常勤候補者は、マリアナという名の女だった。面談で聞いたところでは、生まれはクロアチアとのこと。十二年前に、故郷を後にしてきた。ドイツ北西部のビーレフェルトで介護士の養成課程を終え、オーストラリアに来てから、南オーストラリア州の資格を取得した。個人の在宅介護のほか、本人いわく〝おこづかい稼ぎに〟家政婦の仕事も引き受ける。夫は自動車の組立工場で働いており、夫婦はエリザベスの北、市街地から車で三十分ほどのところのマノ・パラに住んでいる。高校に通う息子が一人と、中学生の娘が一人、三番目はまだ学校にあがる前だという。

マリアナ・ヨキッチは土気色の顔をした女で、まだ中年という歳でもないだろうが、腰のあたりにぜい肉が目立ちはじめ、それでやけにおばさん臭く見える。スカイブルーの制服を着て——白一色の生活の後では安らぎを覚える色だ——脇の下に汗染みをつくっている。早口でオーストラリア英語らしきものを話すが、そこにはスラブ語独特の流音がまじり、不定冠詞 a と定冠詞 the の使い方はあやふやで、さらに子どもたちの言葉遣いの影響とおぼしきスラングに彩《いろど》られている。子どもらはクラスメイトの話し方を真似たのだろう。こうした言語のバラエティは彼にはなじみがなかったが、むしろ好ましく感じる。

彼とヨキッチはミセス・パッツを介して以下のような合意にいたる。週に六日、月曜から土曜まで、彼女のもてる介護の技を存分に生かしてケアにあたる。日曜だけは、緊急サービスに頼ることになる。彼が自由に動けない状態にあるかぎりは、看護のみならず、日常生活の面までくまなく世話をする。つまり、買い物、食事作り、軽い掃除も含む。

シーナのとんだ不調法に懲りて、このバルカン半島から来た婦人に大した期待は抱かない。ところが、いざケアが始まってみると、いつの間にか彼女の到来に渋々ながら感謝しているではないか。ミセス・ヨキッチ――マリアナ――は勘が良いようで、こちらがどうしたいか、どうしたくないか、すかさず察することができた。それに、彼を耄碌《もうろく》じいさんとして扱うことなく、不慮の事故で動きが不自由になった男として接してくれる。赤ちゃん言葉を使わず、辛抱づよく身体の清拭に手を貸してくれる。しばらく独りにしてほしいと言えば、どこかにいなくなる。

彼は後ろに背をもたせる。その間に、彼女がその物体の、つまり切り残された足の付け根の包帯をほどき、露わになった断面を指でなぞる。「きれいな縫合です」彼女は言う。「だれが縫いましたか？」

「ハンセン先生だよ」

「ハンセンですか。ハンセンは知りません。でも上手です。いい外科医です」そう言って、スイカの目方でも量るかのように、思案顔で付け根を片手で持ちあげる。「いい仕事してます」

ミセス・ヨキッチは付け根に石鹸をつけてこすり、洗い流す。お湯を浴びるとピンクと白に紅潮する。それは加工ハムというより、目の見えない深海魚のような様相を呈してくる。彼は目をそらす。

「下手な縫合もけっこう見かけるかい？」彼は尋ねる。

彼女は唇をすぼめ、あわせた両手を引き離すような身振りをする。そういえば、うちの母もむかしこんな仕草をしていたな。〝たぶんね〟とか〝ことによれば〟という意味。

「その……こういうモノは、よく見る機会があるのかな？」彼はごくごく軽く指先でそのものに触れる。

「ええ、ありますとも」

こんな やりとりもまったく二重の意味《ドウブル・アンタンドル》（往々にして一方は卑猥な意味）をもとうとしないことに気づき、彼は面白く思う。

自分ではこれを〝切り残し〟などと呼ばない。どんな名称でも呼びたくないし、できれば考えたくもないのだが、それは不可能だった。まあ、名前をつけるとすれば、ル・ジャンボン（ハム君）というところか。ル・ジャンボンと呼ぶことで、こいつをちょっと馬鹿にしたような、ほどよい距離をおけるだろう。

彼はこれまで出会った人々を二つのクラスに分ける。こういうものを見たことがある少数の人々と、ない人々。後者はありがたいことに今後も見ることがないだろう。マリアナがかくも早々に、かくもきっぱりと、前者に分類されてしまったとは気の毒に思う。

「なぜ膝まで残せなかったのか、さっぱりわからんよ」彼はマリアナにこぼす。「骨は自然とくっつくものだろう。膝関節が砕けてしまっても、再建する努力ぐらいできるじゃないか。膝が残るか残らないかでこんなに違いが出るなら、切断に同意などしなかった。医者たちは手術前になにも話してくれなかった」

マリアナは首を横に振る。「再建手術はとても難しいです。とても難しい。何年もの間、入院したり退院したりです。お年寄りは、だいたい再建されるの好きじゃありません。若い人たちだけです。だって、なんになります？　再建してなんになりますか？」

マリアナは彼を、再建などしても無駄な老人たちのなかに入れてしまった――膝関節を再建し人生を救っても無駄な人々のなかに。自分自身のことはどこに分類しているんだろう？　若者？　年寄りとは言えない年代？　若くもなく年寄りでもない年代？　それとも、年をとらないグループ？

マリアナほど仕事に心血を注ぐ人間は、滅多に見たことがない。買い物に持っていったリストには、必ずレシートをクリップで留めて返してくる。買った品物にはひとつずつチェックの印を入れ、変更があった箇所には、旧世界的な手書き文字で注意書きがついている。数字の1のてっぺんは鉤形に曲がり、7には斜め線が入り、9はくるんと丸まっている。疾風怒濤のごとく料理をすれば、きまって旨そうな食事が出現する。

ようす伺いに電話をしてくる友人たちには、単に「通いの介護士」だと言ってある。「こんど雇った通いの介護士はじつに有能でね。買い物や料理までしてくれるんだ」馴れなれしくなりすぎないよう、「マリアナ」とは呼ばない。本人と話すときも、むこうがミスター・レマンと呼ぶので、こちらもミセス・ヨキッチと呼びつづけている。しかし、心の中では憚《はばか》りなく「マリアナ」と呼んでいる。しっかりとした妥協なき四音節からなるこの名前を気に入っていた。〝また朝になればマリアナが来てくれる〟。憂鬱の雲に覆われそうになると、彼はそう自分に言い聞かせる。〝気を確かにもて！〟

マリアナという名前と同じぐらい本人のことも好いているのかどうか、いまのところわからない。客観的に言って、魅力のない女性ではなかろう。ところが、彼のそばでは無性的になれる能力があるようだ。きびきびとして、有能、ほがらか。それが雇用主である彼に見せる貌《かお》であり、こうした貌のための代金を払っているのだから、これで満足しなくてはならない。そういうわけでこちらも怒りっぽい性格は返上し、笑顔で彼女を迎える努力をしている。災いに果敢に耐えている男だと思われたい。あらゆる面においても好《よ》く思われたい。いちゃつく気がないなら、それはそれで結構。可愛こぶって〝ポコちゃん〟の話なんかされるよりましだ。

日によっては朝、まだ学校に行っていない末っ子を連れてくることもある。その子はオーストラリアで生まれたとはいえ、リューバだかリュビサだかいう名前だ。この名前も彼は気に入っている。なかなか良い。記憶に間違いがなければ、ロシア語でリュボフとは愛を意味する。女の子をエメとか、もう少し洒落《しゃれ》てアムールなどと呼ぶようなものだ。

ミセス・ヨキッチによると、長男はこないだ十六歳になったとか。十六歳とは。ずいぶん若くして結婚したのだろう。彼はいま、この女性の評価を改訂中だ。「魅力がないわけではない」どころか、折りにふれきりりっとした美しさを見せつける。体格がよくがっちりとして、ハシバミ色の髪に黒い瞳、肌の色は土気色というよりオリーブ色に近い。そのうえ、しこなしが良く、肩をちょっといからせ、胸を前に突きだして歩く。「誇り高い」――彼女にぴったりの語を探していて思いついたのは、その言葉だった。歯はニコチンで黄ばんでおり、そこが客観的にいえば玉に瑕《きず》である。古きヨーロッパ風のあか抜けない喫《す》い方をするが、彼には遠慮してバルコニーで一服する。

末っ子の娘について言えば、これがまことに美しく、カールした黒い髪に、非の打ち所のない肌と瞳をもち、その輝きは知性によるものでしかありえない。母と娘が並ぶさまは、一幅の美しい絵であり、ふたりは仲睦まじくもあった。マリアナは料理をしながら、娘がカップケーキやジンジャーブレッドを焼くのを手伝ってやる。キッチンからは、ふたりの囁きあう声まで聞こえてきた。母と娘。女に必要な儀礼《プロトコル》が世代を超えて受け継がれていく。

# 第五章

何週間かが過ぎる。彼はマリアナの介護体制のなかにすっかりおちついた。マリアナは毎朝、エクササイズをひととおりやらせてくれ、疲弊し疲弊の元にもなる筋肉をマッサージしてくれる。介助が必要なこと、独りではこの先もできそうにないことであれば、控えめに手を貸してくれる。彼が話を聞く気分だとわかれば、喜んでお喋りをする。この仕事のこと、オーストラリアに来てからのいろいろな体験。一方、こもりがちな気分であればまた、無駄口ひとつきかずにいて不満もないようす。

かつて自分の肉体に抱いていた愛情があるとすれば、そんなものはとっくに消え失せていた。肉体を建て直す意欲もなく、申し分のないぐらいに機能を回復したいとも思わない。かつての自分はただの記憶、急速に薄れゆく記憶にすぎない。精神に関しては、いまだ衰えぬ精神の持ち主だという自負があるが、あとは血と骨を入れたズダ袋にすぎず、そんなものを背負っていかねばならないのだ。

そうした状態にあっては、時折、慎みなど一切放りだしたくなる。それでもその誘惑に抗《あらが》う。人としての品位を保つために自分でやれることはやり、ところどころマリアナが手を貸してくれる。やむをえず裸になるときには彼女から目をそらす。そうすれば、むこうも、裸の男を見ている自分の姿は見られていないことを見てとる、というわけだ。人目を憚《はばか》るような行為が必要となれば、独りで行なえるよう最大限の努力をしてくれる。

こうした生活にあっても、彼はいまだ一個の人間、不完全であっても一個の人間であろうと努めているし、マリアナがそれを理解し同情してくれているのは、このうえなく明らかだ。それにしても、こんなデリカシーをどこで身につけたのだろう。前任者たちには著しく欠けていたデリカシー。ビーレフェルトの看護学校でか？　かもしれんが、この源泉はもっと深いところにあるように思う。〝奥ゆかしい女〟。彼は胸のうちで呟く。〝どこまでも奥ゆかしい〟。マリアナ・ヨキッチと出会ったことは、人生の幸運のひとつだ。

「痛かったら言ってください」マリアナはそう言いながら、いやらしく切断された太ももの筋肉を親指で指圧する。とはいえ、痛かった例しはない。よし痛んだにせよ、それは快感と似て区別がつかないのだ。直観力というやつだろうか。この女性は単純素朴な直観によって、こちらがどう感じ、この身体がどう反応するか察知しているようでもある。

暖かな午《ひる》さがり、鍵のかかった密室に、男と女がふたりきり。セックスにおよんでいても不思議ではない。ところが、そんな雰囲気はみじんもない。純然たる看護、介護である。

半世紀も前に教理問答の授業で習ったフレーズがふと心に浮かぶ。〝そこにはもはや男と女というものはなくなるだろうが……〟。なら、どうだというのだ？　男も女もなくなってしまったら、人間はどうなるのか？　生身の人間には想像もおよばない。そういう謎のひとつだ。

いまの文言は聖パウロの言葉だ。そうだ、間違いない。彼《ポール・レマン》が名前をもらった聖人。万人が万人を、神のごとき純粋な愛をもって、激しく、いや、それどころか身を焼きつくすほどに愛すれば、来世はどんなものか説明したくだりだ。

なんてことだ、自分はまだ霊的存在じゃない。ある種の男だ。男が生まれながら帯びてきた務めをはたせずにいる男。つまり、おのれの片割れである女性を探しだし、彼女とくっついて種をまき、「子宝」を授けるという男の務め。種（聖書では子孫のこと）というのは、アロイシス修道士の開陳したアレゴリー（寓意）だかアナゴギー（聖書の神秘的解釈）だか——どっちがどっちだか忘れたが——においては、神の御ことばを意味する。男がいて、それから完全でない男、半男になり、残男になる。残像みたいに後に残っている男のことだ。つまり、後悔の念とともに、十全に使えなかった時を振り返っている男の幽霊。

祖父母のレマン夫婦には六人の子どもがいた。父母には二人。自分には一人もいない。六、二、一または〇。どっちを見ても、みじめな結果が繰り返されている。理にかなったことだと、むかしは思っていた。人口過多の世界で子をなさないことは、穏やかさや自制心と同じで間違いなく美徳である。それがいまでは一転して、子無しは狂気の沙汰——集団錯乱——か、いっそ罪悪のように思える。生命を、人の魂を増やすことより、偉大なる善がありうるや？　この世がその荷を送りこむことをやめたら、天国はいかにして充つるや？

天国の門に着いたら、きっと聖パウロ（他の新参魂の場合はペトロかもしれないが、彼にはパウロのはずだ）が待っているだろう。「罪深いわたしにお恵みを」彼はそう言うだろう。「どのような罪を犯してきたのです、わが子よ？」そう訊かれれば返答に困り、ただ空っぽの両手を見せるだろう。「哀れな人よ」パウロは言う。「哀れな、哀れな人よ。おのれがなぜ命を、なによりも尊い贈り物を授けられたか、わからなかったのですか？」御父よ、生きているうちにはわかりませんでした。しかし今はわかります。もう取り返しのつかない今になってようやくわかりました。信じてください、御父よ、悔いております。悔いているのです。ジュ・ム・ルパン、痛恨の極みです。「ならば、お通りなさい」パウロは言って脇によけてくれるだろう。「神の家にはすべてのものを受け入れる余裕がある。愚かで孤独な羊さえも」

マリアナなら、しかるべき時に出会ってさえいれば、彼の道を正してくれたろう。カトリックの色濃いクロアチアから来たマリアナなら。マリアナと配偶者の下半身からは、三人、いずれ天国に送られる三つの魂が生みだされた。母となるために造られし女。マリアナなら、彼を子無しの状態から救いだしてくれたろうに。マリアナなら、六人、十人、十二人の子を産んでなお、愛が、母性愛が、あり余っているだろう。しかし今ではもう遅い。なんと悲しく、なんと無念なことか！

# 第六章

彼はフォアアーム・クラッチ（上腕で支える形の松葉杖）と、ジマー・フレームという、平地で使用する四脚のアルミ製歩行器を伴って退院してきた。これらの器具は貸与される形になり、もう必要がなくなったら、つまりもっと高度な歩行器具に移行するか、本人がお陀仏になったら、返却することになっている。

その他にも介助用品はいろいろあり（パンフレットを見ることになる）、たとえば、四角いジマー・フレームに車輪と安全ブレーキを加えた器具から、さらに上級障害者のためには、バッテリー動力を搭載し、ハンドルと折りたたみ式の雨よけまでついた車椅子もある。とはいえ、これらの凝った介助用品が欲しければ自腹で買うしかない。

マリアナの献身によって、彼女が「脚」と呼んでくれるものは、日に日に怒りの色を薄れさせ、腫れがひいてきたように見える。松葉杖も自分の手足のごとく使いこなせるようになっているが、やはり歩行器につかまったほうがまだ安心感がある。独りでいるときは、松葉杖をついて部屋から部屋へとうろつき、実のところただおちつけないだけなのだが、これもエクササイズのうちだと考えるようにした。

定期検診で週一回は病院に通う。この検診の際、エレベーターで一人の老女と乗りあわせる。背は曲がり、鷲鼻《わしばな》で、地中海地方を思わせる黒い肌。しっかりと手を摑んでいる相手は、老女をそのまま若くしたような女で、華奢で色が黒く、鍔《つば》の広い帽子をかぶり、顔の上半分が隠れてしまうほど大きなサングラスをかけている。ポールは若いほうの女と身体を密着させる形になり、降りるまでの間に、溢れんばかりに匂うクチナシの香水を胸いっぱいに吸いこみ、おかしなことに彼女が服を裏返しに着ていることまで気づいてしまう。ドライクリーニングのタグが小旗のように大胆に突きでている。

一時間後、病院の建物から出たところで、スイングドアで難儀しているさっきのふたりがまたもや目に入る。通りにたどりつく頃には、鍔広の黒い帽子も人混みに見え隠れするばかりになっていた。

ふたりのイメージが頭から離れない。魔法にかかって夢を見ながらあわてて身じまいをした王女様と、その手を引く付き添いのしわくちゃ婆さん、というところだ。王女様の役割にはちと歳のようだが、どうして魅力的ではある。柔肌で、小柄で、胸は大きく、想像するに、午までたっぷりまどろんだのち、ターバンを巻いた幼気な少年奴隷が銀皿に載せてくるボンボンを朝食につまむような女だ。あんなふうに顔を隠すはめになるとは、一体なにがあったのだろう?

交通事故からこっち、その気をもよおしたのはこの女が初めてだ。その場にいるらしいのに姿をなかなか現さないという夢まで見る。静まり返ったなか大地に亀裂が入り、こちらに向かってどんどん裂けてくる。もうもうたる土埃の大波が二つたつ。逃げだそうとするが、脚がいうことをきかない。〝助けてくれ!〟彼はかすれ声で言う。しわくちゃ婆さんは盲いた黒い目で彼をじっと見つめ、その向こうまで見とおす。そして、なんだかよく聞きとれないが〝トゥームダールーム〟とかいう語をぶつぶつ繰り返す。足元の地面が割れて、彼は落下する。

マーガレット・マッコードが電話してきた。ご無沙汰してごめんなさい、このところ留守にしていたものだから、と。日曜日に一緒にランチでもいかが? 車でバロッサ・ヴァレーまで足を伸ばしてもいいし。残念ながら夫は海外出張中で参加できない、と言う。

ぜひ行きたいんだが、と彼は答える。長時間のドライヴはちょっとした拷問だろうな。

「だったら、そちらに寄ってもいいかしら?」マーガレットは尋ねる。

そのむかし、彼が離婚したてのころ、マーガレットとつかのまの情事をもったことがあった。むこうに言わせれば(必ずしも信用できないが)夫はふたりの関係をなにひとつ勘づいていないとか。

「いいとも」彼は答える。「日曜日に来るといい。夕食でもどうだい。うちのお手伝いに抜群のカネロニを用意させておくよ」

ふたりはもうだいぶ涼しい夕べだというのに、バルコニーで鳥たちの別れの歌を聞きながら、虫よけキャンドルの火が躍るなかで食事をする。そこにはある種の制約があった。かつての暗黙の了解は決して忘れられていない。マーガレットは留守中の夫のことは一切口にしない。

彼はマーガレット相手に、シーナ体制下での生活について語り、ソーシャルワーカーのミセス・パッツのことを語る。ミセス・パッツはありとあらゆる点で余生の暮らしを整えてくれたが、セックスに関してだけはふれたことがなかった。慎み深さのあまり切りだせなかったのか、こんな歳の男には不適当な話題だと思ったのか。

「それで、本当に不適当なの？」マーガレットが訊く。「率直なところ？」

率直なところまだ判断できなくてね。と、彼は答える。いまも不能ではないよ、そういうことを訊きたいのなら。脊椎に損傷はなかったし、そっち方面の神経系統も無傷だ。しかし、異性関係をもつ現役の男女のメンバーに必要とされる運動を行なえるのかという問いにはまだ答えが出ない。また、それに関する二番目の問題は、快楽を前にしても気後れや羞恥心が邪魔をしないかということだ。

「じつはね」マーガレットが応じる。「その状況では、あなたはもうお役ご免かなって、思わないでもなかったわ。二番目の問題だけど、それは実際にやってみないとわからないでしょ？　けど、どうして気後れする必要があるの？　病気持ちでもあるまいし。片脚がないだけでしょう。手足をなくしたほうが、人はロマンチックになれるのよ。ほら、例の戦争映画を思いだして。眼帯をしたり、片腕をなくして袖をピンで胸に留めたり、松葉杖をついたりした男たちが、前線から帰ってくる。すると、女たちは気を失って男たちの胸に倒れこむ」

「片脚がないだけかね」彼は言う。

「ええ、あなたは交通事故で車にはねられた被害者よ。その点、恥じることも責められることもない。そして事故の後、脚を切断された。正確には脚の一部をね。役に立たない身体の一部をよ。それだけのこと。あなたはいまも健康だし、むかしとちっとも変わってない。相変わらずハンサムで、これまでみたいに健康な男性だわ」マーガレットはそう言って彼に微笑みかける。

ふたりはこの場で寝室に行って自分たちで試してみることもできた。彼がむかしと変わらぬ男かどうか、身体の一部を失ってなお、悦びがその逆に勝るのかどうか。マーガレットがいやがらないのはわかっていた。ところが、そんな気分は一瞬で過ぎさり、ふたりは機会を逸した。後から考えてみると、そのほうがありがたかった。いくら人が好いといったって、みずからが性的慈善事業の対象になるのは気が進まない。たとえそれがかつての恋人であり、手足を失った人間をロマンチックだなどと言う相手であろうと、部外者の目に、この見場のよくない新しい身体、すなわちてんてこまいで切断された太腿だけでなく、下腹部の萎えた筋肉と膨らんだいやらしい小袋までが晒されるなんて意に染まない。この先また女とベッドを共にすることがあるなら、絶対に部屋を真っ暗にしておこう。

「来客があったんだよ」彼は翌日、マリアナにそう話す。

「そうですか？」と、マリアナ。

「これからもあるかもしれない」彼はいかめしい顔で一か八か言ってのけた。「女の来客という意味だ」

「一緒に暮らすためですか？」マリアナは言う。

一緒に暮らすだって？　そんな考えは頭をよぎったこともない。「まさか。ただの友だちだ。女友だちだよ」

「あら、それはいいです」と言って、マリアナは掃除機のスイッチを入れる。

どうやら、マリアナは部屋に女を入れようとこれっぽっちも気にならないらしい。こっちが独りでいるとき何を企もうとお構いなしということか。とはいえ、この自分に独りで何が企める？

マーガレットと違って、マリアナは以前の彼を知らない。彼女にとってみれば、たんに現在の雇い主であり、血色がわるく、筋肉の弛緩した、松葉杖をついた老人にすぎないのだ。それでも彼のほうは、マリアナの前では、いや、彼女の娘の前ですら、恥じらいを感じる。まるで、母の潑溂とした健康さと、娘の天使のような輝きが一緒になって、自分に判決でもくだしているみたいな気がするからだ。気がつけば、いつのまにか幼い娘の視線を避け、リビングの隅にいる肘掛け椅子に身を隠している。この部屋が母娘ふたりのもので、自分は疫病か、家にもぐりこんできたネズミにでもなった気がするのだ。

マーガレットの訪問を機に、女たちのことを立て続けに夢想するようになる。夢は性的な色合いが強い。ときには女とベッドに行くこともある。こうした夢では、この変形した新たな身体の部分はもの言わず、姿を見せることはない。どこも悪いところはなく、まったく以前のままだ。とはいえ、一緒にいる女はマーガレットではない。たいていは、あのエレベーターで見かけた女。暗色のサングラスをかけ、服を裏返しに着たあの女だ。彼は声をかける。〝失礼ですが、服を直すお手伝いをしましょうか〟。女はサングラスに手をあて、それをはずして言う。〝ええ、お願いするわ〟。女の声は低く、眸《ひとみ》は暗い水たまりのよう。そのなかへ彼は飛びこむ。

# 第七章

マリアナが仕事のさい看護帽ではなくスカーフを頭に巻く姿は、よきバルカンの主婦といった趣だ。新世界の生活と引き換えに旧世界の習慣をすっかり捨てたわけではない――彼女が見せるそんな印はなんであれ好ましく、スカーフの着用も彼は吉としている。

クロアチア人というのは彼にとって未知数で、よりどりみどりの戦犯やあの高速サーブを打つ長身のテニスプレイヤー（イリア？　イリチ？　ロマン・イリッチだっけ？）ぐらいしかわからない。ユーゴスラビア人となると話は別だ。まだ〝ユーゴスラビア人〟という人々がいた時代には、多くのユーゴスラビア人と付き合いがあったはずだ。とはいえ、あなたはユーゴスラビア人のどのグループに属すのですか、などと尋ねようと思ったこともなかった。

あのユーゴスラビアの絵のどこに、マリアナは嵌まるのだろう？　マリアナと車の組立工だという夫は？　旧世界から逃げてきたのは、何から逃れるためだったのか？　それともたんに長びく紛争に心底うんざりし、より平和でより良い暮らしを求めて、荷物をまとめ国境を越えたのか？　そう、より平和でより良い暮らしがオーストラリアで見つからないとしたら、どこで見つかるというのか？
マリアナが語るところによると、息子は名前をドラーゴといい、しかし仲間うちではジャグと呼ばれている。ついこのあいだの誕生日には、父親にバイクを買ってもらったそうだ。これはマリアナに言わせれば、とんだ失敗。それ以来、ドラーゴは毎晩、宿題もせずに遊び歩いて、食事も家でとらないという。友人たちと裏通りにたむろし、バイクレースにうつつを抜かし、スキッドだかなんだかの練習ばかりしている。骨のひとつも折るか、下手するともっとひどい事故になるんじゃないかと、マリアナは心配している。

「息子さんはまだ若い。自分を試しているんだろう。自分の限界を探ろうとする若者を留め立てする術《すべ》はないさ。みんな我こそ一番速く、一番強い男になりたがる。羨望の的になりたいんだ」彼はそう話してやる。

ドラーゴに会ったことはないし、これからも会うことはないだろう。しかしマリアナのパフォーマンスというか、本心丸見えの演技を見るのは楽しいものだ。あからさまに息子の自慢をするのは彼女の慎みが許さないから、うちの子ときたら、乱暴で向こう見ずで、こんなことに夢中になって《ジョワ・ド・ヴィーヴル》、もうとんだドラ息子で、と愚痴ってみせているわけだ。

「おどかしてやりたいなら」彼は冗談まじりにもちかけてみる。「一度ここにつれてくるといい。この脚を見せてやろう」

「あの子がすなおに話を聴くと思いますか、レマンさん？『なんだ、ただの自転車事故じゃん』なんて言うだけです」

「なんなら、自転車の残骸も見せてやろうか」

自転車は階下の保管室に、いまもしまってあった。後輪がふたつに折れ曲がり、支えのステーがスポークの間にめりこんでいた。自転車はあの日、マギル・ロードの道ばたに放りだされていたが、結局くすねようとする者などだれもいなかった。夕方になって警察が回収にいったらしい。荷台に取り付けられたプラスチックの箱も、その朝買いこんだ品物の残骸も拾ってきた。へっこみの出来たひよこ豆の缶詰め、陽のもとで溶けて固まったブリーチーズ四分の一キロ。缶詰めのほうは、ひとつの備忘品《メメント》として取ってある。死を想う《メメント・モリ》よすがとして、キッチンの棚に。あの缶をドラーゴに見せてやろうか、などとマリアナにもちかけてみる。この缶を自分の頭だと思ってみろ、と脅してから、〝母さんのことも少しは考えてやったらどうだ。おまえのことを心配してるぞ。すばらしい女性じゃないか。おまえには幸せで長生きしてほしいんだよ〟。まあ、すばらしい女性云々は言わなくてもいいか。実の息子にしてみれば、赤の他人の年寄りにそんなことを教えられる筋合いがあるか？

翌日マリアナが写真を持ってくる。くだんのオートバイの傍らに立つドラーゴは、ブーツに細身のジーンズをはき、はでな稲妻の描かれたヘルメットを小脇に抱えている。十六歳にしては長身でガタイがよく、魅力的な笑みをうかべている。むかしなら娘たちに〝好男子《ドリームボート》〟と持てはやされるような若者。そう、その伝でいけば、その母親は〝かわいこちゃん《ピーチ》〟と呼ばれたに違いない。ドラーゴはこの先、星の数ほど女を泣かせることになるだろう。

「本人はどうするつもりなんだ？」ポールは尋ねる。

「国防大学に行きたいと言います。海軍に入りたいらしいです。奨学金をもらえるからって」

「で、娘のほうは？　上の娘がいたろう」

「いえいえ、まだ幼くて将来どころじゃないです。地に足がつかないです」

さて、ここでマリアナのほうから質問があるようだ。口に出すまでに驚くばかりの時間を要している。「レマンさん、お子さんはいないですか？」

「ああ、残念ながら。要は妻もわたしもそこまで手が回らなかったんだな。いろいろと野心もあったし、他のことで頭がいっぱいだった。そのことに気づく前に離婚してしまった」

「後から気になりません？」

「気になるさ、ますます気になっているよ、とくに歳をとってくるとね」

「奥さんは？　奥さんも気にしてますか？」

「妻は再婚したんだ。相手も再婚で連れ子がいる。ふたりの間にも子どもが生まれてね、例の、みんながみんなファーストネームで呼びあうような複雑で今風の家族ができあがった。というわけで、妻はわれわれに子どもがいないことを、いや、わたしに子どもがいないことを気にすることはない。妻じゃなくて元妻だが。あまり連絡をとっていないんだ。幸せな結婚生活ではなかったんでね」

こうしたふたりのやりとりはすべて許容範囲内、すなわち〝あまり立ち入らない身の上話〟の範囲のものである。女性のほうはたまたま男性の看護と買い物の手伝いと掃除や介護全般をうけおうことになり、全人と全宗教が平等であるこの国において、その男女がたがいをよりよく知ろうと会話を取り交わしているわけだ。マリアナはカトリックであり、ポールはもはや何者でもない。しかしこの国においては、人間はひとしなみに善い。カトリックの立場と無の立場。結婚し、離婚し、子を生《な》すにいたらない人々を、マリアナは吉としないかもしれないが、そんな気持ちは胸に留めておくわきまえがある。

「だったらこの先、だれがあなたのお世話をしますか？」

妙なことを訊くものだ。答えは明白ではないか。〝きみだよ。きみがわたしの世話をするんだろう、当面の間は、きみか、あるいはその目的で雇われただれかが〟。しかしこの問いをもう少し心優しく解釈する法もおそらくあるだろう。たとえば、〝この先、どなたがあなたを支え助けていくのですか？〟という意味にとるとか。

「まあ、自分の世話は自分でするさ」彼は答える。「そう長い余生でもなさそうだしな」

「ご親族はアデレードですか？」

「いや、アデレードにはいない。ヨーロッパにいる……と思うが、もう長年連絡をとってないんでね。わたしは生まれはフランスなんだ。話さなかったかな？　子どものころ、母と義理の父にオーストラリアへ連れてこられた。姉といっしょに。六歳の時だ。姉は九歳。もう他界しているがね。若くして亡くなったんだ、癌で。そんなわけで、面倒をみてくれるような親族もいない」

　彼もマリアナもそれ以上は踏みこまず、詳細のやりとりはそこでおしまいになる。だが、彼の心には先の質問がこだましている。この先、どなたがお世話をするんです？　「世話をする」という言葉はよく見れば見るほど、不可解に感じられる。子どものころルルドで飼っていた犬を思いだす。ジステンパーの末期でバスケットに伏していたが、乾いた鼻は熱く、のべつ情けない声で啼き、手足を引き攣《つ》らせていた。「ボン、ジュ・マノキュペ（いい子だ、わたしが世話してやるよ）」ある時点で父はそう言うと、バスケットごと犬を抱きあげ、家から出ていった。五分後、森からショットガンの銃声が聞こえ、それきりになった。二度と犬の姿を見ることはなかった。ジュ・マノキュペ。このわたしにまかせろ、とか、わたしが始末をつける、すべきことはわたしがする、ということ。まあ、マリアナは間違ってもショットガンでのそんなお世話を想定していたわけではないだろう。にもかかわらず、その含意はひとつのフレーズにまとまって、いまにも漏れだしそうになっている。とすれば、彼のさっきの返答「自分の世話は、自分でするさ」はどうなる？　彼の言葉は客観的にどんなことを意味したろう？　彼がいう世話や面倒というものは、晴れ着でも着こんで、隠し持った薬をホットミルクで一度に二錠ずつ飲みくだし、胸の上できちんと指を組んでベッドに横たわる、といったことまで含まれるだろうか？

悔やむことが山ほどある。後悔の念でいっぱいだ。後悔は夜ごと、ねぐらへ帰る鳥のように舞い戻ってくる。なかでも主たる心残りは息子をもたなかったことだ。娘がいるのも、それはそれで良いものだろう。女の子には女の子なりの魅力がある。しかし息子をもたなかったことは、まさに痛恨だ。アンリエットと結婚してすぐ、ふたりがまだ愛しあっているうちに、惹かれあっているうちに、いたわりあっているうちに、彼女が息子を産んでいたら、今ごろは三十歳、りっぱな一人前の男になっていたはずだ。想像しがたいだろうが、想像しがたいことというのは、想像されるためにあるのである。では、ふたりの姿を想像してみよ。散歩に出かける父と息子は何やかやとお喋りをする。男同士のたあいもない話だ。そんな世間話の最中に、父はずばり言うのがためらわれるような事柄について例の遠回しなコメントなどしてもいい。そう、時は過ぎゆくものだということについて。わが息子——架空なれど想像によって作りだされた息子——は、父の言わんとすることをすぐに察するだろう。重荷を受け渡していいよ。引き継がせてくれよ。ここいらで終わりにしよう。息子は「うん」とだけ口にするだろう。ウィリアムとかロバートとかいう名の息子は言外に〝うん、引き受けるよ。父さんはもう役割を充分にはたした。ぼくの面倒をみてきてくれたんだから、こんどはぼくの番だ。これからはぼくが父さんの面倒をみるよ〟と言っているのだ。

　この晩年におよんでも、息子をもつことはまったく埒外の話ではないだろう。たとえば、きかん坊のみなしごとか、まだお腹にいる〝ヴェイン・ブライト〟なんぞをどこかで見つけて（とはいえ、どうやって？）、養子縁組の希望を出して受理されるのを願うというのはどうか。もっとも、ミセス・パッツに代表される福祉制度なるものがそれに同意し、身体障害のある独居老人に子どもを託す可能性はゼロ、というよりゼロ以下だろう。あるいは、子どもをじゃんじゃん産めそうな若い女をどこかで見つけて（しかし、どうやって？）、結婚するか、金で雇うか、どうにかして丸めこみ、男児の胚胎に励ませてもらう、少なくともそれに努めさせてもらうというのはどうか。

　とはいえ、求めているのは赤ん坊ではない。欲しいのは息子、一人前の息子、自分をより若く強く優秀にしたような後継者としての息子である。

　わがポコちゃん。〝ポコちゃんを洗ってほしいなら〟、とシーナはふたりきりの時に言ったものだ。〝お願いしないとだめでちゅよ〟。このポコちゃんに、わが疲れ切った下半身に、子どもを生みだすものが残っているのだろうか？　この身体に種はあるか、そしてその種をしかるべき場所へたたきこむに充分な動物的欲望《パッション》はあるか？　これまでの経歴から見ると、そうとは言えないようだ。それからすれば、迸《ほとばし》る情熱というのは彼の柄ではない。心地よい親愛の情。申し分ないがあくまで穏やかな官能性――マーガレット・マッコード他半ダースほどの女性が、ポールと聞いて思いだすのは、まさにそういうことだろう。ただし元妻をのぞく。恋人としては実際、ワンちゃん《ドギー》並み。好きな言葉ではないが的《まと》を射ている。冷えこむ夕べなどには寄り添うにもってこいの男。なんだかぼんやりしたままベッドをともにし、後から、あれは本当にあったことなのかしら、と思うような男友達。

　概して情熱の男ではないということだ。全体、情熱なるものを好んだことがあるか、吉としたことがあるか、それも定かでない。情熱。自分にとっては異邦の領地。おたふくかぜと似て滑稽《こっけい》だが避けがたい苦しみであり、後から重症にならずにすむよう、できれば子どものうちに、そう酷《ひど》くなく軽くすむうちに罹《かか》っておきたいものだ。欲望にかられて番《つが》う犬たち。哀れな笑いを顔に浮かべて、舌をだらりと突き出しながら。

# 第八章

「ご本の埃、払いますか？」

午前十一時になると、だいたいマリアナの仕事はひととおり済んでしまうようだ。

「払いたければどうぞ。掃除機のノズルでざっと吸ってもらえればいいから」

マリアナは首を横にふる。「いいえ、ちゃんとお掃除します。レマンさんはブックセイバーなのに、埃を払いたくないんですか。ブックセイバーでしょ？」

book saver。彼のような人間をクロアチアではそう呼ぶのか？　ブックセイバーとはなんぞや。書物を忘却から救う人間か？　読みもしない本にしがみついている人間のことか？　彼の書斎には床から天井まで本がぎっしりと並んでいるが、これらを再読することはもうないだろう。読む価値がないからではなく、時間切れになってしまうだろうから。

「ブックコレクターというんだよ、こっちでは。しかし正確にいえば、コレクションと呼べるのは、そこからそこまでの棚三つぶんぐらいのものだ。写真《セイブ》関係の本だよ。残りは駄本と園芸本。まあ、わたしがなにがしかためたとすれば、本ではなくて写真だな。そっちのキャビネットにしまってあるんだ。見るかい？」

旧式の杉材のキャビネット二台に、ヴィクトリア州とニュー・サウス・ウェールズ州における採鉱小屋の初期の生活を撮った何百枚という写真やハガキが保管されている。南オーストラリア州で撮影された写真もひと握りほど。こういうジャンルの写真は人気がないし、その前に、正確にはジャンルとして確立してもいないから、彼のコレクションはこの国随一、ひょっとすると世界随一といっていいだろう。

「こういう写真を集めはじめたのは一九七〇年代、第一世代の写真がまだ手に入ったんだ。その頃のわたしはまだオークションに出向く気概もあったからね。どれもすでに廃墟となった場所だ。いま見ると、じつに気が滅入るね」

マリアナに見せようと、コレクションの要《かなめ》となる集合写真をとりだした。カメラマンが来るというので、鉱夫のなかには一張羅を着こんだ人々もいた。洗い立てのシャツを着てご満悦の者もおり、袖を上までまくりあげてたくましい腕を披露し、これまた清潔そうなネッカチーフでめかしている者もある。カメラに対《むか》いあう厳かな自信にあふれた面構えは、ヴィクトリアが栄えた時代の男たちには自然と身についたものだったが、いまでは地上から姿を消してしまったようだ。

フォシェリ（フランスの写真家でジャーナリスト。一八五八年、豪のメルボルンに写真スタジオを開いた）の写真二枚を並べてみせる。「これをごらん。アントワーヌ・フォシェリが撮ったものだ。若くして死んだんだが、そうでなければ、偉大な写真家になったことだろう」二枚の横に、彼はちょっといけない写真を並べる。太ももをすっかり露わにしてガーターを留めているリル。しどけない成り《デザビエ》で、肉付きのいい素肌の肩越しにカマトトぶった笑みを投げかけてくるフローラ。こういう娘たちを目当てに、土曜の晩、採掘から帰ったばかりのトムやジャックが、稼いだ懐の金に顔を上気させながら、お楽しみを求めて通ってきたことだろう。

「こういうこと、してるんですね」写真の披露が終わると、マリアナは言う。「良いことです、良いことですよ。歴史をためる《セイブ》んだから良いです。こうすれば、オーストラリアには歴史がなくて、ブッシュしかなくて、移民が押しかけてくるだけの国だなんてみんな思わない。わたしみたいに、わたしたちみたいに思わない」と言って、頭に巻いたスカーフをとる。髪をふってほどき、後ろにかきあげながら、彼に微笑んでみせる。

わたしたちみたいに。この「わたしたち」とはだれだ？　マリアナとヨキッチ一族、それともマリアナとポールのことか？

「ただのブッシュだけじゃないぞ、マリアナ」彼は慎重に反論する。

「もちろん違います。ブッシュだけじゃない、アボリジニいました。でも、わたしが言ってるのはヨーロッパのことです。ヨーロッパで言われてることです。初めにブッシュがあって、次はキャプテン・クックが着いて、それから移民が来て——どこに歴史がある？　って言います」

「つまり、お城や大聖堂はどこなのってことか？　移民には独自の歴史がないんじゃないかって？じゃあ、きみは地球のある地点からある地点へ移り住んだら、歴史をもつのをやめるのかね？」

もっともな非難であっても、マリアナは軽く受け流す。「ヨーロッパの人たちは言います。オーストラリアには歴史がない、なぜならオーストラリアではみんなが新人だからって。こんな歴史やあんな歴史を背負って来てたって気にしない、オーストラリアではみんなゼロからスタートする。歴史ゼロです、わかりますか？　それが、わたしの国で、ドイツで、ヨーロッパ中で言われてることです。どうしてオーストラリアへ行きたがるかっていうと、砂漠に、カタールに、石油の出るアラブ諸国に行くのとおんなじです。ただただ、お金稼ぎのためだって言います。だから古い写真をためて、オーストラリアにも歴史があるのを見せるのは、良いことです。それはそうと、ここにある写真、すごく値段が高いでしょうね？」

「ああ、そうだな、値は張るよ」

「だったら、あなたの後はだれのところへ行くんです？」

「わたしが他界した後という意味かね？　州立図書館だ。手続きはすべてすませてある。ここアデレードにある州立図書館だよ」

「売らないですか？」

「いや、売る気はない。遺贈するんだ」

「でもあなたのお名前をつける、そうでしょ？」

「実際、コレクションにはわたしの名が冠されるだろうな。レマン遺贈コレクションと。かくして、将来、子どもたちが『レマン遺贈コレクションのレマンってだれさ？　だれか有名な人？』と囁きあうことになる」

「でも、たぶん写真も飾るでしょう、名前だけじゃなくて？　レマンさんの写真です。写真は名前だけと違って、もっと生きてます。そうでないなら、どうして写真をためますか？」

そうに違いない。当を得ている。名前で映像の役割もはたせるなら、なぜわざわざ映像をためこむ？　こんな死んだ鉱夫の、光によるイメージをとっておく？　ただ名前をタイプして、そのリストをガラスケースに陳列すればよいだろう。

「図書館のスタッフに頼んでみるよ」彼は言う。「彼らがどんな顔するか見えるようだが。でも、今のわたしの写真は勘弁してほしい。むかしのやつがいい」

蔵書の埃払いという、歴代の掃除婦たちが羽毛のハタキで本の背をなでるていどで済ませてきた家事は、マリアナのもとでは一大突撃作戦として展開することになる。まずデスクやキャビネットは新聞をかぶせられ、そののち一度に棚半分ずつ、本をバルコニーに運びだし、一冊ずつ埃を払い、空いた書棚は塵《ちり》ひとつなく拭きあげられる。

「気をつけてくれよ」彼は不安になって口をはさむ。「本はぜんぶ元の場所にもどすように……」

とたん、マリアナに蔑みの表情をはげしくお見舞いされ、彼はたじたじとなる。

この女のエネルギーはどこから湧いてくるのだろう。家もここと同列に切り盛りされているのだろうか？　旦那のミスターJはそれにどう対処しているか？　それとも、こういう精力を見せるのは、オーストラリアでのボスであるポールの前でだけか？　新しく住処《すみか》となったこの国に、どれだけ身をささげる気があるかを示すために。

この蔵書の埃払いの日を境に、マリアナへの穏やかな関心というべきもの、好奇心の範疇を出なかったものが、別な何かに変わる。彼女のなかに、美しさとまではいわないものの、少なくともある女性のタイプの理想をポールは見いだすようになる。彼女が高い棚に手を伸ばすと、そのたくましい脹脛《ふくらはぎ》やひきしまった臀部がぴくぴくするのを見ながら、〝馬のような強靱さだ〟、と感心したりする。〝種馬のような強靱さだ〟。

この数週間、空気中を漂っていたものがなんであれ、それがやむなく《フォート・ドゥ・ミュー》マリアナの上に降り積みはじめているということか？　どう名づけるべきだろう、この沈殿物《セディメント》というか、感情《センチメント》は？

欲望とは感じが違うのだ。強いて単語をあてるとしたら、賞賛だろうか。賞賛が高じて欲望に転じることはあるのか、それとも二つははっきりと違う種類のものなのか？　賞賛の気持ちが先にたつ女性と裸で横になり、寄り添い、抱きあうというのは、どんなあんばいだろうか？

　いや、女性というだけではない、既婚女性なのだ、そこを忘れてはいけない。ここからそう遠くない町に、ミスター・ヨキッチなる男性が生息しているのだ。そのミスター・ヨキッチだかパン（ポーランド語でミスター）・ヨキッチだかゴスポジン（スラブ語でミスター）・ヨキッチだか、いつもなんと自称しているのか知らないが、彼は妻の雇い主が妻とベッドで抱きあう白昼夢に耽っていることを知ったら、憤激に駆られるだろうか？　あの民族抗争と叙事詩を生んだバルカン特有のむきだしの怒りを爆発させるだろうか？　ナイフを手に追いかけてくるかな？

　まあこんな冗談を言っているのも、ヨキッチが羨ましいからだ。いざとなったら、この見上げた女が帰っていくのはヨキッチの元で、ポールの元ではない。ヨキッチはマリアナだけでなく、彼女に付随するもの、彼女が産んだ子どもたちまで手中にしているのだ。Ljubica——愛の子ども《ラヴ・チャイルド》（英語だと私生児の意味）——とかいう名前の末っ子。少々いかれているが同時に愛らしいに違いない真ん中の娘、あの娘は名前はなんといったか。そしてあのいかすバイク少年。ヨキッチはそのすべてを手中にし、かたやポールは？　フラットいっぱいの本と家具。死者の絵姿を集めた写真のコレクションなど、彼の死後は図書館の地下室で埃をかぶるだけだろう。その他、財産になるより目録作成者の面倒になりそうなつまらぬ遺贈品とともに。

　フォシェリの写真の中でもマリアナに見せなかった一枚、それこそが彼の心深くにとり憑いて離れないものだ。泥と編み枝で造った小屋の入り口に集う、一人の女と六人の子どもたち。もっと正確に言うと、一人の女と六人の子どもたちという図かもしれないし、長女に見える娘はじつは子どもではなく、二番目の女、二番目の妻で、一番目の妻が干上がって、生殖機能を使い果たしたために後釜として連れてこられたのかもしれない。

どの顔も同じ表情をしている。姿を写す新奇な機械を手に現れ、これを撮る直前に黒布の下に頭をつっこんだであろう見知らぬ男に、敵意は見せていないが、精肉場の入り口までつれてこられた牡牛みたいに怯えてこわばった顔をしている。顔にもろにライトを受け、肌や服のしみというしみが全部あらわになっている。一番小さな女の子が口にもっていった手には、ジャムなのだろうが泥みたいに見えるものが写っている。当時は長い露光が必要だったろうに、こんなものをどうやって撮り果《おお》せたのか見当もつかない。

ブッシュだけじゃないぞ。マリアナに言ってやりたい。先住民《ブラックフェロー》だけでもない。歴史ゼロなんかじゃないんだ。見ろ、いまのわたしたちはこういうところから出てきたんだ。こんなみすぼらしい小屋の寒さと湿り気と煙の中から、こういう無力な黒い目の女たちから、こんな貧困と空腹をかかえての過酷な労働から、みんな生まれてきたんだ。自分たち自身の物語、すなわち過去をもった人々だ。いや、これがわたしたちの物語、わたしたちの過去だ。

待てよ、本当にそうか？　はたして、この写真の女は彼を種族の一員として受け入れるだろうか？　ピレネー山脈のフランス側の麓《ふもと》ルルド出身で、その母はフォーレをピアノで弾く、そんな男でも？　彼がわがものと主張している歴史は結局、イギリス人とアイルランド人だけに関わるもので、他の外国人などお呼びでないのではないか？

マリアナという爽やかな存在がそばにいながら、またぞろ悪い病気が出てきそうだ。よくある陰気な自己憐憫の発作で、へたをすると暗い鬱気《うつき》に陥りかねない。こういう気塞ぎはどこかからやってきた悪天候みたいなものであり、上空をよぎってそのうち通過していくのだと思いたい。自分の中から湧いてくる、言うなれば自分自身、自分の一部などとは、できれば思いたくない。

運命が人それぞれにカードの〝手〟を配り、人間は配られた手でプレイするしかないのだ。泣き言や文句をいっても始まらない。それが、かつては信条としていた哲学だったはずだろう。だったら、なぜこういう気鬱に抗することができないのだ？

それは、どんどん弱ってきているからだ。以前の自分にはもう二度ともどれないから。むかしのような回復力はこの先望めないからだ。有機体の修復任務を与えられていた内なる何ものかは、初めにマギル・ロードで、次に手術室で手ひどく攻撃され、いまではすっかり疲弊して仕事にならず、重荷にたえかねている。チームの残り、心臓、肺臓、筋肉、脳にも、同じことがいえるだろう。彼のためにしてやれることを力のつづくかぎりやったんだから、もう休みたい。

以前持っていたある本、プラトンの廉価版の表紙の記憶が甦ってくる。二頭の馬にひかれた戦闘用の二輪馬車が描かれており、黒いほうの馬は目を光らせ鼻の穴をふくらませて、いやしい食欲を表現し、白いほうの馬の顔つきはもっと穏やかで、何とはすぐに判然としない高貴な情熱を表現している。立ったまま手綱をにぎるのは、ギリシャ鼻で、額にヘアバンドを巻いて片肌を脱いだ若者である。この図は、おそらくこれこそが〝I《わたし》〟と呼べるような自己を表現しているのだろう。もしこれがポールの本、つまり彼について、彼の人生について書いた本になると――そんなものが書かれることになればだが――装幀画はプラトンのより退屈なものになるだろう。おのれがポール・レマンと呼んでいる自分自身は、きっとふつうの四輪馬車に腰をおろし、ヒーヒーフーフーいうばかりで大して役に立たない駄馬荷馬の一群にひかれていく図ではないか。ポール・レマンの馬車チームだって、毎日目ざめてはいまいましい朝を迎え、食糧の大麦をはみ、大小の用を足し、馬具をはめられてその日の仕事に追い立てられていれば、六十年もたつ頃には音《ね》をあげるだろう。もう休憩時間にしてくれ、とやつらは言う。牧草地につれていってもらう時間だ。もし休息を拒まれれば、ああ、いいさ、足をおって轍《わだち》に座りこむだけだ。尻のあたりで鞭がうなりだしても、うならせておくさ。

　心臓の具合が悪い《シック》、頭の具合が悪い、骨の髄まで具合が悪い。じつを言えば、自分自身にもうんざり《シック》だ。わが天使ウェイン・ブライトを通じて、神の怒りにふれる前から、うんざりしてたと言えばそうだが。あの事件、あの打撃の記憶を薄れさせるつもりはない。あれは災難以外の何ものでもなかった。あのおかげで、彼の世界は小さくなり、彼は囚われの身となった。しかし死を逃れたことで目が覚め、内なる窓をあけて、命の大切さを改めて実感してしかるべきだった。ところが、そんなことはひとつも起こらなかった。以前と変わらぬ、ただ前よりくすんで侘びしくなった自分の内に囚われている。これは酒に走るに充分であろう。

　午後一時になったが、マリアナによる本の埃払いは終わっていない。ふだんは良い子のリューバが——子どもを良い子と悪い子に分けることがいまだに許されるとすればだが——むずかりだしていた。

「埃払い《イン・フレッシュ・オヴ・ライティング》はそのへんにして、明日にでも終わらせればいいだろう」彼はマリアナに言う。

「にくたいも見せずに終わりますから」彼女はそう返す。「あの子に何か食べ物をあげてくれないですか」

「それを言うなら、ぬくても見せずにじゃないか。抜く手も見せずに。肉体《フレッシュ》というのは人間を形成するもの。肉と骨だ」

マリアナは答えない。こっちの話を聞こうともしてないんじゃないかと、ときどき思う。

リューバに食べ物をやるべきだが、しかし何をやればいい？　小さい子どもというのは、ポップコーンとクッキーと砂糖をまぶしたカリカリのシリアル以外、何を食うんだろう？　どれもうちの貯蔵庫にはないが。

彼はためしに、プラムジャムをひと匙ヨーグルトに入れてかきまぜてみる。リューバはそれを受けとり、どうやら気に入ったようだ。

幼子がキッチンテーブルの椅子に腰かけると、彼はジマー氏の発明品に寄りかかりながらその脇に立つ。「きみのママのおかげで大いに助かっているよ。彼女がいなかったら、わたしはどうなることやら」

「おじちゃん、義足つけてるってほんと？」この子はそんな難しい語を日常的に使っているのか、なにげなく口にした。

「いや、前からもってる脚だよ。ただ、ちょっと短くなったがな」

「でも寝室の戸棚にはあるんでしょ。戸棚には義足があるんでしょ？」

「いいや、残念ながら。うちの戸棚にはそういうものは入ってない」

「脚にネジがはまってるの？」

「ネジ？　いや、ネジもない。わたしの脚はぜんぶ天然素材だ。中に骨が入っているんだよ、きみやママの脚といっしょで」

「ネジついてないの、義足をとめるのは？」

「ああ、わたしが知るかぎりはないようだ。義足じゃないからね。なぜそんなことを訊くんだい？」

「だってぇ」と、言ったきりリューバはそれ以上話そうとしない。

脚にネジか。きっとマリアナは以前、脚にネジの入った男を介護したことがあるんだろう。ネジだのボルトだのピンだのストラットだのブレースだの、金やチタンで出来た高価な部品で脚を再建した男。ポールにそうした処置がなかったのは、もう歳が歳でそんな手間とお金を割くには及ばないからだ。まあ、そんなところだろう。

そういえば、子どものころにこんな話を聞かされた。ある女がちょっとうわの空になった一瞬に、小さな縫い針を手のひらに刺してしまった。知らないうちに針は女の血管を昇っていき、やがて時満ちて心臓に突き刺さり、女は死んでしまう。針を扱うときには充分注意しろという戒めだったのだろうが、いまから考えると、おとぎ話のように読める。金属とはそんなに生命と相容れぬものか？　実際のところ針が血管の中を流れていくことは可能なのか？　その物語の女は、小さな金属の針の兵器が腕をつたって脇の下まで昇り、腋窩《えきか》のカーブを曲がって、どくどくと鼓動する無力な獲物にむかってとんずらする間じゅう、どうして気づかずにいられたのか？　リューバにもこの話をして、なんだかよくわからない教訓をともかくも伝えてやるべきか？

「いいや」と、ポールはもう一度言う。「この身体のどこにもネジは入ってない。ネジがあったら、機械じかけの人間になってしまうだろう。わたしは違うんだ」

しかし機械じかけではない脚には、リューバはもはや興味を失っていた。チュッと音をたててヨーグルトを食べ終わると、口のまわりをジャンパーの袖でふく。ポールはティッシュをとって口をふいてやる。リューバはいやがらなかった。口をふいた後は、袖口もきれいにふいてやる。

この子に手をふれたのは、これが初めてだ。リューバの手首の力が一瞬抜け、彼の手のなかでくたっとなる。全美とでも言おうか。他の語では表現できない。赤ん坊はなにもかもが真新しく、なにもかもが申し分なく整って、子宮からこの世に出てくるのだ。なにか損傷を負い、おかしな手足や、ちょっと火花の散るオツムをもって生まれてきた子たちでさえ、ひとつひとつの細胞は創世の日のように出来たてで、汚れがなく、新しい。新たな誕生というのは、ひとつひとつが新たな奇跡である。

# 第九章

　マーガレットがふたたび訪ねてくる。今回は予告もなく。日曜日で、彼はフラットに独りでいる。お茶を出したが、丁重に断られる。彼女は部屋を歩き回っていたかと思うと、ポールが座っている後ろに来て、髪をなでる。彼は石のごとくじっとしている。

「じゃ、これでおしまいってわけなの、ポール？」マーガレットは訊く。

「なんの終わりかな？」

「わかってるくせに。あなた、セックス・ライフはもうおしまいにするってこと？　はっきり言ってね。これからわたしがどう振る舞うべきかわかるように」

　マーガレットというのは、もって回った物言いをする人間ではない。昔から彼女のそういうところが好きだった。とはいえ、どう返答すればいいのだ？　〝うん、わたしのセックス・ライフはもうおしまいだから、今後は不能男として扱ってくれ〟と？　事実ですらないかもしれないのに、どうしてそんなことが言えよう？　しかしそれが事実だとしたら、どうする？　鼻息荒い情熱の黒馬が、彼の内でくたばったのだとしたら？　男性としての黄昏。なんという失意。だが同時になんという安らぎか！

「マーガレット」ポールは言う。「少し時間をくれ」

「それで、ヘルパーとはどうなの？」マーガレットは弱いところをついてくる。「ヘルパーとはうまくいってるの？」

「ヘルパーとは、お陰さまでうまくやってるよ。彼女がいなければ、わざわざ朝起きだすこともないかもしれない。彼女なくしては、世の中が新聞で読むようなケースになるかもしれないな。近所の人たちが異臭に気づいて通報し、警察がドアを蹴破って入ってくるような」

「メロドラマみたいな言い方はやめてよ、ポール。片脚を切断されたからって死ぬわけじゃなし」

「そうだな、しかし未来に無関心になれば人は死ぬ」

「そこでヘルパーがあなたの命を救ったというわけね。それはよかったこと。メダルものね。ボーナスをあげなくちゃ。ところで、彼女とはいつ会わせてもらえる？」

「変なことにこだわるなよ、マーガレット。きみに質問されたから、事実にそった答えをしようとしているだけだ」

と言ってみたが、マーガレットはやはりこだわる。「さてと、もうおいとまするわ。どうぞそのままで。独りで帰れるから。また人づきあいをする気になったら電話して」

ある日の理学療法士とのセッションで、切断された大腿筋は収縮し、尻と骨盤を後ろに引っぱる傾向にあります、と注意を受ける。ポールは歩行器を支えにし、空いた手で腰のあたりを探ってみる。後ろに突き出しはじめているか？　このみっともない半肢はますますみっともなくなっているのか？

彼が折れて義肢を受け入れれば、この切り残しのエクササイズをする理由も強まるだろう。しかし現状では、これは彼にとってまったく無用のものだ。せいぜい望まざる赤子のように連れ歩くことぐらいしかできない。こいつが縮んで、小さくなって、引っ込みたくなるのも無理はないか。

それにしても、生身の物体でもこれだけ憎々しいのであれば、桃色のプラスチックで造られた義足の厭ったらしさはいかばかりか。一番上に蝶番が、先っぽには靴がついた器具で、毎日、朝になると装着し、夜にははずして、靴だのなんだのをくっつけたまま床にころがすのだ！ 考えただけで身震いがする。やはり、そんなものとの付き合いは遠慮したい。松葉杖のほうがまだましだ。松葉杖は少なくとも嘘がない。

それでも週に一度はなんとか我慢して、定期便のお迎えでノーウッドのジョージ・ストリートへと輸送されてやっている。マドレーヌ・マルタンなる女の指導するリハビリ・クラスがあるのだ。クラスには、他にも切断手術を受けた人々が六人ほどいるが、六十の坂を越えたものばかりだ。義肢をつけていないのはポールだけではないが、申し出があって拒否したのは彼だけだった。

マドレーヌいわく、彼の「態度」が理解できないという。「街には、義肢をつけていると見た目ではわからない人たちがたくさんいるんですよ。それぐらい自然な歩き方なの」

「別に自然に見えなくたっていい」ポールはそう返す。「自分で自然な感じがするほうがいい」

マドレーヌは信じられないという顔で笑いながら首を横にふる。「人生の新しい章が始まったんですよ。もう前の章は閉じて、それに別れを告げ、新しい章を受け入れなくてはね。受け入れること。あなたに必要なのはそれだけです。そうするだけで、閉じたと思っていたドアというドアが開かれます。ためしてごらんなさい」

彼は答えない。

自分は自然な感じとやらを本当に求めているんだろうか？　マギル・ロードの事故以前には、自然な感じがしていたろうか？　わからない。でも、それが自然に感じるということなのだろう、それとわからないということが。ミロのヴィーナスは女性美の理想を体現している。なんでも、初めこの像には腕がなくたって、両腕があったが（もっぱらそういう話だ）そのうちもがれてしまったとか。しかし腕が失くなったがゆえに、いっそうその美は胸に迫るものとなったのだ。しかし明日にでも、あれがもともと両腕のない女をモデルに造形されたと判明したら、すぐさま地下の安売り店に移されるだろう。なぜか？　どうして女の像の腕がもがれると称揚されるのに、〝腕をもがれた女〟の像だとだめなのか？　その断面がどんなにきれいに縫い閉じられていても。

もう一度、顔に風をうけながらマギル・ロードで自転車をこぐことができたら、どんなにいいだろう。いまや閉じられてしまった章を再開できたら、どんなにいいだろう。ウェイン・ブライトが生まれなかったらよかったのに。はい、そこまで。言うのはかんたんだ。でも、口は閉じていよう。四肢には記憶があるのです、とマドレーヌがクラスで話す。そのとおりだ。ポールも松葉杖をつきながら一歩踏み出せば、いまだ右半身もそれにつれて、脚があったときのように弧を描いて動く。夜になれば相変わらず、冷えた片脚がいるはずのない冷えた片割れを求める。

マドレーヌが講習をつづける。自分の仕事は記憶システムをプログラムし直すことだ、と。人間がバランスをとったり歩いたり走ったりするのに役立つそれが、みなさんの場合、古くて使えなくなっているのです。「わたしたち人間が古い記憶システムに執着するのは当然のことです」彼女は言う。「そうでなければ、人間とは言えませんからね。でも、それが進歩を妨げるようであれば、しがみついていてはいけない。どう、賛成でしょ？　もちろんですよね」

ここ最近出会ったヘルスケアのプロはどいつもこいつも老人を子ども扱いして――あまり利発でなく、ふて腐れ気味で、やる気のない子どもの尻をたたくように――自分のケアに身をゆだねさせようとする輩ばかりだったが、マドレーヌもその例にもれない。マドレーヌ自身は六十手前、いや、五十手前、もしかしたら四十五より下かもしれない。ガゼルのように迷いがない。

身体の記憶を再プログラムするために、マドレーヌはダンスをとりいれる。彼女が見せるビデオでは、深紅や金色のぴったりした衣裳を着たアイススケート選手たちが、円を描き輪を描きくるくると滑っている。初めに左足が出て、次に右足。バックにはドリーブのバレエ曲がかかっている。「さあ音楽を聴いて、リズムに身をまかせるのよ」マドレーヌはクラスに呼びかける。「身体じゅうに音楽を行きわたらせるの、あなたの中で音楽がダンスするようにね」ポールのまわりでは、すでに義肢をつけたチームメイトたちがスケーターらの動きを一生懸命まねている。ポールにはそれができず――スケートも、ダンスも、歩くことも、いわんや支えなしでまっすぐ立つこともできず――ただ目を閉じて、バーにつかまったまま、音楽にあわせて身体を揺らす。どこか理想の世界では、自分はすてきな女性インストラクターと手に手をとって氷上を滑りまわっている。〝こんなのは、催眠術のまやかしみたいなもんだ！〟彼は胸のうちでつぶやく。〝なんと古臭い、時代遅れの手口だ！〟

ポールの個人プログラム（全員に個人プログラムなるものが用意されている）は、おおかたバランスをとるエクササイズから成っている。「バランスのとりかたを最初から覚え直すのよ」マドレーヌはそう解説する。「わたしたちの新しい身体でね」それが彼女流の呼び名だった。わたしたちの新しい身体。わたしたちの「ちょん切られた」古い身体ではなく。

他にも、病院がハイドロセラピー（水治療法）と呼ぶものもあり、マドレーヌはこれを〝ウォーター・ワーク〟と称している。奥の部屋にある幅の細いプールに入って、バーをにぎり、水中を歩くのである。「はい、足をまっすぐに」マドレーヌは声をかける。「両足ともですよ。ハサミみたいに、はい、チョキ、チョキ、チョキ」

かつてのポールなら、マドレーヌ・マルタンのような人々を胡散《うさん》くさく思ったろう。しかし目下のところ、だれを信じようにもマドレーヌ・マルタンしか用意されていないのだ。そんなわけで、彼は家に帰ってきても、ときにはマリアナの目の前で、ときには独りで、エクササイズの個人プログラムをひととおりこなす。音楽にあわせて身体を揺らすところも。

「いいですよ、ためになりますよ」マリアナはうなずいている。「リズムをつかむのはいいことです」とはいえ、プロから見れば馬鹿らしいことなのだろう、それが口調ににじむのを隠そうともしない。

〝ためになるかい？〟彼はそう言ってやりたい。〝本当に？　わたしにはどうも疑わしいがね。こんなことのすべてを、最初から最後まで丸ごと屈辱的に感じているのに、ためになるもんかね？〟しかしそんなことは口にしない。自制する。自分はすでに屈辱という領域に足を踏み入れてしまったのだ。ここが新たな住み処。ここを出ることはこの先ないだろう。ならば、黙って受け入れるのが一番だ。

マリアナは彼のズボンをぜんぶ集めて、家に持ち帰る。二日後に持ってきたときには、ズボンの右脚がみんなきれいに折り畳まれて縫いつけられている。「切り落としませんでした。いつか気が変わって、あれを、プロステーゼをつけるかもしれないでしょう。ねえ」

義肢《プロスティーシス》のことだろう。マリアナはティーシスをドイツ語のようにテーゼと発音する。アンチテーゼのテーゼだ。それでプロステーゼになる。

手術の傷の予後にはいまのところ問題もなく、傷自体はもうすっかり癒えたと思うが、それが痒くなりはじめる。マリアナは抗生剤入りの粉薬をつけて、新しい包帯を巻いてくれるが、それでも痒みはおさまらない。夜になるとひどくなる。掻かないようにするには、ひと晩じゅう起きていなくてはならない。彼にしてみればこの傷跡は、炎症をおこした巨大な宝石が暗闇に赤く燃えているような感じである。看守であり同時に囚人である彼は、身を挺して宝石を守るよう命じられている。

痒みはやわらぐが、マリアナは引き続き、切り口をとくにていねいに洗浄し、粉薬をかけ、よく手当してくれる。

「脚がまたはえてくると思ってるですか、レマンさん？」マリアナはある日だしぬけにそんなことを訊いてくる。

「まさか、そんなのは考えたこともない」

「それでも、たまにはそう思ってるでしょう。赤ん坊みたいに。小さい子は脚を切り落としても、またはえてくると思ってます。言ってる意味わかります？　でもレマンさんは赤ん坊じゃない。だったら、あのプロステーゼをつけたらどうですか？　小娘みたいに恥ずかしがってるですか？　街を歩いたらみんなに見られると思ってますね。あのレマンさんは脚が一本しかないよ！　って。そんなことないです、そんなことない。だれも見たりしません。プロステーゼをつけたって、だれも見ません。だれにもわからないし、だれも気にしません」

「考えてみるよ」ポールは答える。「時間ならたっぷりあるからね。売るほどある」

六週間ほど、ウォーター・ワークと音楽にあわせて揺れる運動をやり、再プログラムされ続けたところで、マドレーヌ・マルタンのクラスに見切りをつける。彼女のスタジオに時間外に電話して、留守番電話にメッセージを残す。定期便のサービスにも電話し、もう来なくていいと伝える。ミセス・パッツにまで電話しようかと思う。とはいえ、あのおばさんになにを言おう？　この六週間は、マドレーヌ・マルタンと彼女の推奨する療法、古い記憶システムを再プログラムするという療法の効果を信じる気になっていた。ここにきて、彼女を信じる気がなくなった。単にそれだけのことで、それ以上のものではない。だれかを信じる気持ちがいくらか残っているとすれば、その対象はマリアナ・ヨキッチに移っていた。彼女はスタジオも持たず、治療効果も約束せず、ただ介護するのみだ。

マリアナはベッドサイドにちょこんと座って、左手でポールの脚の付け根を押さえ、彼が切り残された脚をかろうじて曲げたり伸ばしたり回したりするのを、うなずきながら見守っている。ごく軽く力をそえて、曲げた脚を伸ばすのを手伝う。筋肉痛があればマッサージし、彼をうつぶせにして腰のあたりも揉んでくれる。

その手の感触から、彼は知るべきすべてを知る。役立たずでどんどん弛《たる》んでいくこの身体を、マリアナは忌み嫌ってはいないということだ。それどころか、できることなら、彼さえいやでなければ、自分の溢れるばかりの健康を指先からたっぷりと注ぎこんであげたいとも思っている。

これは治療ではないし、かといって愛情のなせるわざでもない。たぶんオーソドックスな介護業務にすぎないのだろうが、それでも充分だ。そこにあるのがどんな愛だろうと、すべてが彼の励みになる。

「どうもありがとう」一日の仕事の最後にポールは礼を言う。やけに感慨深げな口調なので、マリアナは不思議そうな顔をする。

「ご心配なく」彼女は答える。

ある晩、マリアナが帰った後、ポールはタクシーを呼び、ひとりで階段の手すりをがっちりつかみながら、松葉杖が滑るんじゃないかと怯えて汗をかきながら、横向きに階段をゆっくりと降りていく。タクシーが到着するころには、もう通りに降り立っていた。

公立図書館では、ありがたいことに一階より上に行く必要もなく、クロアチアに関する本が二冊見つかる。一冊はイリュリア（アドリア海東岸の古代国家のあった場所）とダルマチア沿岸についてのガイドブック、もう一冊はクロアチアの首都ザグレブとそこの教会についてのガイドブック。その他に、ユーゴスラビア連邦政府についての本と、近年のさまざまなバルカン戦争に関する本が、山ほどある。しかしながら彼がわざわざ図書館に来て知りたかったこと——クロアチアとそこに住む人々の特徴——については、どこにも書かれていない。

彼は『バルカン諸国の人々』と題する本を借りだす。タクシーがもどってきたときには、もう乗りこむばかりの恰好で待ちかまえている。

『バルカン諸国の人々——東と西のはざまで』。フルタイトルはこのようになる。ヨキッチ一族は故郷ではそんなふうに感じていたのだろうか？　東方正教会と西方のローマカトリック教会の間にはさまれていると？　もしそうだとしたら、このオーストラリア、東と西が非常に新しい意味をもつここでは、どう感じているのか？　その本には、モノクロ写真のページがある。ある写真に写っているのは、頭にスカーフを巻いた百姓娘二人が、薪を背負ったロバをひきながら、岩がちな山道を歩いていく姿だ。幼いほうの娘はカメラに向かってはにかんだように笑い、すきっ歯を見せている。『バルカン諸国の人々』の刊行年は一九六二年、マリアナがお腹に宿ってすらいない頃だ。掲載写真にいたっては、いつのものやらわからない。この二人の娘たちも、いまごろはお祖母《ばあ》ちゃんになっているかもしれないし、死んで墓の中かもしれない。このロバもだ。こんな世界に、のちのマリアナも生まれてきたのか？　ロバとヤギとニワトリと、朝には氷のはるバケツ、そんな物に囲まれた昔々の世界。それとも、労働者の楽園の子か？

きっとヨキッチは故郷から、古い写真のアルバムなんかも持ってきたに違いない。洗礼式、堅信式、婚礼、家族親族のあつまりなどを写した写真だ。残念ながら、この自分には見る機会がないだろう。彼は言葉より画像のほうを信じる傾向にある。写真は嘘をつけないという理由ではなく、それは暗室を出たが最後、変化しないからだ。しかし言葉による物語は――たとえば、血管を昇っていく針の物語や、ポールとウェイン・ブライトがいかにしてマギル・ロードで出会うことになったかという物語などは――ひっきりなしに形を変えるように思える。

光をとりこみそれを物質に変える力をもつカメラを、彼はたんなる機械というより、なにか形而上学的な装置のように以前から感じていた。初めて得た正規の職といえば、暗室技師の仕事で、あのころ人生最大の楽しみはつねに暗室作業にあった。現像液の液面の下からぼんやりした像が浮かびあがる瞬間、紙上で陰の筋が編みあわさってしだいに見えてくる瞬間など、創世の日に立ち会うかのような感覚をおぼえて、恍惚に小さく震えることすらあった。

だからこそ、後々は写真に興味を失くしていったのだ。まずはカラー写真が台頭し、やがて感光乳剤の古き魔法がすたれはじめ、新世代にとって写真の面白みは実体のない画像のテクネ（ギリシャ語で技術・技巧）にあることが明白になってきた。どこにも定着することなく宙をひらめき飛ぶ像、カメラに吸いこまれ改ざんされて出てくる嘘っぱちの画像。こうなってくると写真で世界を記録することはやめ、こんどは過去をためる《セイブ》ことに精を出すようになった。

これはポールという人間のなにかを語っているだろうか？　カラーよりモノクロや灰色の陰影を好むというあの生来の気質、新しいことに対するあの関心の欠如というのは？　彼に対して女たちが、とくに妻が不満だったのは、こういう点ではなかったか？　つまり、人間的ないろどりや開《ひら》けた心をもたないということ。

マリアナにはこんなふうに語った。自分が古い写真を保存しているのは、赤の他人が構えるレンズの前に身体をさらしてくれた男や女や子どもたちといった被写体への忠誠ゆえである。しかしそれだけではない。写真そのものへの忠誠ゆえでもある。プリントされた写真、そのほとんど最後に残った唯一無二のものだ。それらによき住み処をあたえてやり、自分が死んだ後も安らかに暮らせるよう、できるかぎりの気遣いをする、というか、してもらう。たぶんそのかわり、まだ生まれてもいない見知らぬだれかがいずれ過去を顧みて、レマン遺贈コレクションの故レマン氏を撮った写真の一枚でも保存してくれるだろう。

ヨキッチ一族の政治問題について、つまりバルカンの忠誠心と敵意がおりなすモザイクのどの片隅に彼らが入るのか、マリアナに尋ねてみたこともないし、今後も訊くつもりはない。移民の多くがそうであるように、祖国に対する彼らの感情というのは複雑だろう。ポールの母と結婚し、彼女と二人の子どもをピレネー山麓のルルドからヴィクトリア州バララットに連れてきたオランダ人の男は、ヴィルヘルミナ女王（オランダ女王。在位一八九〇年から一九四八年）が聖母マリアの小さな石膏像と並んで写っている写真を、額に入れてずっと居間に飾っていた。女王の生誕日にその写真の前でろうそくを灯すところなど、まるで、聖人扱いだった。アンフィデル・ユーロップ（不実な欧州）。ヨーロッパのことを、あの人はそう呼んだものだ。女王の写真には「Trouw《トロウ》」というモットーが記されていた。信念とか忠誠心という意味である。夕方になると短波ラジオの上に屈みこむようにして、オランダのヒルベルスム・ラジオの雑音まじりの放送を少しでも聴きとろうと必死になっていた。その一方で、新たな忠誠を誓ったこの国を夢中で求め、遠い地で思い描いたオーストラリアの考え方にそって生きようともしていた。移住に半信半疑の妻と、不服顔の連れ子二人の前では、オーストラリアは陽光ふりそそぐチャンスに満ちた土地でなくてはならなかった。地元の人々は歓迎しないかもしれない、よそ者には口を閉ざすかもしれない、たどたどしい英語を笑うかもしれないが、かまうものか。自分たちが懸命に働き、時がたてば、そんな敵意も薄れていくだろう。その姿を最後に見たとき、あの人は九十になっており、マッシュルームのように青白い顔をして、ぼろい温室で鉢植えの間をよろよろと歩いていたが、最後まで信念は曲げなかった。きっとヨキッチ夫婦も、このオランダ人とはまた違う信念をもっていることだろう。かたや彼らの子どもたち、ドラーゴとリューバとだれかさんは、これから自分なりのオーストラリア観を、もっとはっきりと冷静に描いていくだろう。

# 第十章

ある日、マリアナは背の高い若者をともなって現れる。見違えようもない、あの写真の少年、ドラーゴだ。

「息子が自転車を見にきたです」マリアナは言う。「この子なら直せるかもしれません」

「うん。そうだろうとも」（それにしてもつぶれたあの自転車をわたしが直したがっているなんて、どこからそんなこと思いついたんだろう）「やあ、ドラーゴ、はじめまして。来てくれてありがとう」抽斗《ひきだし》にごちゃごちゃと放りこまれた鍵の中から保管室の鍵を拾いだして、少年にわたす。「どんなものかなあ。わたしが見るかぎり、修理のしようがなさそうだ。フレームが曲がってしまってるんだ。十中八九、フレームが割れてる。でも、まあ、見てやってくれ」

「いっすよ」と、少年は言う。

「レマンさんのお話を聞かせるのに連れてきたです」ふたりきりになると、マリアナは言う。「いつか言ってたみたいに」

いつか言ってた？　この自分がなにを言ったというのだろう？　ドラーゴに交通安全の教えを授

けてやるとでも？

午前中の時間を割いてつきあわせるために、マリアナが息子にどんな作り話をしたか、それが少しずつわかってくる。レマンさんは自転車を持っていて、それを修理して売りたいと思っているんだけど、脚がわるいうえに不器用なので、自分では修理できないのよ。

自転車を検分したドラーゴがもどってきて、報告をする。フレームが割れているかどうかすぐにはわからない。でも仲間と一緒に――ちなみにその一人は板金屋に顔がきくとかで――一緒にやればフレームをまっすぐに戻して塗装し直せるかもしれない、とのこと。だとしても、レマンさん、新品のタイヤとハブと変速装置とブレーキに換えるとなると、かなりいい中古自転車が買えちゃいますよ。

まったくもっともな助言である。自分でもそう言うだろう。

「いずれにしろ、見てくれて感謝するよ」彼は言う。「お母さんに聞いたんだが、バイクにはまってるんだって」

「あ、おやじにヤマハの250cc買ってもらったんで」

「そりゃいいね」彼は言ってマリアナをちらりと見るが、その視線にドラーゴは気づかないふりをする。マリアナはもっとなにを言わせたいのだろう？

「おふくろに聞いたんすけど、おじさん、ひってえ事故にあったって」と、息子のほうから話をもちだしてくる。

「うん、それでしばらく入院していたんだ」

「どんな事故だったんすか？」

「曲がろうとして車にはねられたんだよ。運転者はわたしの姿が目に入らなかったと言ってる。わたしが曲がるサインを出さなかったと。太陽がまぶしかったんだそうだ」

「ひでえ」

と言ったきり沈黙。頭にしみこませるべき教訓をしみこませているところか？　これでマリアナの気はすむだろうか？　そうはいかないだろう。もっと滔々《とうとう》と言い聞かせてほしいはずだ。自転車乗りの運命がいかに危険なものであるか、バイク乗りのそれと重ねあわせて語ってほしいだろう。怪我の激しい痛み、脚を切断されることの屈辱を実感させてほしいだろう。とはいえ、この少年は見るかぎり、簡潔な物言いを好みそうだし、お説教されて快く聞き入れるたまではなさそうだ。それに、マギル・ロードでの衝突事故の話で、共感する相手がいるとすれば、それは車をぶっとばすスピード狂の若者、ウェイン・ブライトのほうであって、ぼんやり自転車をこいでいるジジイのポール・レマンではないだろう。

それにしても、本当に息子をつれてくるとは、マリアナもどういう風の吹き回しだろう？　この健康ではちきれそうなイケメンの若者が、仲間がお楽しみの間に夜な夜な家にこもって本でも読むようになる、と真面目に思っているんだろうか？　ピカピカのヤマハの新車を車庫に置いて、バスに乗るとでも？　ドラーゴ・ヨキッチ。民衆叙事詩に出てくるような名前だ。ドラーゴ・ヨキッチのバラッド。

ポールは咳払いをする。「ドラーゴ、きみとふたりで話をしてほしいとお母さんに頼まれているんだよ」

マリアナは部屋を出ていく。ポールは少年のほうを向く。「さて、わたしはきみとはなんの繋がりもない。きみのお母さんに世話をされているという間柄にすぎないし、そのことでは彼女にとても感謝している。でも、お母さんから、きみにひと言いってほしいと頼まれ、引き受けた。話したいのはこういうことなんだ。もしわたしが事故の前に時計を戻せるとしたら、いいかい、間違いなく戻すよ。この姿からは信じられないかもしれないが、以前は行動的な毎日を送っていたんだ。いまでは買い物にも行けない。ほんのちょっとしたことで、他人に頼らなくてはならない。こうなったのも一瞬のこと、青天の霹靂《へきれき》だった。まあ、きみにだっていつ起きるかもしれない。命を危険にさらすもんじゃない。命がけでやるようなことじゃないだろう。バイクに乗るときは注意してほしいとお母さんは思ってる。耳を傾けるべきじゃないかね。わたしが言いたいのはそれだけだ。お母さんはいい人だし、きみのことを愛してる。わかるね？」

ドラーゴの態度を前もって予想しろと言われたら、こんなふうに思ったろう。若い彼はこうした説教のあいだじゅう目を伏せ、爪の甘皮でもむしりながら、このジジイ、早く話終われよと念じたり、ここに連れてきた母親に内心毒づいたりしているだろう。ところが、現実はまったく違っていた。ドラーゴは彼が話しているあいだじゅう、かすかな、敵意のない笑みを形のいい唇に浮かべ、フランクな態度で彼を見つめていた。そして話が終わると、「了解です」と言う。「メッセージ承りました。以後気をつけます」と、ここで間をおいて、「おじさん、うちのおふくろのこと好きなんでしょ？」と言う。

彼はうなずく。それ以上なにも言えないが、うなずくだけで目下は充分だ。

「おふくろもおじさんのことが好きなんだ」

おふくろもおじさんのことが好きなんだ。ポールの心はとてつもなく膨らむ。〝わたしは好きなんてもんじゃないぞ、愛しているんだ！〟と思わず口走りそうになったが、「ま、わたしも少しは役に立ちたいと思ってね、それだけだ」と言うにとどめる。「だからきみと話をしたんだよ。説教をしてきみを助けようなんて思わない。なぜなら、こういうことというのはさ」と、そこでおどけて、事故にあった右腰のあたりをたたく。「いきなり起きるからだ。予見することはできないし、防ぎようもない。でも、わたしがきみと話をすれば、お母さんは少し安心するだろう。お母さんがきみを愛していること、無事を願っていること、わたしみたいな赤の他人に進言を頼むほど心配していることを、きみもわかっていると知るだけで、少しはおちつくだろう。それでいい」

まずは言葉が発せられ、そののち、言葉の後ろか、まわりか、奥かどこかに、その真意が見つかる。彼はしゃべりながらも、少年が自分の口元をじっと見つめ、言葉のつらなる糸をクモの糸のように払いのけ、真意に耳を傾けていることに気づいている。少年への敬意が増す、一足飛びに増す。並みの子どもではないぞ、これは！　神々もうらやむ者に違いない。それこそ、ドラーゴ・ヨキッチのバラッドだ。母親が恐れるのもむべなるかな。早朝に電話が鳴る。〝ミセス・ヨキッチ？　ドラゴンという名の息子さんはおられますか？　こちらはガメラチャの病院ですが〟。心臓を針で、いや、剣で刺されたような痛み。初めて産んだ子。

マリアナが戻ってくると、ドラーゴは立ちあがる。「気をつけるようにします」彼は言う。「じゃあね、母さん」そびえるように背の高い息子は屈みこんで、母の額にキスをする。「そんじゃ、レマンさん。自転車のことはすいません」と言って、彼は行ってしまう。

「テニスがとてもうまいんです」マリアナは言う。「泳ぎもすごくうまいし、なにをやってもよくできます。頭もすごくいいんです」と、弱々しく微笑む。

「マイ・ディア・マリアナ」いつになくそんな呼びかけが口をつく。興奮しているな、と思う。興奮している時は、口が滑って妙な愛情表現をしてしまっても許される。「息子さんならきっと心配いらないよ。幸せに長生きして、海軍大将にだってなれるさ。まあ、本人が望むならだが」

「そう思います？」口元の微笑みはそのままだったが、いまでは純然たる喜びを表現している。目の前の男は手先が不器用で脚も不自由だけれど、未来を見通す力はあると信じているのだ。「ああ、よかった」

# 第十一章

マリアナの笑顔が記憶の間に間に浮かぶだけで、望ましい変化、長いこと待たれていた変化がもたらされる。そのとたんに鬱気も心の暗雲もいっぺんに吹き飛ぶ。ポールはマリアナの雇い主であり、ボスであり、マリアナは彼の要望を満たすために給金をもらっているわけだが、その彼女がやって来る前に、毎日、部屋をあたふたと見てまわり、汚れひとつないよう最善の努力をする。くすんだ部屋を明るくしようと、花まで配達させたこともある。

なんとも不条理な状況である。彼はあの女になにを求めているのか？　また微笑んでほしいと思っているのは確かだ。自分に微笑みかけてほしいと。彼女の心の中に、どんなに小さくてもいいから、自分の場所を勝ちとりたい。恋人になりたいとも思っているか？　それはある意味、熱烈に望んでいる。マリアナだけでなく彼女の子どもたち、ドラーゴ、リューバ、そしてもう一人まだ目にしたことがない子も、そろって愛し慈しみたい。旦那に関しては、これっぽっちの悪意も抱いていない。これは誓って言える。彼女のご主人の幸福と幸運を願ってやまない。それでも、あの美しくすばらしい子どもたちの父親に、マリアナの夫になれたらどんなにいいだろう。必要とあらば、共同の父親《コ・ファーザー》でもいいし、共同の夫《コ・ハズバンド》でもいいし、なんならプラトニックでもいい。彼らの、一家全員の面倒を見て、守って、助けてやりたい。

なにから助けるのか？　答えられない、いまはまだ。しかしなによりドラーゴのことを救いたい。嫉妬深い神々がドラーゴに放つ稲妻の前に身を投げだし、この胸をさらす覚悟はあるのだ。まるで、これまで子どもがなく、もう産めない年になってから急に矢も盾もたまらず子どもがほしくなった女のようではないか。激しい欲求に駆られ、人の子を盗みかねない。それぐらいどうかしている。

# 第十二章

「ドラーゴはどうしてる？」彼はなるべくさり気なくマリアナに尋ねる。

マリアナは元気なく肩をすくめる。「今週末、仲間たちとタンカルールー・ビーチに行くんです。こんな名前でしたか、タンカルールー？」

「タンカリーラだよ」

「バイクで行くです。仲間の乱暴者たちと。心配です。暴走族みたいです。女の子も行くらしくて、まだ子どもなのに信じられない。先週は、息子とお話ししてくれるのでありがとうございます。あ、お話ししてくれたので、です」

「なんてことないさ。ちょっと親父っぽい説教をしてみただけだ」

「はい、息子はそういう親父っぽい説教が足りないです。そこが問題です」

彼女の口から、この場にいない夫の批判が出るのは初めてだ。もっとなにか出てこないかと待ちかまえるが、それ以上はなにも言わない。

「まあ、男の子が成長するのに楽な国ではないだろうな」彼は慎重に応じる。「男らしさを重んじる風潮が広くある。男の領域で、男のスポーツで秀でよ、というプレッシャーが強いだろう。無茶なことをやれ。一か八かやってみろ。たぶんきみたちの故郷とは考え方が違うだろうね」

きみたちの故郷、か。こうして聞いてみると、ずいぶん鷹揚《おうよう》に聞こえる。少年たちはヨキッチ一家の故郷の少年のようであってもいいではないか？　ヨーロッパ南東部では、男らしさがどんな形をとるか知っているのか？　マリアナが正してくれるのを待つ。しかし彼女は別のことを考えている。

「寄宿学校ってどう思いますか、レマンさん？」

「寄宿学校をどう思うかって？　学費がそうとう高いんじゃないかな。それに、寄宿学校では、若者たちは過ちを犯さないよう昼も夜もしっかり監視されているんだなんて思ったら、間違いだよ。大間違いだ。でも、寄宿学校では質のいい教育が受けられる、その点は確かだ。質のいい寄宿学校では、と言ったほうがいいが。ドラーゴを行かせようと思っているのかい？　学費は見てみた？　まず確かめたほうがいい。ことによっては高額、いや、ばかみたいに高額、言ってみれば天文学的数字になりかねない」

こうは言わずにおいた――〝父親が車の組立工をして生計をたてているとか、母親が年寄りのヘルパーをしているような家の子どもらは相手にされないぐらい高額なんだ〟。

「でもきみが本気で考えているなら」ポールは思い切って突き進む。しゃべりながらもこれから言うことの無謀さを感じているが、それでも止められない。止まるつもりもない。「そしてドラーゴも本気で行きたいと思っているなら、わたしが経済的な援助をしてもいい。ローンにしてもいい」

一瞬の沈黙がある。〝さあ、口にしてしまったぞ。もう後戻りはできない〟と、彼は思う。

「あの子はテニスやなにかで奨学金をもらえるんじゃないかって思ってます」マリアナは言う。ポールの言葉とその背後にある真意が飲みこめていないようだ。

「そうだな、確かに奨学金はひとつの可能性だ。調べてみるといい」

「でなければ、ローンを組むか」ポールの言葉の木霊《こだま》がようやく届いたらしく、マリアナは眉をよせる。「レマンさんがお金をローンで貸してくれるですか？」

「ローンで貸そう。利息はなしで。ドラーゴが稼ぐようになったら返してくれればいい」

「どうしてですか？」

「彼の将来への投資だよ。つまり、われわれみんなの将来に対する」

マリアナは首を横にふる。「どうして？」と、繰り返す。「わかりません」

その日は、リューバを連れてくる日だった。リューバは深紅のエプロンドレスを着て、片足に深紅の靴下、もう片足には紫の靴下をはいており、両手をわきにだらんとさせてソファに寝そべるその姿は、黒い目が探るようにこちらを見ていなければ、人形と見違えそうだ。

「いいや、わかっているはずだよ、マリアナ」ポールは声を低くする。口が渇いて、心臓が激しく打つ、十六歳の時と変わらぬ、恐ろしくて、スリリングな瞬間。「女性はいつだってわかっているはずだ」

再び彼女は首をふる。本当に理解できていないようだ。「わかりません」

「ふたりきりの場で教えよう」

マリアナは娘になにかささやく。リューバはおとなしく小さな桃色のバックパックを手にとり、軽やかに駆けだしてキッチンに消える。

「さあ。教えてください」マリアナは言う。

「きみを愛してる。それだけだ。愛しているから、なにかしてあげたいんだ。させてくれ」

彼が子どものころ、母がパリからとりよせていた本はどれも茶色い厚紙の小包で届けられ、その表には「アシェット社」の紋章が刻まれ、フリジアンキャップをかぶったマリアンヌ（仏国の象徴）の厳めしい顔が印刷された切手がずらりと貼られており、母は移住したバララットの家の居間でその本を見てため息をついたものだが、部屋のシャッターは暑さよけか寒さよけのためにいつも閉め切られていて、彼は母が読んだ後の本をこっそりと、わからない単語は飛ばして読んでいったのだが、それは母が喜ぶ本とはどんなものか知りたいという飽くなき追究の一環であり、その本には、マリアナの唇は軽蔑でゆがんでいたなどと書かれていたかもしれないし、軽蔑で唇をゆがめながらもその目は密やかな勝利に輝いていたとすら書かれていたかもしれない。しかし子ども時代が去ると、彼はアシェット・ワールドへの信仰を失ってしまった。かつてこの世に表情による暗号術なるものがあって（あったとも思えないが）、それを習得すれば人間の唇や目の移ろいやすい動きを確実に読むことができたとしても、いまやそんなものは消えてしまっていた。風と共に去りぬ、だ。

沈黙がおり、マリアナは助け舟のひとつも出してくれない。とはいえ、少なくとも踝《きびす》を返して出ていきもしない。唇をゆがめていようがいまいが、彼女はこの尋常ならざる異例の宣言の続きを聞く気でいるらしい。

いま何をすべきかといえば、もちろんこの女を抱きしめるべきだ。こちらの気持ちを誤解しようがないぐらいしっかりと。ところが、抱きしめるためには、たったいまも彼がすがって立っているこの松葉杖を、脇にどけなくてはならない。松葉杖をはずしたとたん、よろけて、たぶんころぶだろう。この期におよんで初めて、ポールは義足の意味を知る。義足には、膝をしっかり固定し両腕を自由にしてくれる機能があるのだ。

窓拭きのような、はたまた布巾でもヒラヒラさせるような手つきで、マリアナが片手をふる。

「ドラーゴが寄宿学校に通うお金を出したいということですか？」そう言ったとたん、魔法がとける。

それが、彼の望むことか。ドラーゴの学費を出してやること。そうとも、あの子にはいい教育を授けてやりたいし、その後も夢をあきらめずにいて、海軍に入ることを念願とするなら、士官ぐらいにはなってほしい。リューバと上の娘も幸せに育ってほしいし、それぞれの念願と呼べるものをもってほしい。一家の兄妹みんなを護る好意の盾をかざしてやりたい。そしてこのすばらしい女性、彼らの母親を愛したい。なによりもまずそれだ。そのためならなんでもする。

「そうだ」彼は言う。「それがわたしの申し出だ」

マリアナは彼の視線を正面から受けとめる。断言はできないが、顔を赤らめていると思えてならない。と思いきや、足早に部屋を出ていく。すぐに戻ってくる。赤のヘッドスカーフがなくなり、髪はおろされている。リューバと手をつなぎ、もう片腕にはピンクの肩掛けかばんをかけて。そうして娘の耳になにかささやいている。子どもは親指を口にくわえて、ポールのことを好奇の目でじろじろ眺めている。

「もう帰らないとなりません」彼女は言う。「ありがとうございました」そして瞬く間に姿を消す。

やってしまった。この自分が、節くれだった指の老人が、愛の告白なんかしてしまった。それにしても、あの女性が——こちらは己の希望のすべてを、前後の見境もなく、なんのためらいもなく、注ぎこめるけれど――この愛に応えてくれると一瞬でも思うのか？

# 第十三章

翌日、マリアナはやってこない。金曜日にも現れない。きれいさっぱり消え去ったと思っていた暗雲がまた戻ってくる。ポールがヨキッチの家に電話してみると、女の声、マリアナの声ではない別な声で（誰の声だ？　もう一人の娘か？）留守番電話の応答がある。「ポール・レマンです。マリアナに伝言します。電話もらえますか？」と伝言したが、電話はなかった。

彼は腰をおちつけて手紙を書く。**親愛なるマリアナ。ひょっとしてわたしを誤解しているのではないかと思う。**そこまで書いて「わたしを」を消し、「わたしの意図を」と直す。しかし彼女が「ひょっとして誤解した」意図とはなんだ？　**あなたと初めて会ったとき、**と、新しい段落を書きだす。**わたしは粉々に打ち砕かれた状態にあった。**これは事実とは言えない。膝は粉々になっていたかもしれないし、将来の見通しも然《しか》りだったが、粉々に打ち砕かれた状態というのとは違う。マリアナに出会った時の状態をありのままに言い表す語がわかるぐらいなら、今日話したことの意図もありのままにわかるのではないか。彼は「粉々に打ち砕かれた」の部分を消す。だが、ここにどんな語を入れればいい？

書きあぐんでいるうちに、ドアベルが鳴る。心臓が跳びだしそうになる。七面倒くさい言葉や、七面倒くさい手紙など、結局必要なかったのか？

「レマンさん？」インターフォンから声がする。「エリザベス・コステロです。ちょっとお話しできます？」

だれだか知らないが、エリザベス・コステロなる人物がゆっくりと階段をあがってくる。ドアの前に立つ頃には、はあはあ息を切らしている。六十代の女、それも前半ではなく後半のようだが、花柄のシルクのワンピースは背中が深く刳《く》れており、みっともなくそばかすだらけの、なかなか肉感的な肩があらわになっていた。

「心臓が悪くってね」その女は手で扇ぎながら言う。「脚も悪いし」（と、ここで息をついて）「もうほとんど障害者だわよ」

彼は見知らぬ人間の発したそのコメントを不適切、不穏当に感じる。

部屋に招きいれて、椅子をすすめる。水を一杯差しだすと、断らずに受けとる。

「州立図書館の者だと名乗るつもりでいたのよ」女は言う。「図書館ボランティアで、前もって予定しておけるようあなたの遺贈品の規模、物理的な規模、つまり具体的な嵩《かさ》を調べにきたって自己紹介するつもりでいたの。そのうち正体がばれるにしても」

「なら、図書館のかたじゃないんですか？」

「ええ、そう言ったら詐称になるわね」

「だったら、一体――？」

女はよしよしとうなずくような目で居間をざっと見まわす。「名前はエリザベス・コステロよ。

さっきも言ったけど」

「あっ、あのエリザベス・コステロさんですか？　失礼しました。それは考えていかなった。お許しをば」

「お気になさらず」ソファに沈みこんだ姿勢からやっとのことで立ちあがる。「ずばり要点を話しましょうか。こればかりはわたしも経験がないんだけどね、レマンさん。ちょっと手を貸してもらえる？」

一瞬、何を言われているのかわからない。手を貸してもらえる、だって？　女は右手を差しのべており、彼はその手をとる。肉付きよくひんやりした女性らしい手がしばし彼の手の中におさまり、ふと見ると長らくこもりがちの生活をしてきたせいか自分の手が土気色をしているので、いやな気分になる。

「あのね」と女は言う。「ご存じのとおり、わたしはけっこう疑り深いたちなわけ」そう言われて、彼が面食らった顔をしていると、「つまり、あなたがどういう人間なのか自分の目で調べたいと思って。自分の目で確かめたかったのよ」と続けるにおよんで、ポールには女の言うことがいよいよわからなくなる。「わたしたちがたがいの身体を素通りしていかないことをね。子どもみたいな考えでしょ。わたしたちは幽霊ではない、どちらもね——なら、どうしてそんなふうに思う必要があったか？　先を続けてよろしい？」

女はふたたびソファに深く座りこむと、肩をいからせ、なにかを諳《そら》んじはじめる。「『右側からガツンときて、感電したかのような、思いもよらぬ鋭い痛みが走り、彼は自転車からふっ飛ぶ。力を抜け！　宙を飛んでいきながら（〝おちつきはらって飛んでいきながらだ！〟）自分に言い聞かせ……』とかなんとか」

　女はそこで間をおき、自分の言葉の及ぼした効果のほどを探ろうというのか、彼の顔をまじまじと眺める。

「わたし自身そのくだりを初めて耳にしたとき、どんな自問をしたかわかる、レマンさん？　〃なぜわたしはこの男が必要なのか？〃と自分に問うたのよ。どうしてこのまま行かせてしまわないのか？　自転車でのんきに走らせ、ウェイン……Bright だか Blight だか知らないけど、いいわ、Blight にしましょう、そんな男が轟音とともに後ろからやってきて、人生を台無し《ブライト》にし、彼をまずは病院に、その後は不便な階段のあるこのフラットに送りこむ、そんな顛末など知らずにいさせればいい。ポール・レマンとはわたしにとって何者なのか？」

　うっかり家に入れてしまったが、この頭のおかしい女こそ何者なのだ？　どうやって追っ払ったものか？

「で、その自問のお答えは？」彼は用心しながら訊く。「あなたにとって、このわたしは何者なんです？」

「あなたのほうから来たんだもの《ユー・ケイム・トゥ・ミー》」女は言う。「ある意味、何が来るかは自分でも操作できないの。あなたが出てきたら、そこにその青白い顔とか、猫背とか、松葉杖とか、あなたが頑《かたく》なにしがみついてるこのフラットとか、写真のコレクションなんかも全部くっついてきた。そう、クロアチア難民のミロスラヴ・ヨキッチもね。そう、それがご亭主の名前。ミロスラヴ。友だちにはメルって呼ばれてる。それから、彼の妻に対するあなたの生半可な恋着もついてきた」

「生半可なんかではない」

「生半可ですとも。みずからの思いを秘めておけず口に出したはいいけど、その後どうするか見当すらついてないし、見当がついてないことは自分でもわかっているんでしょう。考えてもごらんなさい、ポール。自分の雇い人をたぶらかして家族を捨てさせ、いっしょに暮らそうだなんて、本気で思っているの？　彼女を幸せにできると思っているの？　むこうの子どもたちだって頭にくるだろうし、戸惑いもするでしょう。母親と口をきかなくなるかもしれない。そうなったら彼女は一日中あなたのベッドにもぐりこんで、宥《なだ》めてもすかしてもめそめそ泣いてるでしょうよ。そんな状況をどうして楽しめる？　それとも他に計画でもあるの？　メルが入水させるよう仕向け、妻と子どもはあなたに遺していかせる計画でもあるのかしらね？

さて、最初の問いにもどりましょうか。あなた、すなわちポール・レマンとは何者なのか、あなたの惚れっぽい性向のなにがそんなに特別なのか？　あなたはね、人生の秋に、もう晩秋と言ってもいい頃にさしかかり、未だかつて知らなかった真実の愛を見いだしたと感じてる、そんな男は自分一人だと思っているでしょ？　陳腐ねえ。レマンさん、そんな物語は陳腐きわまりない。もっと強く訴えかけなくては」

そうか、エリザベス・コステロか。何者なのかだんだん思いだしてきた。前に一度、この女の本を、小説を読もうとして挫折したんだった。興味がもてなくなって。ときどき新聞でエコロジーだの動物の権利《アニマル・ライフ》だのにかんする記事を見かけるが、そういうテーマに関心がないので読み飛ばしている。ははあ、そうだ（と、記憶を浚《さら》いあげて）、ひと頃はなんやらかんやらと叩かれていたが、その手の騒ぎもすっかりなりをひそめたようじゃないか。いっときのマスコミ攻勢というやつだったのかもしれない。グレイの髪にグレイの目、そして本人が言うとおり、心臓が悪いんだった。息が速い。その女がいまここにいて、このわたしに説教をし、いかに生くべきか指南しているのか！

「では、どんな訴えかけをしたらお気に召すんですか？」彼は尋ねる。「どんな物語があれば、あなたのご関心をひけるんです？」

「わたしにわかるわけがないでしょ？　なにか考えだしなさいよ」

アホ女め！　放りだしてくれようか。

「きばり《プッシュ》なさいったら！」

きばれ《プッシュ》って？　なにをきばるのだ？　〝きばっ《プッシュ》て！〟というのは、女がお産をするときのかけ声ではなかったか。

「死すべき運命の封筒をこじ開《プッシュ》けるのよ」コステロは言う。「マギル・ロード、あの黄泉《よみ》の国への入り口を。くるくると宙を飛んでいきながら、あなたはなにを感じた？　これまでの人生が走馬灯のようによぎった？　別れを告げようとしている自分の人生って、いま振り返ってみると、どんな感じがした？」

　なんだと、本当なのか？　自分は死にかけたのか？　死にかねない危険な目にあうことと、実際に死にかけることの間には、明確な違いがあるはずだ。この女はこっちが知らないことを密かに把握しているのか？　あの日、宙高く翔びながら思った――なにを？　こんな自由を味わったのは子どもの頃以来だな、と。あの頃は怖いもの知らずで、木の上や、一度など屋根の上からだって飛び降りたものだ。そうやって道路に落ちた瞬間、ウッとなって、シューッと息が漏れていく。ただの「ウッ」でも、人生最後の思いや、最期の言葉になりうるだろうか？

「悲しかったね」彼は言う。「自分の人生が取るに足りないものに思えた。なんたる無駄かと思いましたよ」

「悲しかった、ね。その恐れを知らぬ若者は、空中ブランコに乗っていともやすやすと宙を飛び、そして悲しみをおぼえる（The Daring Young Man on the Flying Trapeze のもじり。元々は十九世紀英国で人気だった空中ブランコ乗りを題材に作られた歌であり、サローヤンの同名短篇はこれに基づく）。顧みれば、取るに足りない人生に感じて……。ふうん、他には？」

他にはだと？　他にはなにも思わなかった。この女はなにを引きだそうとしているのだ？

しかし彼女は自分でした質問に興味をなくしたらしい。「申し訳ないけど、急に気分が悪くなってきて」と、立ちあがるべく奮闘しながらもごもご言っている。実際、血の気がひいているのが傍《はた》目《め》にもわかる。

「横になりますか？　書斎にはベッドがある。お茶でもいれましょうか？」

女はひらひらと手をふって断る。「ただの目眩《めまい》よ。外が暑かったし、階段を昇ったりなんだりでね。ええ、ありがとう。ちょっと横にならせてもらうわ」と、ソファのクッションを押しのける身ぶりをする。

「手を貸しますよ」彼は立ちあがり、松葉杖を支えにして女の腕をとる。これじゃ、老老介護ならぬ病病介護だな（原文の the halt leading the halt は the blind leading the blind 盲人が盲人の手を引くのもじり。マタイ福音書より）。女の肌はかなり冷たくじっとりしている。

書斎のベッドは実のところ、かなり寝心地がいい。散らかった物を、彼が極力かたづけてやると、女は靴を脱ぎ、その上に身体を横たえる。

「わたしにはおかまいなく」片腕で目を覆いながら、女は言う。「わたしたち招かれざる客は決まってそう言うものじゃない？　いないものと思って、ふだんどおりにどうぞ」

「しばらくひとりで休むといいですよ」彼はそう返す。「気分がよくなってきたら、タクシーを呼びますから」

「いえいえ、いいのよ」女は言う。「そんなんじゃないのよ、残念ながら。まだしばらくはここにいるんだから」

「いないと思いますが」

「それがいるのよ、レマンさん。どうやらね。当面の間はあなたにつきあうことになるわ」女が目を覆っていた腕をあげると、かすかに笑っているのがわかる。「我慢してちょうだい。この世の終わりってわけじゃあるまいし」

半時間後、またようすを見にいくと、女は眠っている。下の総入れ歯が飛びだして、砂利を混ぜるようなかすかな音が喉の奥からする。健康的な音には聞こえない。

ポールはいま読んでいる本にまた戻ろうとするが、没頭できない。不機嫌に窓の外をながめる。コホンと咳払いの音がする。女が靴下だけはいた足で、ドアロに立っている。「あなた、アスピリンをお持ち？」と、訊いてくる。

「バスルームのキャビネットに、パラセタモールならある。今はそれしか手元にない」

「ねえ、わたしに渋い顔してみても仕方ないでしょうよ、レマンさん」女は言う。「あなたと同じで、わたしだってこんなことこっちから頼んだわけじゃない」

「頼むって、なにを？」彼は声に滲《にじ》みでる苛立ちをかくせない。

「だから、あなたのこと。どこまでも気持ちのいい午後を、こんな暗いフラットで過ごしたいなんて頼んでない」

「だったら帰ればいいだろう！　そんなにこのフラットが気に障るなら、出ていけばいい。あんたがどうして現れたのか、その理由すら未だにさっぱりわからん。わたしになんの用だ？」

「だから、あなたのほうから来た《ユー・ケィム・トゥ・ミー》のよ。あなたが――」

「こっちから行ったって？　あんたがうちに来たんだろうが！」

「シーッ、大声を出さないで。近所から、お客を虐待してると思われるわよ」と言うと、女は椅子にどっかりと座りこんだ。「わるいわね。お邪魔なのはわかってるのよ。でも、あなたのほうから来たとしか言いようがない。急に浮かんだわけ――片足が不自由で、先行きも暗く、なのに情欲だけは不相応にある男。そこから始まった。そこからどこに行くのかは、わたしにもわからない。なにか提案はない？」

　彼は押し黙っている。

「なんの話だかわからないかもしれないけどね、レマンさん、直観に従う、それがわたしの仕事なのよ。わたしはこうして自分の人生を築いてきた。直観のおもむくまま、最初は自分でも意味がわからないこともある。いえ、最初は自分でも意味がわからない直観にこそ従うようにしてる」

　直観のおもむくままとは、具体的にどんなことを意味するのか？　赤の他人について、会ったこともない相手について、どうやって直観を得るというんだ？

「電話帳からわたしの名前を選んだんだろう」ポールはそう返す。「一か八かで。わたしが実際はどんな人間なのかまったく知りもしないんだ」

　女は首を横にふる。「そんなに単純な話ならいいんだけど」と言う声はごく低く、彼にはほとんど聞きとれない。

陽は沈みつつある。ふたりとも黙りこくって、休戦を宣言した年寄り夫婦みたいに、梢で晩禱をささげる鳥たちのやかましい声にしばらくは耳を傾けている。

「ヨキッチの名前が出ていたが」彼はとうとう沈黙をやぶって言う。「一家のどんなことを知ってるんだ?」

「マリアナ・ヨキッチ、あなたのヘルパーをしている女性はなかなか学があるのよ。本人から聞いたことない? ドブロヴニクの芸術学院に二年間かよって、美術修復学の学位をとった。夫もその学院で働いていたの。それがなれそめよ。夫は技術屋で、とくにアンティークに関する技術を専門にしていた。たとえば、学院の地下室に二百年もの間、機械仕掛けのアヒルのパーツがばらばらのまま錆びるにまかせて転がっていたとするわね、彼はそういうものを組み立て直すの。するとお立ち合い、本物のアヒルみたいにクァックァッと鳴き、よちよち歩き、卵まで産むようになる。いまでは学院のコレクションの主要作品《ピエス・ド・レジスタンス》のひとつよ。ところが、悲しいかな、彼のスキルはここオーストラリアではまったく需要がない。機械仕掛けのアヒルなんてここにはないんだから、というわけで、自動車の組立工場で働いている。

さて、他にどんなことを話せばお役にたつかしらね? マリアナの生まれはクロアチアのザダル、つまりシティ・ガールってやつよ。ロバのことなんてさっぱりわからないでしょう。そして貞淑な妻。これまでの結婚生活で不貞を働いたことは一度もない。決して誘惑にはのらない」

「誘惑なんかしてないぞ」

「わかってますよ。ご自分で言うとおり、彼女に愛を注ぎたいだけなんでしょ。惜しみなく与えたいって。でもね、愛されることはけっこうな代償をともなう。良心ってものが欠如していて踏み倒しでもしないかぎりね。マリアナにはその代償を払う気がない。じつは以前にもこういう状況に陥ったことがあってね、そう、患者たちが恋をしてしまう、あなたが好きでどうしようもないんだ、と言い寄るような事態になる。彼女、そんなのにはうんざりしてるのよ。〝さてと、こうなったら次の仕事先を見つけないとね〟。これが彼女の胸のうち。わかってもらえた？」

　ポールは無言だ。

「よっぽどお熱のようね」女はつづける。「彼女の何かがあなたを惹きつける。わたしが思うに、それはあのはちきれんばかりの輝きでしょ。熟しきった果実のような照り。マリアナがどうしてそんな印象をあなたや他の男たちにも与えるのか、わたしに言わせればこうよ。愛されているから、この世で考えうるかぎり最高にたっぷりと愛されているから、はちきれんばかりになる。詳細のほどは聞きたくないでしょうから、言わないでおくわね。でも、彼女の子どもたち、あの少年と女の子までが同じ印象を与えるのは、やはり溺愛されて育ったからよ。この世界でのびのび《アットホーム》と生きている。あの子たちにとって、この世はいいところなの」

「それでも……」

「ええ、あの少年には死の兆しがある。あなたにもわたしにもそれが見える。あまりにハンサムで、あまりに輝かしく」

「泣きたくなるぐらいだ」

　なんだか湿っぽくなってきた。どちらも湿っぽく、もの憂くなってきて……。ポールは立ちあがる。「マリアナが最後に作ったカネロニが冷凍してある。リコッタチーズとほうれん草の。それを少しどうです？　その後はどうするつもりかわからんが。ひと晩泊りたいというなら歓迎しよう。

しかしそれでおしまいにしてほしい。朝になったら出ていくんだ」

ゆっくりとながらきっぱりと、エリザベス・コステロは首を横にふる。「残念ながら、それは不可能よ、ポール。好むと好まざるとに拘わらず、わたしはしばらくあなたのそばにいる。模範的なお客になると約束しましょう。バスルームに下着をほしたりしない。あなたの邪魔はしない。ものはめったに食べない。ふだんはここにいることさえ気づかないでしょう。ただときおりあなたの肩に、右か左の肩にふれて、道を踏みはずさないようにする」

「で、このわたしはなぜそんなことを我慢しなくてはならないんだ？　もし拒んだら？」

「我慢するしかないのよ。決めるのはあなたじゃないんだから」

# 第十四章

泊めてみると、エリザベス・コステロはたしかに模範的な客である。居間の隅に珈琲テーブルを運びこんで自分の仕事場とし、その上に屈みこんで週末じゅう、分厚いタイプ原稿に没頭しており、どうやら原稿に注釈をつけているようだ。ポールが食事を勧めることもないが、むこうからも頼んでこない。ときどきなにも言わずフラットから姿を消すことがある。ひとりでなにをしているのか想像するしかないが、おそらくノース・アデレードの街をさまよい、カフェにでも入ってクロワッサンをちびちび齧りながら、往来を眺めているのだろう。

そうした不在時にタイプ原稿を捜索してみるが――なにが書かれているのか、ちょっと見てやろうと思っただけだ――見つからない。

「つまり、なにかな」ポールはその日曜日の晩に話しかける。「うちを訪ねてきたのは、わたしを観察してご自分の本に使おうということか？」

コステロは微笑む。「そう単純な話だといいんだけど、レマンさん」

「単純でないのはなぜなんだ？　わたしにはいたって単純に見えるが。おたくは本を執筆中で、その作中でわたしを使おうというんだろう？　それが実際のところだろう？　だとしたら、どんな類の本なんだ、そもそもわたしの同意を得るのが先決とは思わないのか？」

コステロはため息をつく。「わたしがこれからあなたを『作中で使おう』と——あなたの言葉を借りるけど——そういうことなら、たんに使うまでよ。ただ、あなたの名前や、生活状況など一つ二つ変更するでしょうね、文書誹毀《ひき》罪に抵触しないように。それだけのこと。でもそれなら、なにもお宅に居候《いそうろう》する必要なんかないわね。そうじゃないのよ、何度も言うようだけど、あなたのほうから来たの。片脚をなくした男としてね」

自分のほうからこの女のところに来た、という話にはもううんざりだ。「なら、もっと進んで来てくれる人間のほうが使いやすいと思わないか？」ポールはなるべく冷淡に言う。「わたしのことは諦めてくれ。じきにわかると思うが、わたしは御しやすい人間じゃない。出ていってくれないか。お引き留めしない。わたしなどお払い箱にしたほうがあなたには楽だろう。それは逆もまた真なり」

「じゃ、あなたの分不相応の情欲は？　どこでそんな代替えを見つけろっていうの？」

「わたしの『情欲』だかなんだか知らんが、あんたにとやかく言われる筋合いはないんだ、コステロさん」

コステロはうすら寒い笑みを浮かべ、首をまた横にふり、「わたしがなにをとやかく言おうと、あなたが指示することではないのよ」と、静かに言う。

ポールの手が松葉杖をきつくつかむ。この杖がトネリコかユーカリを素材にした昔ながらのまともな杖だったら、こんなアルミニウムでなく重みのある杖だったら、この鬼ババの脳天に何度も何度もうちおろして、必要なだけうちおろしてやり、こいつが死んで足元に横たわり、じゅうたんが血まみれになっても、あとは野となれ山となれだ。

そのとき電話が鳴る。「レマンさんですか？　マリアナです。どうですか？　しばらく行かなくてすみません。病気しました。明日は行くです。いいですか？」

いいだろう、これからふたりの間ではそういう作り話で通す。マリアナは〝病気した〟のだ。

「ああ、もちろんかまわないよ、マリアナ。具合がよくなっているんだといいが。じゃ、いつもどおり明日」

「マリアナが明日から仕事に復帰する」彼はできるだけ事務的に言う。〝おまえは退散するころあいだよ〟というメッセージを理解してくれますように。

「どうぞどうぞ。彼女のじゃまはしないわ」ポールが怒った目でにらみつけると、「わたしが古い仲のガールフレンドのひとりだって、彼女に思われるのが心配なわけ？」コステロは朗らかといっていいような笑顔をむけてくる。「なんでもかんでもそう深刻に受けとりなさんな、ポール」

マリアナがもどってくる決心をした理由は、玄関を入ってきてすぐ明らかになる。蒸した雨の日で、生温かい雨がユーカリのつんとくる匂いを運んでくるなか、彼女はコートも脱がないまま、テーブルの上に光沢のあるパンフレットを叩きつけるように置く。その表紙には、広々とした芝生を背景にゴシック風の建物が写り、パネル写真には、シャツ姿にネクタイをしめた垢《あか》ぬけた男子が、コンピュータのキーボードを前に座っており、同じように垢抜けたお仲間が肩越しにのぞきこんでいる。**〈ウェリントン・カレッジ。卓越した五十年の歴史〉**。ウェリントン・カレッジなんて聞いたことがない。

「ドラーゴはここに行くと言います」マリアナは言う。「よさそうな学校です。そう思いませんか?」

ポールはパンフレットをぱらぱらと繰ってみる。「本校は英国ペンブルックシャーのウェリントン・カレッジの姉妹校であり」と、読みあげる。「新世紀の挑戦にむけて若者を教育し……ビジネス・キャリア・コース、サイエンス&テクノロジー・コース、軍隊コース。この学校はどこにあるんだ? どうやって見つけてきた?」

「キャンベラです。あの子、キャンベラで新しい友だちを見つけます。アデレーダーの友だちはしょうもない。息子をだめにするだけです」マリアナはアデレードという語をイタリア語のように、スパイダーと韻を踏むように発音する。ドブロヴニクの出身だったな、ヴェネツィアは目と鼻の先だ。

「で、ウェリントン・カレッジのことはどこで聞いてきた?」

「ドラーゴがよく知ってます。オーストラリア国防大学のフード・スクールです」

「フィーダー・スクール(特定の上位校に生徒を送りこむ進学校)だろう」

「そう、フィーダー・スクールです。ええと、優先がもらえます」

ポールはまたパンフレットをめくってみる。入学願書。学費払込日程。寄宿学校の学費が高いのは知っていたが、それでも印刷されたその数字にギョッとする。

「ここに何年通うことになるんだ?」

「一月から入れば二年間です。二年後には十二年生になって、そこからは奨学金がもらえます。必要なのは二年ぶんの学費だけです」

「本人はここに入ることに乗り気なのかね？　うんと言ったのか？」

「ものすごく乗り気です。行きたいと言ってます」

「いいかい、子どもを入れる前に、両親が学校を見にいくのがふつうだよ。学内見学をし、校長先生と話し、そこの雰囲気をつかむ。両親《きみたち》もドラーゴも、まずウェリントン・カレッジを訪問したいと本当に思わないのかね？」

マリアナはレインコート――透明なビニール素材のあくまで機能的なものだ――を脱ぐと、椅子の背にかける。

マリアナの肌は温かそうで、血色がいい。先日の対峙の緊張など跡形もない。「だって、あのウェリントン・カレッジが」と、言う。「ウェリントン・カレッジがマノ・パラのヨキッチ夫婦に見に来てほしがると思います？　ウェリントン・カレッジに息子を入れても大丈夫かどうか見るなんて」

ずいぶん機嫌のいい口調だ。気まずい思いをしている人間がいるとすれば、それはポールのほうだ。

「クロアチアでは、レマンさん、うちの主人けっこう有名でした。信じられませんか？　かたっぱしから新聞に写真載りました。ミロスラヴ・ヨキッチと機械仕掛けのアヒルの写真です。テレビですか？」――二本の指で歩く動作をしながら――「機械仕掛けのアヒルの映像が流れました。うちの主人の他にいません。機械じかけのアヒルを歩かせて、クァックァッと鳴かせて、ものを食べさせて」――ここで自分の胸をぽんと叩き――「いろんなことをさせられるのは。古い、古いアヒルなんですよ。スウェーデンで作られました。スウェーデンからドブロヴニクに来たのが一六八〇年です（ピンチョンの『メイスン&ディクスン』にも出てくるフランスのJacques de Vaucanson による機械仕掛けのアヒルは一七九三年製）。いまは修復のしかたをだれも知りません。そこでミロスラヴ・ヨキッチが完璧に直しました。一週間か二週間ぐらい、主人はクロアチアの有名人でした。でも、ここでは？」——と、天を仰ぐようにして——「そんなことだれも知らない。オーストラリアでは、機械仕掛けのアヒルのことなんてだれも聞いたことないです。どんな物なのかも知らない。ミロスラヴ・ヨキッチの名前なんて、だれも聞いたことありません。ただの自動車工です。なんでもない、ただの自動車工です」

「うーん、それはどうかな」ポールは言う。「自動車工はなんでもなくないぞ。なんでもない人間なんていないさ。ともかく、あなたがたが学校訪問しようがしまいが、マノ・パラの住民だろうとティンブトゥクの住民だろうと、ウェリントン・カレッジは大喜びで学費を受けとるだけだと思うね。ここに決めて出願しなさい。金はわたしが払う。入学申請費のぶんは、いますぐ小切手を切ってあげよう」

　これで決まりだ。こんなに簡単に。とうとう深入りしてしまった。いわゆるゴッドファザー（霊魂上の父として子の宗教教育を保証する）になったわけだ。ゴッドファザー、子を神の元へ導く父。ドラーゴを神の元へ導く力など、自分にあるのか？

「よかったです」マリアナは言う。「すぐドラーゴに話すです。とても喜びます」一瞬の間がある。

「レマンさんは？　脚は大丈夫ですか？　痛みはないですか？　エクササイズはしてますか？」

「脚なら大丈夫だ。痛みもない」彼はそう言う。言わずにいたのはこういうことだ。〝しかしきみは、なぜ仕事を放棄したのだ、マリアナ？　なぜわたしを見捨てた？　プロにあるまじき行動ではないか？　今回のことはミセス・パッツの耳に入れたくないだろうに〟。

いまもって憤懣やるかたない。マリアナに少しは悔恨のしるしを見せてもらいたいものだ。そう思うのと同時に、彼女がもどってきた歓びに酔いしれ、これから金を与えてやるのだと思うと気が昂ぶる。昔から、人になにか与えるとなると張り切る。自分にそういうところがあるのは知っている。駆り立てられるようにもっともっと与えたくなる。ギャンブルと似ている。失いゆくことのスリル。喪失に喪失を重ねる。無謀な、わが身を顧みぬ、墜落。

マリアナはふだんどおり、すでにせわしなく仕事にかかっている。手始めは寝室から、ベッドのシーツをはぎ、洗濯ずみのシーツをかけ直す。そうしながらも、きっとこちらの視線を感じ、その太ももや胸を愛でる男の発する熱気を感じていることだろう。彼の場合、決まって朝のうちのほうがその気を強く催す。なにかの奇跡でも起きて、この気持ちの昂ぶりに乗じ、このムードのまま、いますぐマリアナを抱きしめることができたら、きっときっとあの清純ぶりをめためたにしてやるのに。だが、言うまでもなくそんなことはありえない。無分別というものだ。無分別というより、狂気の沙汰だ。そんなことは考えてもいけない。

そのときバスルームのドアがひらき、コステロ女がガウンにスリッパという姿で現れ、この場にわりこんでくる。タオルで髪の毛を乾かしており、ところどころピンク色の頭皮がすけて見える。ポールは率先してこの女の紹介をおこなう。「マリアナ、こちらはミセス・コステロ。少しの間うちに宿泊するんだ。こちらはミセス・ヨキッチ」

マリアナが手を差しのべると、コステロ女はいかにも仰々しい身ぶりでその手をとり、「決してお邪魔はしませんから」と言う。

「ご心配なく」

しばしのち、玄関のドアロックがカチリと音をたてたのが聞こえる。窓の外を見ると、コステロ女が川の方へと通りを遠ざかっていく。見覚えのある麦わら帽子をかぶっていると思ったら、彼の帽子である。ここ何年もかぶっていないやつだ。どこで見つけたのだ？　あの女、うちの戸棚をあさっているのか？

「やさしいレディですね」マリアナが言う。「お友だちですか？」

「友だちだって？　いやいや、とんでもない。ただの仕事仲間だ。こっちに仕事があるらしくてね。その間だけここに宿泊しているんだ」

「それはいいですね」

マリアナは急いでいるのか、そわそわしている。いつもなら、午前中はまず脚の手当てをしてくれ、ひととおりエクササイズにつきあってくれる。なのに今日は、エクササイズの声かけもない。「もう行かないとなりません。今日はちょっと特別で、保育所にリューバを迎えにいかないと」と言って、バッグから冷凍キッシュをとりだす。「たぶん午後にもどってくるです。お昼用にちょっといいものを買っておきました。レシートを置くから、あとで払ってください」

「ちょっとしたものを、だよ」彼は訂正してやる。

「ちょっとしたものを、です」マリアナは言う。

彼女が出ていったとたんキーの回る音がして、エリザベス・コステロがもどってきて、「くだものを買ってきたわ」と告げ、テーブルにビニール袋を置く。「面接があるわよ、たぶん。マリアナにこなせると思う？」

「面接というと？」

「そのカレッジに入るための、よ。出願者本人と両親の面接があるでしょう。どちらかというと、両親のほうが主ね。しかるべき人たちかどうか見るわけ」

「入学志願するのはドラーゴだぞ、両親じゃない。ウェリントン・カレッジになんらか見る目があるなら、ドラーゴに飛びつくはずだ」

「でも、あのバカ高い学費をどうやって支払うつもりか、両親にずばり尋ねてきたら？」

「わたしが学校に手紙を書こう。念書を提出する。必要なことはなんでもするつもりだ」

コステロは珈琲テーブルのボウルにくだものを積みあげて、小さなピラミッドを作っている。アンズ、ネクタリン、ぶどう。「ごりっぱね。あなたをよく知るこういう機会がもてて本当によかった。信頼できる人だわ」

「信頼できるだって？　そんなことはこれまで、だれにも言われたことがない」

「そういうところがまた、信頼できる。前にあなたとヨキッチ夫人のことでいろいろ言ったけど、あんなのは真に受けちゃだめ。嘘偽りのない、昔気質の愛を目の当たりにすると、人間って照れ臭くなるわけよ。あなたには頭がさがるわ」

コステロはせっせとくだものを積みながらそこで言葉を切り、ほんのちょっと頭をさげてみせたが、嫌味に見えなくもなかった。

「とはいえ」と、先を続ける。「この先には、まだミロスラヴというハードルを越える必要があるのをお忘れなく。あのお父さんが千マイルも離れたお高い寄宿学校に息子を簡単にやらせるとは思えないでしょ。これだけの経済的な責任を、他の男に、しかも自分の妻が週に六日世話をしに通っている、片脚のない男に、肩代わりさせたがるとは思えない。ミロスラヴのことをどうするつもりか考えたことある？」

「この申し出を断るようなら、やつは馬鹿だ。彼にはなんの影響もないかもしれんが、息子と息子の将来を左右することだ」

「違うわ、ポール、それは間違いよ」コステロは静かに言う。「息子から母へ、妻から夫へ。この一家絆はそういう結ばれ方をしているの。あなたは父親のプライドを傷つける、男の面子をつぶすことになる。早晩、ミロスラヴと対面することになるでしょう。その日が来たら、あなたはなんと言うつもり？『ただ力になりたいだけなんです』って？　そんなふうに言うの？　それじゃあ、納得しないでしょうね。本当のことを言わなくちゃだめ。そして本当のところ、あなたは、〝ただ力になりたいだけ〟ではない。それどころか、ヨキッチ一家の生活を邪魔だてしようとしている。ヨキッチ夫人のパンツに手を入れようとしている。そのうえヨキッチの子どもたちまで父の元から拐《かどわ》かし、わがものにしようとしているんじゃないの。一人、二人、三人までも。要するに、これは〝友好計画〟とは呼べないものだと思うわね。ええ、そうよ、わたしが見るかぎり、あなたはいかなる意味でもミロスラヴの友人とはいえない。ミロスラヴがあなたの申し出を快く受け入れないとしても、彼を責められる？　かくして、ミロスラヴのことはどうするつもりかって話になるわけよ。考えてみないとね。ようく考えて」コステロは指先で自分の額に触れる。「よくよく考えた末、わたしの予想するような結果に、つまり行き止まりになったとしても、まあ、別な選択肢を提案してあげられるから」

「別な選択肢？」

「ヨキッチ一家とあなたのこういうごたごたをやめて、別の道を行くのよ。ヨキッチ夫人のこともその熱い恋着も忘れてちょうだい。思い返してみて。前回整骨療法をしに病院に行った日を憶えてる？　黒いサングラスをかけた女がエレベーターに乗ってきたのを憶えてる？　もっと年配の女性の付き添いでね？　もちろん憶えてるでしょ。あれだけ心に残ったんだから。そのことはわたしにもわかった。

いい、どんな子どもに聞いてもわかることだけど、人生で起きたことにはすべてに意味があるのよ、ポール。これは、物語が教えてくれる教訓のひとつ、多くの教訓のひとつね。あら、もう物語を読むってことはやめてしまったの？　それは間違いね。よくないわ。

あの黒いサングラスの女について教えてあげましょう。彼女はね、なんと、目が見えないのよ。ある悪性の病、腫瘍のため、一年ほど前に視力を失った。片目を丸ごと切除する手術をし、もう片方も見えなくなった。そんな災難に襲われる前の彼女は美しかった。少なくとも、とても魅力的だった。なのに、いまの彼女は盲人という点では、以前のような美しさはない。人はその顔をできれば見たくないと思う。というか、思わず見つめてしまってから、嫌悪感で目をそらすという感じね。そんな嫌悪はもちろん彼女の目には見えないけれど、それでも感じるのよ。顔を指でまさぐってくるような、まさぐったあげくにあわてて手を引っこめるような、他人の視線に気づいている。

盲いるというのは、あらかじめ聞かされていた以上に、自分で想像した以上に、つらいことだった。いまの彼女は絶望の淵にいる。ほんの数か月で、恐怖の的になってしまったんだもの。人の目にさらされるから、外に出るのも耐えられない。身を隠していたい。死んでしまいたい。しかしそれと同時に、充たされない欲望がどうしようもなく溢れてくる。女としてはまだ夏真っ盛りのころ。毎日毎日、暑さにあえぐ牝牛か牝豚みたいに、文字どおり肉の疼きにあえいでいるのよ。

わたしの話に驚いてる？　たんなるわたしの作り話だと思う？　そんなことはない。あの女は実在する。あなたがその二つの目で見たんだから。名前はマリアンナ。わたしたちの住むこの一見平穏な世界には、恐怖がひそんでいる。あなた自身も長いこと思いつきもしなかったような災いがね。たとえば、大海の深淵、海の底——あらゆる想像を超えることが、そこでは起きている。

　マリアンナが焦がれているのは、慰めなんかじゃないし、いわんや崇拝でもなく、いたって身体的な表現による愛なのよ。彼女はほんのいっときでいいから、むかしの自分にもどりたい。あなたが以前の自分にもどりたいようにね。ずばりこう言いましょうか。あなたがたふたりなら成し遂げられることがあるのに、それがどうしてわからないの？　あなたとマリアンナ。盲目と跛《びっこ》で（原典は聖書マタイ福音書）。

　マリアンナについて、もうひとつ教えてあげましょう。マリアンナはあなたのことを知ってるのよ。ええ、知ってますとも。あなたと彼女は知り合いなの。気づいていた？」

　まるでポールの日記でも読みあげているようだった。彼が日記をつけていて、この女が夜フラットに忍びこみ、彼の秘密を盗み読みしたかのようだった。しかし現実には日記など存在しない。眠っているうちに書いているのでもないかぎり。

「それは思い違いだよ、コステロさん」彼は言う。「あなたのいう女性ね、あなたがマリアンナという名の女性だが、わたしは病院で一度しか会っていない。むこうはこっちの姿はきっと見えていなかったろうが。そういうわけで、知り合いということはありえない。どんな些細なつながりもない」

「そうね、ひょっとしたらわたしの思い違いということもある。あるいは、思い違いをしているのはあなたのほうか。マリアンナは若い時分の知り合いかもしれないわよ。ふたりともまだ若く、五体満足で、見目うるわしいころに出会い、でもそのことを忘れているだけかもしれない。あなたは写真の仕事をしていたんじゃなかった？　そのむかし、彼女の写真を撮ったことがあるんじゃないの？　たまたま自分の撮る写真画像にばかり注意が向いていて、被写体である彼女自身にはあまり目が向かなかった。そういうことかもしれない」

「そんなことはあるかもしれないが、わたしは記憶力のほうも問題ないし、そういう撮影をした覚えはないんだ」

「まあ、旧知の友であろうとなかろうと、あなたとマリアンナのふたりでならできることをなぜわかろうとしないの？　もしそんな型破りな状況が実現するなら、出会いのアレンジはわたしに任せて。あなたはただ心の準備をして待っているだけでいい。安心してちょうだい。マリアンナに話をもちかけるなら、彼女の自尊心を損ねることなく登場できるような言い方をするから。

最後にひと言。あなたと彼女がなにをするにせよ、暗闇でなさいね。彼女への思いやりというものよ。あなたのベッドを洞穴だと思って。嵐が吹き荒れるなか、狩りをする乙女が避難場所を求めて入ってくる。乙女が手を差しのべると、それがもうひとつの手、すなわちあなたの手とふれあう。ま、そんな感じで」

ぴしゃりとなにか言い返したいところだが、クスリでも飲んだように頭がぼんやりとして言い返せない。

「あなたは記憶にないと言い張るエピソードだけど」コステロは続ける。「彼女の写真を撮ったかもしれない、撮らなかったかもしれない日のことだけど——少し自分を疑ってみたらと言うしかないわね。記憶をかき回してみたら、びっくりするような光景が浮かびあがってくるかもしれない。でもわたしに無理強いはさせないで。あなたの側のストーリーは、彼女をあの日エレベーターでひと目見ただけだと仮定して構築していきましょう。ほんの一瞥だけど、欲望をかき立てるには充分だった。あなたの欲望と彼女の欲求があわさったら、なにが生まれるかしら？　いまだかつてない大スケールのパッション？　人生の秋に燃えさかる最後の大火？　どうかしら。大事なところはあなたがたの、あなたと彼女の手にかかっているんだから。どう、わたしの提案は受けてもらえそう？　もしそうならイエスと言って。言うのも恥ずかしければうなずくだけでいいわ。どう、イエス？

彼女の名前はさっきも言ったけど、マリアンナよ。Mariannaとnが二つ。わたしにはどうしようもないのよ。名前を変える力はないのでね。もしお望みなら、彼女に当座の名前をつけたらどう、愛称みたいな、ダーリンとか子ネコちゃんとかなんとか。結婚していたんだけど、運命の一撃に見舞われたのち、ほかすべてのものと同様、結婚生活も破綻。生活は乱れ気味。目下は母親と、そう、あなたが一緒にいるのを見たあの皺くちゃばあさんと同居中よ。

まあ、これぐらいのバックグラウンドがわかっていれば、当面は充分でしょう。残りは彼女自身の口から聞きだしてちょうだい。名前のnは二つよ。元々は養豚場の娘。身なりは乱れ気味、生活の他すべても同様だけど、それは大目に見てやって。暗闇で身づくろいすれば、たまのミスもない人間なんている？

精神的な動揺はあるけど、清潔よ。あの手術をしてから、あれは四肢切断のように大ざっぱな仕事ではなく、ごく繊細な手術だったけど、あれ以後、彼女は衛生面と体臭に関しては病的なまでに気をつかっている。盲人たちには時々あることよ。彼女にあわせてあなたも清潔にしていったほうがいい。話が露骨でも勘弁してちょうだいよ。身体をよく洗っていくこと。どこもかしこも。それから、その悲しげな顔はやめなさい。片脚を失うのは悲劇なんかじゃない。それどころか、喜劇的よ。どこであれ身体から突き出た部分を失うのは滑稽なのよ。そうでなければ、これをテーマにしたジョークがこんなにあるわけないでしょ。ほら、「片脚じいさん／帽子差しだし『お恵みを』」とかいう戯れ歌なんかもね。

ポール。年月は瞬く間にすぎていく。だから元気なうちに楽しむこと。だいたい自分で思っているより遅れをとっているものよ。

ああ、もうひとりのマリアナね、そこを知りたいんだったら、あのヘルパーの女性はわたしのアイデアじゃないの。こういうことに、決まったシステムはないのよ。ドブロヴニクのマリアナと、あなたの分不相応な情欲《パッション》については、あなたの友だちのミセス・パッツ経由で届いたものだから。わたしには関係ない。

わたしのことをどう理解したらいいかわからないんでしょう？　わたしが転がりこんできたのは一種の災難だと思っている。朝から晩までつまらないことをしゃべりたてて、そうしながら話をでっちあげてるんだろうと思ってる。それなのに、抵抗しないのね。これまで見るかぎりは抵抗する気配がない。わたしが諦めて出て行ってくれるといいと思いながら、許容している。否定してもだめよ。だれにだってわかるぐらいはっきりと顔に書いてある。あなたは忍苦の象徴たるヨブなのね。そしてわたしは理不尽な苦悩の種。あなたが自棄《やけ》にならないためのプランとやらを並べたて、べちゃべちゃべちゃべちゃしゃべり続ける。いまのあなたは平穏を得ることだけをひたすら望んでいる。

べつにこんなお話にしなくてもいいのよ、ポール。もう一度言うけど、これはあなたの物語であってわたしの物語じゃない。あなたが自分の世話は自分でするると決めた瞬間、わたしはフェイドアウトする。あなたがもうこの女の話は聞かんと決意したら、わたしなんか存在しなかったみたいに消えるのよ。この約束はあなたの新たな友だちマリアンナにも適応される。わたしは引きさがるから、あなたと彼女はおたがいの救済を導きだすべく自由にやってちょうだい。

考えてごらんなさい、いかに巧《うま》い幕開けだったか。あのマギル・ロードの事故ほど人々の耳目を引きつける巧みな展開は計算しても作れない。若いウェインがあなたにぶつかってきて、あなたを〝猫みたいに〟宙にふっ飛ばす。そこから、なんと悲しい下り坂かしら！　動きはだんだん、だんだんゆっくりになって、いまではほとんど休止状態。狭苦しいフラットに閉じこめられ、あなたのことなんかちっとも気にかけていないヘルパーの世話になっている。でも、落胆しないで。次のマリアンナはなかなか脈がある。顔を台無しにされ、肉欲にとらわれながら疾《やま》しさを感じている。マリアンナはたいした女よ。問題は、あなたが彼女につりあう男か？　ということ。

ちょっと答えなさいよ、ポール。なにか言ったら」

頭に波が打ちつけてくるようだ。実際、おそらく自分はすでに船端《ふなばた》に放りだされて波間にただよい、深海の潮流のなすがままになっている状態なのだろう。打ち寄せる海水がそのうち、最後にわずか残っている薄い肉さえも骨からはぎとるだろう。目は真珠のように、骨は珊瑚のようになる。

# 第十五章

　マリアナが電話をしてくる。話しださないうちから、なにを言うか予測がつく。すみませんが、今日は行かれないです。娘の問題で。いえいえ、リューバでなくてブランカのことです。

「力になろうか？」ポールは尋ねる。

「いいえ、だれも力になれないです」マリアナはため息をつく。「明日はきっと行きますので、いいですか？」

「娘がらみのトラブルねえ」エリザベス・コステロがそう言って考えこむ。「一体どんなトラブルだっていうのかしら？　それでも、どんな災いにも希望はあるものね。ほら、前に話したマリアンナだけどね、あの目の見えない女性――あなた、彼女のことが頭から離れないんじゃない？　しらばくれなさんな、ポール、わたしはあなたの考えが本を読むみたいにわかるんだから。ちょうどマリアンナは今日、暇でぶらぶらしてる。身を持て余してるの。ほら、そこのカフェに、アルフレードとかいう名前のカフェに行きなさい、今日の午後五時に。そしたら、わたしが彼女と引き合わせるようにするから。むこうは目が見えないけど、ドレスアップしていってね。わたしは彼女を連れていき、そこでお別れする。どうしてそんなことができるんだ、なんて訊かないで。魔法でもなんでもなく、ただそうするだけなんだから」

コステロはその午後、外出したままもどらない。四時半になり、ポールがフラットを出ようとしていると、息を切らして再び登場。「計画変更よ」コステロは言う。「マリアンナはいま階下《した》で待ってるわ。アルフレードで会うのは気が進まないらしいの。どうやら――」と、憤慨して鼻を鳴らす。「ちょっと気難しくなってるみたい。キッチンをお借りしていい？」

キッチンからもどってきたコステロが手にする小さなボウルには、クリームみたいなものが入っている。「たんに小麦粉を水でといたものよ。これを目の上に塗ります。怖がらないで、痛くないから。どうしてこんなものを塗らなくちゃいけないかって？　マリアンナはあなたに姿を見られたくないそうなの。頑として譲らないのよ。さあ、屈んでちょうだい。じっとして。瞬きしちゃだめよ。しっかり固定するためにレモンの葉を上からかぶせましょう。さらにレモンの葉を固定するために、ナイロンのストッキングね、もちろんきれいに洗濯したものよ、これを巻いて後ろで結んで、と。大丈夫、好きなときにはずせる。でもお勧めはしないわね。決してお勧めはしない。

よし、これで出来た。ややこしくて申し訳ないわね。でも、われわれ人間ってこういうものなのよ、ややこしいの、しかもそれぞれ独自のやり方がある。さて、腰をおちつけて待っていてくれれば、わたしがマリアンナを連れてくるわ。どう、心の準備はいい？　行けそう？　イエス？　よろしい。そうそう、彼女への支払いを忘れないでね。そういう取り決めだから。そうすることで彼女は自尊心を保てるの。なんだかあべこべの世界じゃない？　でも、われわれにはこの世界しかないのよ。

彼女をここに届けたら、すぐにわたしはそっと出ていくから、おふたりだけでより深く知りあうといいわ。わたしは明日かあさってまでもどらないつもり。さよなら。わたしのことはご心配なく。タフなばあさんですから」

コステロはそう言うと出ていく。ポールはドアと向かいあう形で、歩行器にもたれて立っている。階段の吹き抜けから、低く囁きかわす声が聞こえてくる。ドアの錠がまたカチリと開く音がする。

「いらっしゃい」ポールは暗闇で言う。まだ信じきれていないくせに、心臓はもう早鐘のように打っている。

なにかが滑るような音。衣ずれのような音。瞼にかぶせた湿った葉の匂いばかりで、他のものの匂いがしない。歩行器に触れられたような感覚が両手から伝わってくる。「目はふさいである、覆ってあるんだ」彼は言う。「目が見えない状態に慣れてない。そこは辛抱してくれ」

小さく、軽い手が、彼の顔にふれ、そこで止まる。〝えっ、いきなりかよ〟。彼はそう思いながら手のほうに顔を向け、そこにキスをする。〝最後までふたりで演じきろうじゃないか〟。

何本かの指が彼の唇をまさぐる。どの爪も短く切り揃えられている。レモンの香りを通して、かすかにウールの匂いがする。指は顎の線をなぞる。目隠しの上を通り、彼の髪をすくように動く。

「声を聞かせてくれないか」彼は言う。

女は咳払いをする。すでにその高くクリアな声音で、女がマリアナ・ヨキッチではないのがわかる。もっと軽く、もっと空気のような生き物だ。

「歌ったらだれにも負けない声だろうな」彼は言う。「さて、われわれはある意味、ステージにあがったわけだ。だれにも観られていなくても」

〝だれにも観られていなくとも〟。いいや、ある意味、ふたりは観られているのだ。それは間違いない。首の後ろあたりにその視線を感じる。

「これはなんなの？」軽やかな声がし、歩行器がごくごくそっと揺すられるのを感じる。女の言葉のアクセントは、オーストラリア人のものでもイギリス人のものでもない。クロアチア人か？　またもやクロアチア人？　そんなことはないだろう。クロアチア人というのはそんなに密集しているもんじゃない。それに、クロアチア人が次々と続いて、どういう意味があるというのだ？

「アルミ製のジマー・フレームというものだよ。一般には歩行器と呼ばれてる。わたしは片脚をなくしたんだ。松葉杖よりこのフレームのほうが疲れないようでね」と言っているうちに、フレームがバリアのように感じられやしないかと案じる。「でも、これはどけておこう」フレームを脇に置くと、彼はソファに腰をおろす。「きみも横に座らないか？　ここにソファがある。きみのすぐ前だよ、一歩か二歩のところだ。介助してあげられなくて申し訳ない。われわれの共通の友であるミセス・コステロに目隠しを着けられてしまったんだ。まったく無責任だよ、あのコステロという人は」

目隠しのことで（いや、他のことでもいろいろと）コステロをなじりはするものの、目隠しをはぎとって、目をむきだしにするつもりは、いまのところまだない。

またカサカサと音がし（こんなに衣ずれの音がするなんて、一体どんな服を着ているのか？）女は彼の隣に、正確に言うと、彼の手の上に座ってしまった。彼女が腰を浮かして、手を引き抜くまでの一瞬、ポールの手はいたって淫らな形で彼女の尻の下に置かれることになった。記憶では大柄な女ではなかったが、尻は大きい。大きくて柔らかい。しかし盲人というのは活動的ではないのだろう。むやみに歩き回ったり、走ったり、自転車に乗ったりしない。そうした活力は押しこめられて、いわゆるガス抜きする場所がない。彼女の気が逸《はや》るのも無理はないだろう。二つ返事で、見知らぬ男をひとりで訪ねてくる気になるのも不思議はない。

手が自由になったのだから、さっき触られたように、こちらからも触りかえすことができる。とはいえ、自分がしたいことは本当にそれだろうか？　彼女の目かその周辺をまさぐりたいと思っているのか？　自分は要するに——なんと表現すればいいか——「ぞっとする」思いをしたいのか？　ぞっとするものとは——肝を縮みあがらせ、意気地を挫き、真っ青になってガタガタ震えさせるもの。人は目に見えず指先から伝わってくるものだけで「ぞっとする」ことができるものか？　しかも自分のように盲の国の初心者の指で。

ためらいがちに手を伸ばしてみる。手に触れたのは、なにか固い房のような、粒つぶの、たぶんビーズかなにかだろう、身体にぴったりしたドレスに縫いつけられた果実の飾り。首元か胴のどこかを触っているに違いない。何センチか上に行くと、顎の先に触れる。顎は硬くてとがっている。それから短めの下顎があり、それからチクチクしたハリエニシダのようなものが……たぶん髪の生え際だろう。髪は触ったところ黒っぽい感じがする。その肌が黒く感じるのと同様に。それからなにか硬いものが触る。きっとつるの部分だろう。眼鏡をかけているのだ。頬骨にそってカーヴしている、たぶんエレベーターでかけているのを見たあのサングラスだ。

「マリアンナという名前だと、ミセス・コステロに教わった」

「マリアンナよ」

彼も Marianna と言い、彼女も Marianna と言っているのだが、発音が少し違う。ポールの発音する Marianna はまだ Marijana（マリアナ）の色合いを引きずっている。マリアナはこの女性の名前より重たくてどっしりした感じだ。こちらのマリアンナに関しては、流れるようで、白銀色に澄んでいるとしか言いようがない。水銀《クイックシルバー》ほど生き《クィック》ている感じではなく、どちらかというと流水に近い。巻きこむ流れ。盲目であるというのは、こういうことではないか？　単語ひとつひとつの重さを、ひとつひとつのトーンを手で計り、それに相当する表現を手探りすることになるが、およそ下手な詩みたいに聞こえてしまう（巻きこむ流れ、だなんて）。

「フランス語のマリアンヌではないの？」

「違うわ」

違うのか。フランス名ではない。残念。フランスとくればそれがなんらかの共通項となって、それを毛布みたいにふたりの上に広げられたのに。

水溶き小麦粉は驚くべき威力を発揮している。目の瞳孔はめいっぱい開いているのに、完全な闇の世界だ。こんなもの、コステロはどこから思いついたんだろう？　なにかの本か？　古代人の伝えるレシピか？

女のいくぶん縮れた髪に指で触れたまま、女を引き寄せると、彼女のほうも寄ってくる。顔と顔がくっつき、黒いサングラスも押しつけられてくるが、女は両の握りこぶしを胸のあたりに置いて、胸は密着しないようにする。

「来てくれてありがとう」彼は言う。「ミセス・コステロから現在の障害については聞いたよ。気の毒に」

女はなにも言わない。その身体にかすかな震えが走るのが感じられる。

「べつに必要はないんだよ」とは言ってみたものの、つぎになんと続けるべきなのかわからない。なんの必要があり、なんの必要がないのか？　男女の別に関係することか？　コステロ女の言い方を借りれば、肉欲に身をまかせるようなことか？　しかし男と女という存在と肉欲の行使の間には、まぎれもない深淵が口をあけている。「そう、必要ない」と、もう一度切りだす。「台本に沿って進める必要はないんだ。おたがい望まないことをする必要もない。われわれは自由意思をもつ存在なんだからね」

女はまだ小さく震えている。小鳥のように震えているというか、慄《おのの》いている。「そばにおいで」と、彼が言うと、素直にもっと近くへにじり寄ってくる。彼女には難しい動作に違いない。手を貸してやらなくては。これはふたりの共同作業なんだから。

首元にあるリボンや果実やビーズはたんなる装飾だとわかる。ドレスは背中のジッパーでひらくのだ。ありがたいことにウエストまでするすると下がる。ポールの指は不器用にゆっくりと動く。さっき彼女がもう少し長く手の上に座っていてくれたら、指も温まっただろうに。動物の熱で。ブラジャーに関しては、しっかりした作りで丈夫そうで、カルメル修道女たちが着けていそうな種類のもの。バストも大きく、尻も大きいが、他の部分は華奢である。マリアンナ。彼女がここに来たのはね、と、コステロ女が口を出してくる。あなたを気づかうゆえではなく、自分のためよ。なぜなら、彼女のなかには癒しえぬ渇きがある。あの容貌、あの損ねられた顔のせいで。見れば凍りついてしまうから、目にしないよう、できれば触ることもないよう、あらかじめ注意まで受けた。

「おたがいお喋りは控えめでいいと思うが」彼は言う。「とはいえ、実際的な理由からひとつだけ伝えておきたい状況があるんだ。事故にあって以来、この手のことは経験がない。少し手伝いが必要になるかと思う」

「ええ、知ってる。ミセス・コステロが教えてくれた」

「ミセス・コステロだってなにもかも知っているわけじゃない。わたしも知らないことまで、彼女に知りようがないだろう」

「そんなことない」

「そんなことない？　どういう意味だね、それは？」

この女を単独で撮影したことが本当にあるんだろうか。非常に疑わしい。もしあるなら、忘れやしないだろう。集合写真の中のひとりだった、そういう可能性もあるんじゃないか、学校に出張して撮影していた時代もあるから。しかし単独撮影はないはずだ。自分にもちうる彼女のイメージといえば、エレベーターの中で見た姿と、いま指が伝えてくるもの以外にない。彼女のほうからしたら、この自分はさらにごちゃごちゃした知覚情報の寄せ集めに違いない。手の冷たさ、肌のざらざらした感触、しゃがれた声質、そして過敏な鼻には不快であろう体臭。男ひとりのイメージを組み立てるのに、これだけの情報があれば彼女には充分だろうか？　そして彼女はたんなるイメージに身を委ねようとしているのか？　なぜ彼女は目が見えないのに、ここへ来ることに同意したのか？　生物学の原始的な実験みたいだ――異なる種をいっしょにして番《つが》うかどうか観察してみようという。キツネとクジラ、コオロギとマーモセット。

「きみに渡すお金だが」と、彼は言う。「テーブルのこちら側に置くよ。封筒に入れてね。四百五十ドルだ。納得のいく額かな？」

女がうなずくのを感じる。

いっときが過ぎる。それ以上なにも起こらない。一本足の男と、服を脱ぎかけた女は、なにを待っているのだろう？　カシャッという、カメラのシャッターの音？　オーストラリア風ゴシック。マチルダとその男。生涯、放浪《ワルツィング》してきたために草臥《くたび》れはて、身体のあちこちがとれたり外れたりしている。そんなふたりがこれを最後と、カメラに向かっている図……（オーストラリアで親しまれる「ワルツィング・マチルダ」という歌では、貧しい放浪者が羊泥棒を働いた末、沼に飛びこんで死ぬ。マチルダはこの男が持ち歩く寝袋の愛称）。

女の震えはまだ止まっていない。それどころか、彼にもうつってしまったようだ。この手の軽い震顫《しんせん》は歳のせいといえなくもないが、じつのところ他の原因、すなわち恐れか期待によるものだろう（しかしどっちだ？）。

もしこの後、ふたりが金銭の授受をした目的の行為に移るとすれば、次のステップに進むために、彼女は目下の気恥ずかしさを乗り越えなくてはならない。男の片足が不自由なこと、全体的に下半身の動きがおぼつかないことは、前もって聞かされていただろう。彼のほうが女にまたがるのが難しそうとなれば、彼女のほうが男にまたがるのがベストということになる。彼女がそこに向かってなんとか進む間も、彼は彼で独自の、別種の諸問題と取り組むことになるだろう。おそらく盲人には、触感だけに基づく美への直観が発達している。しかし視界なき世界では、彼はまだ手探り状態なのだ。実像のない美というものが、まだ想像しがたい。あの日のエレベーターでは、彼女だけでなく同伴の老女にも目がいっていたし、記憶に残っているものといえば、輪郭をざっとスケッチしたものにすぎない。鍔広の帽子、黒っぽいサングラス、むこうを向いた時の顔の曲線、そんな素描に対して、豊かなバストや、張り出しのいい不自然なほど柔らかなお尻（液体を封じこめた絹のバルーンのよう）を付け加えようとしても、各部分がひとつにまとまらない。そもそもこれら全部が同一の女に属するものだと、どうやったら思えるんだ？

ポールはやさしく彼女を引き寄せようとする。女から抵抗はないものの、顔をそむけられたのは、唇を重ねるのがいやなのか、それともサングラスをとられてその奥を探られる隙を与えたくないからなのか――一般に男というのは、身体切除に関して妙におよび腰なことをしがちで不興を買っているからだろうか。

彼女は視力を失ってからどれぐらい経つのだったか？　それとなく訊いてみようか。そこからまた、それとなしに次の質問ができるかもしれない。つまり、それ以後、だれかに愛されたことはあるか？　ということ。術後の目が男の欲望をそぐというのは、経験からわかったことなのか？

エロス。なぜゆえ見て美しいものはエロスを芽吹かせるのか？　なぜ見た目の醜いものは欲望の首を絞めるのか？　美しい者との交わりはわれわれを高めるか？　われわれ人間をよりよきものにするか？　それとも、病んだ者、身体を損ねた者、忌まれる者を抱きしめることで、われわれは向上するのか？　まったく、なんという問いだ！　コステロ女がふたりを引き合わせた目論見《もくろみ》はこれだったのか？　身体の一部を失った男女が、交接しようと奮闘して俗悪なコメディを演じることではなく、むしろ、ひとたび性行為が度外視されてしまえば、ふたりは哲学クラスでもひらいて、たがいを腕に抱きながら、美や愛や善について論じあえるだろうということか？

そんなこんなで、こうして――やきもきしたり、気まずくなったり、顔をそむけたり、やけに哲学的になったり、それから言うまでもなく、首が苦しくなってネクタイをゆるめようという（一体なんでこんなもの締めているんだ？）彼の側の動きがあったりしつつ、ともあれ、ぎごちなく（とはいえ、思ったほどぎごちなくない）、そして恥じらいながら（とはいえ、恥ずかしさで固まってしまうほどではない）ふたりはいよいよそこに、否応なく契約を交わしたその肉体的行為にすっと入っていく。一般に理解されているような性行為ではないがそれでも性行為には違いないものであり、下肢を切断した者とかたや視力を失った者にもかかわらず、その行為は始まりから真ん中を通っておしまいまで、いわゆる自然な行程を経て、なかなかてきぱきと進行する。

コステロに聞いたマリアンナの話で、ポールが不安に思っていたのは、彼女の身のうちで荒れ狂っているという飢えだか渇きだかについてである。いまだかつて、慎みのなさというか、過激な行ないとか、あられもない動き、うなり声、あえぎ声、よがり声などを好ましいと思ったことがない。しかしマリアンナは自制する術《すべ》を心得ているらしい。彼女の内でなにが起きているにせよ、おちつきを保っている。ふたりとも決着がつくと、あっという間にいろんなものを体裁のいい状態に概《おおむ》ねもどしてしまう。荒れ狂う渇きだか飢えだかを感じさせるものがあるとすれば、それは彼女の身体の芯から伝わってくる異様な、とはいえ不快とはいえない熱ぐらいだった。子宮か心臓が自分のもつ炎で灼熱しているかのようだ。

このソファは、男女の交接やら、それに続くけだるい哲学談義やらにむいた造りではないので、上掛けひとつなくてはじきに凍えてしまいそうだが、正式な寝室の正式なベッドへとふたりして手探りで移動するのはまだ無理だろう。

「マリアンナ」ポールはその名前を舌の上にのせてみながら、二つのnをよく味わう。「これが本名なのだろうが、まわりもそう呼んでいるのかい？　他に通称はないのかな？」

「マリアンナ。それが名前で、それしかないんだけど」

「けっこう。ところで、マリアンナ、ミセス・コステロによると、われわれは前に会っているそうだね。いつのことだろう？」

「ずいぶんむかしよ。写真を撮ってもらった。わたしの誕生日に。憶えてないの？」

「なにしろいまのきみの姿がわからないんだから、憶えているとも言えないし、思いだせもしない。きみがわたしを見て思いだすというのもありえないだろう。いまのわたしの姿がわからないんだから。どこで行なったんだろう、その肖像写真の撮影は？」

「あなたのスタジオだけど」

「で、そのスタジオはどこにあった？」

彼女は黙りこむ。「そうとう昔のことだから」と、しばらくして言う。「思いだせない」

「でもその一方、われわれはもっと最近、足跡を交えたことがあるんだ。ロイヤル病院のエレベーターの中で。そのことにも、ミセス・コステロはふれていたかい？」

「ええ」

「他にどんなことを言ってた？」

「相手は孤独な人だってことぐらい」

「孤独か。それはおもしろい。ミセス・コステロは親しい友人なの？」

「いいえ、親しいというほどでも」

「だったら、どういう仲？」

ずいぶんと長い間がある。彼は服ごしに女の身体をなでる。太もも、わき腹、胸。ふたたび女の身体を自由にできる日が来るとは、まったく思いもよらぬことであり、なんという歓びだろう。たとい、相手の姿が見えなくても！

「急に押しかけてきたんじゃないか？」彼は言う。

「うちには急に押しかけてきたんだ」

女が左右にゆっくりと首を振るのが感じられる。

「あの女性、きみとわたしをカップルにしようと目論んでいるだろうか、どう思う？　たぶん面白半分にさ。〝足を引きずった者が盲いた者を導く〟とかいう興趣かな？」

軽口を聞いたつもりだったが、女が身をこわばらせるのが感じられる。唇のひらく音、固唾をのむ音がして、藪から棒に彼女は泣きだす。

「いや、すまなかった」そう彼は言って手を差しのべ、彼女の頬にふれる。涙ですっかり濡れている。少なくとも、涙腺は残っているのだな、と思う。「ほんとにわるかったよ。でも、ふたりともおとなじゃないか。だったら、なぜよく知りもしない人間に生き方を指図させたりするんだい？　自分でも疑問に思ってるんだよ」

ヒッと息をのむ音がする。おそらく笑ったのだろうが、笑ったらまたすすり泣きが始まってしまう。彼の横で身を起こし、服を着かけた格好のままはばかりなく泣きながら、首をさかんに振っている。いまこそ、彼は目隠しをとり、目の上のどろどろを拭って、ありのままの彼女の姿を目にすべき時だろう。しかし彼はそうしない。じっと待つ。ぐずぐずする。先延ばしにする。

女はみずから持参したらしいティッシュで洟をかみ、咳払いをして、「これは、あなたが望んだことだと思ってた」と言う。

「たしかに、いや、勘違いしないでほしいが、望んだことではある。でも、アイデア自体はわれらが友人エリザベスが出したものだ。衝動のおもむくままにね。あの女性が指図をし、われわれはそれに従う。従うよう見ている者がいなくてもだ」

「見ている」というのは、彼女の前では適切な語ではなかったが、そのままにしておく。文字どおり見るという意味でない時にも人々が「見る」を使うことに、いまではもう慣れっこになっているに違いないから。

「もしかしたら」と、続ける。「彼女はまだ部屋にいて、観察したりチェックしたりしているかもしれんが」

「いいえ」マリアンナは言う。「ここにはだれもいないわ」

ここにはだれもいない。視力を失い、それゆえ生き物のごく微妙な放散物も知覚するようになっている彼女の言うことだ、きっとそのとおりなのだろう。それでも、手を伸ばしさえすれば、エリザベス・コステロに指がふれるという気がしてならない。犬のように絨毯に寝そべりながら、監視し待機しているあの女に。

「これは、われらが友人が提唱したことだ」――と、曖昧に手を振って――「というのも、彼女から見ると、ここにはいわば〝敷居をまたぐ〟という意味合いがあるらしいんだな。その敷居をまたがないかぎり、わたしは宙ぶらりんの状態で成長できないらしい。目下、コステロ女史はわたしを使ってこの説を実践しようとしているんだ。きみについてはまた別な説をおもちなんだろう」

そうして話しながらも、嘘だと自分でわかっている。エリザベス・コステロは彼が聞くかぎり、「成長」なんて言葉を使ったことはない。「成長」なんて自己啓発マニュアルに載っているような言葉だ。彼のためにか、自分自身のためにか、マリアンナのためにか知らないが、エリザベス・コステロは本当はなにを求めているのやら。本当はどんな人生論だか愛情論だかをもっているのか、そして次になにが起きるのか、だれにもわからない。

「ともかく、これでわれわれも彼女のいう敷居はまたいだんだから、より高くより良いものを求めて自由に進んでいけるわけさ」

気まずい状況を最大限にいかし、知らない男との交合後におそってくる哀しみ《トリステッス》に浸っている女を元気づけるために、ただしゃべくっている。暗闇に包まれながらも、いまだ女の姿を描く望みをすてず、彼はふたたび手を伸ばして彼女の顔に触れる。そうするうちに、みずからも暗い裂け目に落ちこんでいく。はしゃぐ気にもなれなくなる。なぜ、なぜ自分はコステロ女を信頼して、こんなパフォーマンスをやりきってしまったんだろう？　いま思えば、無分別というよりただアホらしく感じる。それにしても、この気の毒で不運な盲目の女性は、哀れを催した導師がもどってきて解放してくれるのを待つ間、こんな殺風景な部屋でどうするつもりなんだろう？　熱く燃える数分間の生殖行為がガスのように広がってひと晩を充たすとでも、コステロは本気で思ったんだろうか？　ふたり一緒に部屋へ放りこめば、どちらも若くなく、ひとりは間違いなく年寄りで、年寄りのうえに冷たい男なのに、ふたりしてロミオとジュリエットみたいに振る舞うと思ったんだろうか？　なんとナイーヴな！　それで有名な作家だというんだから！　しかもこのクソったれペーストが――あの女は無害だと断言していたが――乾ききったら、目をちくちく刺激しだした。水溶き小麦粉で目隠しすればこの男も性格まで変わるだろう、生まれ変わるだろうだなんて、よくも考えられたもんだな？　盲というのはただ純然たるハンディキャップである。視界を奪われた男というのは、片脚だけの男と同様、不充分な男なのであって、新たな男にはなりえない。コステロが送りこんできたこの気の毒な女も、不充分な女だ。以前に比べたら不充分に違いない。損なわれ、ハンディを負って弱少化したふたり。このふたりの間で崇高な火花が、いや、どんな火花ですら散るなんて、よくも想像できたものだな？

いまも横で刻一刻と冷めていっている女、彼女のほうはどんなことが頭をよぎっているのか？見知らぬ男の部屋を訪ねて、彼に身を委ねさせるのに、どんなたわごとをどっさり聞かせて説得したことやら！　この嘆かわしい出会いへとつながるくだくだしい前口上があった彼の場合——そう、それだけで本が一冊書けるぐらい過去まで遡り、あの運命の冬の朝、ウェイン・ブライトとポール・レマンがまだおたがいの存在を知らず、それぞれの家を出るところから始まるそれと同様に、この女の場合も、ウィルスだか太陽黒点だか悪い遺伝子だか針だかなんだか、その失明の原因に始まり、一歩一歩、ロ八丁の婆さんとの出会いへと進んでいく序章があるに違いないのだ（声しか判断材料がなければ、コステロの話はよけいにもっともらしく聞こえるだろう）。タクシーに乗ってノース・アデレードのアルフレードというカフェに行きさえすれば、焼けつく渇きを癒すための段取りをつけてあるのよ、さあ、これがタクシー代よ、手に握らせるからね、心配しなくて大丈夫、相手の男はいたって無害で、ただ孤独なのよ、あなたのことをコールガールとして扱うし、時間に見合ったお金を払うから、どっちみちわたしも一緒に行って、後ろのほうでうろうろしながら見守っていてあげる——もし声しか判断材料がなく、あの目に宿る狂気の光が見えなければ……。

実験。結局、そういうことになるのだろう。意味のない生物文学的な実験。コオロギとマーモセット。そして彼らはそれに引っかかった。ふたりそろって。彼は彼の、彼女は彼女の経緯で。

「もう帰らないと」女が、マーモセットが、言う。「タクシーが待っているはずだから」

「そうはいっても」と、彼は言う。「タクシーが来たのがどうしてわかるんだ？」

「ミセス・コステロが呼んでおいたのよ」

「きみがいつタクシーを必要とするか、どうしてコステロ女史にわかるんだ？」

「ええ、ミセス・コステロが」

「ミセス・コステロが？」

　女は肩をすくめる。

「ほう、コステロ女史はずいぶん面倒見がいいんだな。タクシー代はわたしが出そうか？」

「いいえ、ぜんぶ『込み』の金額だから」

「そうか、じゃ、コステロ女史によろしく伝えてくれ。それから階段をおりる時は気をつけて。滑りやすいからな」

　ポールは女が身じまいをしている間も、なんとか自制しておとなしくしている。しかし女が出ていきドアが閉まったとたん、目隠しをはぎとり、瞼をかきむしる。ところが、水溶き小麦粉は乾いて固まってしまっている。無理にこそげ落とせば、眉毛もいっしょに抜けてしまいそうだ。クソッ。水に浸してとるしかないか。

# 第十六章

「あなたのほうから来たのと同じで、彼女もむこうから来たのよ」コステロが言う。「暗闇の女、闇に住まう女。〝そういう物語をとりあげよ〟。眠っているわたしの耳にお告げがあって、そう、むかしでいう『天使』が話しかけてきて、いわば組み討ちにわたしを連れだしたというわけ。だから、わたしは彼女が、あなたのマリアンナが、どこに住んでいるかなんてさっぱりわからない。これまで電話でやりとりしたことしかないんだから。彼女の再訪を望むなら、あなたの電話番号を教えておきましょうか」

再訪。そういうことを望んでいるんじゃない。もしかしたらいつかそのうち、という話で、いますぐではない。いま望んでいるのは、自分が聞かされてきた話が事実だという言質《げんち》だ。フラットを訪ねてきたあの女がエレベーターで見かけた女と本当に同一人物であるということ。本当にマリアンナという名前であること。背の曲がった老母と同居し、病を得て夫に去られたという話が事実であること。担がれたのではないという言質がほしいのだ。

だって、自分で考えてみたって、もっと別の、ごく簡単に思いつくストーリーがありそうじゃないか。もうひとつの物語では、巨乳のマリアンナはじつはナターシャとかターニャとかいう〝別名〟をもち、モルダヴィア出身（ドバイとニコシア経由）かなにかで、コステロ女はそいつをイエローページで見つけてきたのだ。電話で芝居の指南をしたんだろう。「あらかじめ知っておいてほしいんだけど、うちの義理の弟はね……」などと吹きこんだのではないか。「ある変わった趣味があるの。けど、ちょっとした奇癖もない男なんているかしらね。女がうまくやっていくには、男のそんなところも受け入れる術《すべ》を見つけていくしかないでしょ。義弟のいちばんの奇癖というと、あれね、関係する女性の姿は見えないほうがいいんですって。想像の世界のほうを好むのよ。ずっと夢想していたいの。むかしマリアンナという名の女優にぞっこんになったことがあってね。義弟の希望というか、少なくともあなたに伝えてくれと遠回しに頼んできたのは、こちらで用意するある装具つまり小道具を着けてマリアンナになりきってほしいということ。さあ、これがあなたの役割よ。その演技に対して義弟は対価を払う。おわかり？」「ええ」ナターシャだかターニャだかは答えたろう。「でも出張代は別料金です」「出張代は別料金ね」コステロは応じたろう。「そこのところは義弟にもよく言っておく。あ、最後に。優しくしてあげて。義弟は最近、交通事故で片脚を失って、むかしのようにはいかないから」

あちこちの細部は多少違うかもしれないが、通称マリアンナ訪問の舞台裏の実情はおおかたこんなところではないか？　黒いサングラスをかけていたのは、盲であることを隠すためではなく、盲者でないことを隠すためだったのではないか？　あの女が震えていたのは、不安からというより、ストッキングを頭に巻いた男が女の下着に手間取る姿を見て必死で笑いを堪えていたからではないか？　〝これでわれわれも敷居はまたいだんだから、より高くより良いものを求めて自由に進んでいけるわけさ〟。なんと勿体ぶったバカ野郎か！　あの女、家に着くまでタクシーの中で笑いころげていたに違いない。

　マリアンナは本当にマリアンナなのか、それともマリアンナはナターシャなのか？　まずはそれを探りださなくてはならない。まずはそれをコステロからなんとしても聞きださねば。その答えを得てようやく、彼はさらに深遠な問いに向かいあえる。つまり、あの女の正体が問題だろうか？　担《かつ》がれていたら、なにか問題でもあるのか？　ということ。

「わたしを操り人形のように扱うんだな」彼は不満げに言う。「あんたはだれでも操り人形のように扱う。物語を勝手につくっては、横暴にも人々を引っぱりこんでそれを演じさせる。人形劇場か動物園でもひらいたほうがいいんじゃないか。動物園も時流にあわなくなって、古い園がたくさん売りに出ているよ。あんたもひとつ買って、人間にネームをつけて檻に入れておいたらいい。〈ポール・レマン　カニス・インフェリクス（不幸な犬の意）〉〈マリアンナ・ポポヴァ　シュードカエカ（亜盲目の意）（外来種）〉なんてね。何列にも並ぶ檻の中にいるのは、嘘つき兼物語作家のあんたが仕事をするうちに、お言葉を借りれば『自分からやって来た』人々だ。入場料をとってもいいな。それで食べていかれるよ。週末には親子連れがたくさんやってきて、口をぽかんと開けてわたしたちを眺め、ピーナッツを投げてよこす。だれも読まない本なんか書いているよりなんぼか楽だ」

　彼は間をおき、コステロが餌につられてくるのを待つ。コステロは無言。

「ただ、どうもわからないのは」と、彼は続ける――この演説を始めた時はべつに怒っていなかったし、いまも怒っていないが、こうして言いたい放題ぶちまけるのは確かに気持ちがいい――「どうもわからないのは、わたしがこんなに鈍くて、あんたの計画にちっとも乗り気じゃないとわかっていながら、どうしてわたしに拘《こだわ》るのかってことだ。頼むから、もうあきらめろ、わたしはわたしで生きていくから放っておいてくれ。代わりに、あんたの見込んだ盲目のマリアンナのことを描けばいいじゃないか。彼女のほうがわたしよりよっぽどポテンシャルがある。わたしはヒーローのタイプじゃないんだ、コステロさん。片脚を失っても、ドラマチックな役柄にふさわしいとは言えない。片脚を失うというのは、悲劇でも喜劇でもなく、ただただ不運なことなんだ」

「恨まないでよ、ポール。あなたをあきらめて、マリアンナを採用する。どうかしらねえ、そうしないかもしれないし、するかもしれない。実際そうなってみないかぎり、わからないのよ」

「恨んでなどいないが」

「恨んでるわよ。声に出てるもの。けど、恨んだからって、あなたに降りかかったことを思えば、無理もないわね」

ポールは松葉杖を準備すると、「あんたの同情などなくてもやっていける」と、そっけなく言う。「出かける時間なんだ。いつもどるかわからない。出ていくときは、ドアをロックしていってくれ」

「ええ、出ていくことがあれば、忘れずにロックしますよ。でも、そういうことにはならないと思うけど。このところずっと熱いお風呂にどれだけ入りたいと思っていたか。だから、あなたさえ構わなければ、そうさせてもらいます。最近ではたいした贅沢だわ」

コステロ女が自身の立場の表明を拒むのは、なにもいまに始まったことではない。しかし今回ののらりくらりとした態度には、苛立つばかりか動揺もした。〝そうしないかもしれないし、するかもしれない〟。コステロの彼に対する興味は、そんなに不確かなものなのか？　ポールよりマリアンナのほうが適切な人材だと判断したのか？　まったく思いだせない謎の肖像写真撮影をのぞけば、ふたりの二度の接点は、まずエレベーターの中、次にソファでの関係にあるわけだが、これはポール・レマンのライフストーリーの一部ではなく、マリアンナ・ポポヴァのそれだということか？　ポールはそのマリアンナだかだれだか、たまたま出会った女の人生に登場するほんの脇役だという考え方ももちろんある。マリアンナだかだれだかがポールの人生の脇役であるように。いや、しかし彼はもっと根本的な意味において、脇役なのではないか？　ほんの、ほんの一瞬スポットライトがあたったと思ったら、すぐに通りすぎていってしまうような。彼とマリアンナの交流など、彼女の愛情探究のなかにあまた存在する一節にすぎないことになるのか？　それとも、コステロ女は二つの物語を同時に執筆しているのかもしれない。身体障害を負う人々（一つは視力を失う人物、もう一つは片脚を失う人物）が登場し、彼らはその障害と折り合いをつけていかなくてはならない、という物語。そこで、コステロは実験だか、いっそ文学的ジョークだか知らないが、ふたりのライフラインを交差させる仕掛けをほどこしたのかもしれない。彼には小説家としての経験はないし、どうやって仕事を進めるのかわからないが、それはありえなくもない気がする。

公立図書館に行くと、分類A823．914に、エリザベス・コステロの著書が丸々一列ぶん並べられているのが見つかる。『燃え盛る竈《かまど》』、よく読まれた形跡のある『エクルズ通りの家』が数冊、『友好的な島々へ』、『ダンバー氏とのタンゴ』、『時間のルーツ』、『お行儀よく』。それから、いかめしいダークブルーの表紙の本には、『不断の炎　エリザベス・コステロの小説における意図と設計』。この本の索引をぱらぱら見てみる。マリアンナという名もマリアナという名も記載がない。盲目という項目もない。
『エクルズ通りの家』（ジョイスの『ユリシーズ』を妻のモリー・ブルームの視点から描き直したコステロの代表作）のページを繰ってみる。レオポルド・ブルーム、ヒュー・ボイラン、マリアン（Marion）・ブルーム。コステロ女め、どうしちまったんだ？　自分で独自の登場人物を造れないのか？（すべて『ユリシーズ』に出てくる人物と同じ）。

彼はその本を棚にもどし、こんどは『燃え盛る竈』を手にとって、ランダムに読んでみる。

〝粘土を手のひらにはさんでまるめているうちに、粘土が生温かくしっとりとしてくると、彼は所々をつまみ出して、小さな動物の形をつくった。鳥、カエル、猫、耳のぴんと立った犬。それらの生き物を半円形に並べてテーブルの上に置いた。首をのけぞらせた生き物たちは、まるで月に遠吠えし、咆哮し、ゲコゲコ鳴いているかのよう。

この間のクリスマス・プレゼントとして靴下に入っていた古い粘土だ。真新しくきれいだったれんが色や草色や空色の粘土は、いまや色が混ざりあって、鈍い紫色になっていた。どうして鈍い色になるんだろう。彼は不思議に思う。なぜ明るい色は鈍い色になって、鈍い色はぜったいに明るい色にならないんだろう？　この紫の色調を消し、赤と青と緑を、卵から孵《かえ》りたてのヒヨコみたいに、もう一度復活させるにはなにが必要なのか？〟

なぜ、なぜ？　ばかりだ。なぜこの女は問うだけ問うて、答えを出さないのか？　答えは単純明快ではないか。赤と青と緑が二度ともどってこないのはエントロピーによるものだし、これは不可逆、取消不能でこの宇宙をつかさどっている。いくら文学者だって女流作家だって、それぐらいのことは知っているはずだ。雑多なものから一様なものへ、これの逆はありえない。なまいきなヒヨッコから婆さん雌鶏になって塵芥《じんかい》に帰する。

彼はその本の真ん中あたりまでめくってみる。

〝年中うんざりしている男とはつきあっていられなかった。自分自身の倦怠をせき止めておくのが大変だというのに。いやになるほど馴染んだこのベッドで並んで横になるだけで、この男の身体から倦怠感がにじみ出して、無色、無臭の緩慢な潮に呑みこまれそうな気がしてくる。逃げださなくては！　いますぐに！〟

出てくるのはマリアンであってマリアンナではない。盲目の人物も、見るかぎり出てこないようだし、肢の切断手術をした人物も見当たらない。ポールは『燃え盛る竈』をぱたんと閉じる。もうこれ以上、この本のページから発せられる無色、無臭で緩慢で陰鬱なガスにあたっていたくない。まったく、どうやってエリザベス・コステロは流行作家なんぞになれたのか？（流行作家だというのなら）

カバーに著者の写真が載っている。いまより若いエリザベス・コステロがウィンドブレーカーを着て、ヨットの策具と見えるものを背に立っている。陽の光に目を細め、肌はよく日焼けしている。海の女《シーウーマン》ってやつか？　そんな言葉はあるんだろうか？　それとも、英語でシーホース、フランス語でシュヴァル・マランが魚類であるように、シーウーマンはマーメイドつまり人魚を意味するとか？　端整な容貌とはいえないが、これでもきっと若い頃より中年期のほうが味のある顔になったんだろう。そうはいっても、ある種の地味さ、もっといえば、血の巡りのわるそうな印象がある。自分のタイプではないな。まあ、だれのタイプでもないだろうが。

文学リファレンスの棚に『世界の現代作家』という文献があり、コステロの略歴とさっきの船上の写真が載っていた。一九二八年オーストラリア、メルボルン生まれ。長年、ヨーロッパに暮らす。

デビュー作一九五七年発表。各賞の受賞リスト。経歴は書かれていても、作品の概要は載っていない。二度結婚している。息子と娘が一人ずつ。

ということは、七十二歳！　そんなに高齢だったのか！　いまなにをしているんだ、公園のベンチで寝ているとか？　頭のほうも耄碌《もうろく》してきているんじゃないか？　ボケているのか？　だとすれば、なにもかも説明がつくかもしれない。息子と娘のことも考えたほうがいいだろうか？　この自分が彼らに連絡をとるべきだろうか？　〝いますぐ来られたし。おたくのお母さんが赤の他人であるわたしの家に居着き、出ていこうとしないのです。もうお手上げです。この人を連れだして、引き取って。なんとしてもわたしを解放していただきたい〟。

彼はフラットに帰る。コステロはいないが、珈琲テーブルに彼女のノートがひらいて置いてある。おそらく、わざとひらいたままにしていったんだろう。ここでノートを覗いたら、またあいつの思うつぼだ。いや、それでも……。

コステロは黒のインクを使い、太い字でさらさらと淀みなく原稿を書いていた。一行に何語かしか書かれていない。ページをめくり、いちばん最近書かれたページをひらく。〝暗い、暗い、暗い。なにもかもが闇に包まれてしまった。なにもない無月の空間〟。

ポールは前のほうのページにもどってみる。

〝遺体を前に泣きながら〟と、途中から読んでみる。〝祈りを唱えながら《ダーヴニング》〟ここにアンダーライン（祈りを表すdavenという語はイディッシュ）。〝ベッドサイドで身を強張らせて揺らしながら、両耳に手をあて、目を大きく瞠《みは》り、瞬きひとつせずにいるのは、ガスが漏れるように魂が身体をはなれる瞬間を見逃すまいとでもしているのだろうか。魂は幾層もの宙を、この層から次の層へと昇っていき、やがては成層圏とそれをも超えたかなたへ昇っていくだろう。窓の外には、陽がさし、鳥がさえずり、ふだんと変わらない光景がある。女は、一定のペースに囚われた長距離走者のように、悲嘆のリズムに閉じこめられている。哀悼のマラソンさながら。だれかが女をなだめにこなければ、一日中でもそうしているだろう。しかし彼（彼というかその遺体）に触れたとたん、リズムがとける。なぜなのか？冷たい肉体が恐怖を呼び起こすのか？　恐怖というのはやはり、愛よりも強烈なものなのか？　それとも、悲しみの渦にのまれながらもわれに鞭打って、彼を引き留めまいとしているのかもしれない。すでに別れは告げた。別れを終えたのだ。さようなら。神のご加護を〟。そしてまたページをめくると、〝暗い、暗い、暗い……〟。

ずっと前までもどって読めば、この悲嘆にくれる女がだれで、この遺体がだれのものか、はっきりするだろう。ところが、好奇心の小悪魔は去りつつあるようだ。はたしてこれ以上知りたいのか自分でもわからない。この原稿には、サイドラインも気にせずのたくっているこの太いインクの文字には、なにか不穏当なものが漂っている。不敬で、挑発的で、白昼のもとにふさわしくない何かを暴き立てる何かがある。

このノートは一冊こんな調子なのか？　挑発し、品位を貶《おとし》める。本の最初から慎重にページをめくってみる。めくれどもめくれども、書かれた内容はひとつの話にまとまらない。すでに頭に浮かんでいるストーリーを急いで書き飛ばしているかのようで、語りはぎゅっと圧縮され、会話は短く略され、もどかしげに次から次へとシーンが飛ぶ。ところが、そのときあるフレーズが目にとまる。

〝片足は青、片足は赤〟。ああ、リューバのことか？　リューバ以外にいないだろう。〝クレイジーな色合いのハーレクィン。ドイツでは虎斑の乳牛は月の光にあてられて狂っている、月を飛び越えると言われる。そうしてその小さな犬は笑う。犬をもってこようか？　だれにでもしっぽを振り、きゃんきゃん啼いて喜ばせようとする小さなわんころ《マット》を。P・Rの反応。「わたしはワンちゃん《ドギー》並みだろうが、そこまではないぞ、断じて！」マットとジェフだ（尋問で手荒に取り調べる「悪い警官」と優しく接する「良い警官」の役割を作り供述を引きだす）作戦〟。

　本をぱたんと閉じる。噂をされると耳が火照るというが、そこまではないにしろ、近いものがあった、文字どおりそうなりそうだ。恐れていたとおりではないか。あの女はなにもかも知っているのだ。微に入り細に入り。クソ女めが！　己が己の主となり自由に行動していると思っているあいだじゅう、じつは籠の中のネズミみたいなもので、こちらが右往左往しながらごたごた言っているのを、あの鬼女に監視され、観察され、話を聞かれ、ノートをとられ、進み具合を記録されていたのだ。

　いや、それだけですむだろうか。実態はそれとは比べようもなくひどく、ひょっとして精神が崩壊するぐらいとんでもないことなのではないか？　目下、自分には「むこう側」としか呼びようがない世界へ移送されるというのは、こういうことではないのか？　自分にふりかかったのは、そういうことなのか？　いや、これは世の中のみんなに起きていることなのか？

　彼は恐るおそる肘かけ椅子に腰をおろす。これが世紀の一瞬、コペルニクスの転換に相当する瞬間でないなら、なんなのだろう？　あらゆる秘密のなかの最たる秘密がたったいま、目の前で露わになったのかもしれない。一番目の世界と隣り合わせに、人知れず二番目の世界がある。われわれが一番目の世界をあるところまでシュッシュッポッポッと進むと、死の天使がウェイン・ブライトみたいなだれかに姿を借りて降り立つ。その一瞬にして永劫の間、時は止まる。人は暗い穴にころがり落ちる。すると、あら、不思議、その人は一、番目の世界と寸分もたがわぬ二番目の世界へあらわれる。そこでふたたび時は刻みはじめ、芝居が進みだす――彼は猫のように宙を飛び、物見高い野次馬がむらがり、救急車が来て病院に到着し、ハンセン先生が登場などなど、一番目の世界とそっくりだが――ただし、いまのこの人物には、エリザベス・コステロだかだれだかが、常につきまとっている。

ノートにD－O－Gの字を見たぐらいで死後の世界を連想するなんて、いささか飛躍がすぎる。妄想みたいなものだ。思いすごしかもしれない。きっと思いすごしだ。とはいえ、この推測が正しかろうが誤っていようが、自分がごくためらいがちに「むこう側」と呼んでいるものが実在しようがただの妄想であろうが、瞼の裏に架空のタイプライターでひと文字ずつ打ちだされるようにしてひらめいた最初の形容辞は、「puny（ちっぽけな）」だった。もし死ぬということが言葉のまやかしみたいなまやかしにすぎないとすれば、もし死というものが時間のしゃっくりのようなもので、その後も前と同じように人生が続いていくなら、なにをそんなに大騒ぎすることがあろう？　それを人が拒否することは――この不死の世界を、このちっぽけな運命を拒絶することは、許されるんだろうか？　〝わたしは以前の生活をとりもどしたい。マギル・ロードで突然に途切れたあの人生を〟。

疲れきって、頭がくらくらし、目を閉じるだけで眠りに落ちてしまいそうだ。しかしここでもどってきたコステロ女に、へたばっている姿をさらしたくない。彼女のある性質に気づきはじめている。つまり、あの女は見かけによらず犬よりもキツネに似ており、それは自分を不安にさせるし、まったく信用がおけない。あの女が夜の闇にまぎれ、獲物を求めてこそこそと部屋から部屋をかぎまわっている姿は、ひとつも想像に難くない。

そうして肘かけ椅子でじっとしているところを、軽く揺さぶられる。目の前には、キツネのコステロではなく、マリアナ・ヨキッチが立っている。赤いスカーフを頭に巻いたこの女が、ある意味で、（頭がぼうっとして、一瞬、どういう意味でだったか思いだせない）このややこしい状況の根源というか元凶というか源泉なのである。

「レマンさん、だいじょぶですか？」

「マリアナじゃないか！　ああ、大丈夫だとも。わたしならもちろん心配いらない」じつはそんなことはない。ちっとも大丈夫ではない。なんだか口の中にいやな味がし、背中は強張っているし、驚かされるのはもうまっぴらだ。「いったい何時なんだ？」

マリアナは質問を無視する。ポールの横にある珈琲テーブルに、封筒を置く。「あなたの小切手です」彼女は言う。「返してこいと言います。お金は受けとれないって。主人がです。よその人のお金は受けとれないと言います」

金。ドラーゴ。別世界の話みたいだ。おちついて考えをまとめろ。「しかし当のドラーゴはどうなるんだ？」彼は言う。「ドラーゴの教育はどうなる？」

「ドラーゴはこれまでみたいに学校に行けばいいって。寄宿学校に行く必要ないと、主人は言います」

幼いリューバは親指をくわえながら、ぼんやりした顔で母親のスカートの裾をつかんでいる。彼女の背後でコステロ女が目立たぬようそっと部屋にすべりこんでくる。彼が眠っている間もやつはここにいたのだろうか？

「旦那さんを説得してほしいのかね?」彼は尋ねる。

マリアナは猛然と首を横にふる。これ以上ひどいこと、馬鹿げたことは考えつかないとでもいうように。

「まあ、次の手を考えてみよう。コステロ女史がひと言アドバイスしてくれるかもしれん」

「こんにちは、リューバ」エリザベス・コステロが話しかけてくる。「わたしはあなたのお母さんの友だちの友だちなの。エリザベスか、エリザベスおばちゃまって呼んでね。マリアナ、困ったことになったようでお気の毒だけど、わたしはいま登場したばかりだから、口を挟むのは遠慮させてもらうわ」

　まったく、始終口を挟んでくるくせに。彼は忌々しい思いでつぶやく。口を挟むつもりがないなら、なんでまたここにいるんだ?

　ほとんど悲鳴のようなため息とともに、マリアナはソファに身を投げだす。両手で目をおおう。涙が流れだしているのだ。娘は母親のそばに陣取る。

「よく出来た子です!」マリアナは言う。「優秀な子です!」すすり泣きで話が中断する。「あんなに行きたがってるのに!」

　もうひとつの世界、彼がまだ若く、五体満足で、かぐわしい息を吐いている世界なら、きっとマリアナを腕に抱きしめて、口づけで涙を止めてやっただろうに。そして言うだろう。〝どうか許しておくれ。不実を働いてしまった。なぜあんなことになったのか自分でもわからないんだ! 一度かぎりのことだし、もう二度と起こりえない! わたしに心をひらいてくれれば、死ぬまできっときみを大切にするよ!〟

幼子の黒い瞳が彼を射抜く。〝わたしのママになにをしたの？〟そう言っているようだ。〝ぜんぶおじいちゃんのせいよ！〟

たしかに彼のせいだろう。あの黒い瞳は彼の心の中まで見抜き、その秘めた欲望も見抜けば、自分の父と母の間の亀裂を初めて垣間見たことに、目の前の男が心の奥底では悲しみでなく悦びを覚えていることも見抜いている。〝きみも許してくれ〟。彼は心のうちで言いながら、幼子の目をまっすぐに見る。〝悪意はないんだよ。自分ではどうにもならない力に捕らえられているんだ！〟

「時間ならたっぷりあるさ」彼はいたって平静な声で言う。「来年度の入学願書提出の締め切りまで、まだ一週間もある。学費はわたしが保証するから。弁護士に頼んで、学費を保証する旨、一筆書かせよう。そうすれば、個人的ではなく公式の体裁になるだろう。旦那さんがおちついたら、もう一度話してみなさい。きみとドラーゴで説得すれば、きっと旦那さんも考え直してくれるよ」

マリアナは力なく肩をすくめる。彼には聞きとれないことを子どもに言うと、リューバは部屋を駆けだしていき、ティッシュをひとつかみ手にしてもどってくる。マリアナはやかましい音をたてて洟をかむ。涙、粘液、鼻水。悲しみのロマンチックでない側面、いってみれば裏面である。セックスの裏面に、染みだの臭いだのがあるように。

マリアナはここで、まさに彼女の座っているソファで行なわれたことに気づいているだろうか？勘づくだろうか？

「それとも」と、彼はつづける。「名誉の問題だということであれば、つまり旦那さんはよその男からローンで借金などできないというのであれば、ミセス・コステロに頼んでひと肌脱いでもらい、この人助けの橋渡し役になって小切手を書いてもらうという手もある」

初めてこっちがコステロ女を困らせてやるのだ。意地の悪い勝利感がこみあげる。

コステロは首を横に振り、「わたしは間には入れないと思うわ」と、言いだすではないか。「しかもある種、現実的な障害があるし。それについては踏みこまないでおくけど」

「たとえば、どんな障害だ？」彼は訊く。

「だから、それについては踏みこまないでおく」コステロは繰り返す。

「現実的な障害などなにも見あたらんぞ」彼はそう切り返す。「わたしがあんたに小切手を切り、あんたが学校に小切手を切る。これ以上、単純明快な方法はない。もしやりたくないというなら、この頼みを——あんたの表現でいえば——間に入るのを拒絶するなら、なにも言わず出ていってくれ。出ていって、ふたりだけにしてくれ」

これだけつっけんどんにあしらえば、コステロでもたじろぐだろうと期待した。ところが、まるきりたじろがない。「ふたりだけにするですって？」と、静かな声で言う。静かすぎて聞きとれないほどだ。「もしあなたと」——と、ここでマリアナをちらりと見て——「彼女を残してわたしが出ていったら、おふたりはどうなるかしらね？」

マリアナが立ちあがり、また洟をかむと、ティッシュを袖の中につめこむ。「もう帰らないと」と、きっぱり言う。

「立つのに手を貸してくれ、マリアナ」彼は言う。「頼むよ」

踊り場までおりてコステロ女に声が届かないと判断すると、マリアナは彼に向き直る。「エリザベスですが——あの人は良いお友だちですか？」

「良いお友だち？　いいや、そうは思わないな。良い友でもなければ、親しい友でもない。ごく最近まで見かけたこともない人だ。じつをいえば、友だちでもなんでもないんだ。エリザベスはプロの作家なんだよ。小説だかロマンスだかを書いている。たったいまは、構想中の作品に使うキャラクターを漁って歩いてるんだ。それでわたしに白羽の矢を立てたらしい。きみの場合も、似たり寄ったりのようだ。しかしわたしは役柄にあわない。だから、うるさくつきまとっているんだよ。わたしを役柄に添わせようとしてね」

要するに、あいつはわたしの人生を乗っ取ろうとしているんだ。できればそう言ってしまいたかった。しかしマリアナの現状を考えると、そんなことを訴えるのは不当に思える。ああ、わたしを助けだしてくれ。

マリアナは弱々しい笑みを見せる。涙はかわいていても、目はまだ赤らみ、鼻のあたりが腫れている。天窓からのまぶしい陽が女の姿を残酷に浮かびあがらせる。化粧気のない顔は肌が荒れ、歯は黄ばんでいる。〝だれだ、この女は？　彼は思う。自分は一体だれに身を捧げようとしているんだ？　わからん、まったくもって謎だ〟。彼はマリアナの手をとって、「いつでも力添えするよ」と言う。「助けになると約束する。ドラーゴの力になる」

「ママァ！」子どもがむずかりだす。

マリアナは手を引っこめる。「もう帰る時間です」それだけ言って去っていく。

# 第十七章

「今日は来客があるんだがね」彼はコステロ女に告げる。「あまりお好みの夕べにはならないと思う。あなたもなにか予定を立てたほうがいいかもしれない」

「あなたが盛んな社交生活に復帰していく姿を見るのは、そりゃ、うれしいわよ。そうねえ……わたしはどうしようかな？　映画を観にいくのもいいし。観る価値のあるような映画やってるかしら、ご存じ？」

「どうも意味が伝わっていないようだな。『なにか予定を』というのは、宿泊先をよそに移す手はずという意味だ」

「あら！　で、他のどこに泊まれというわけ？」

「さあな。あなたがここからどこへ行こうと、わたしの知ったことではないから。もといた所に帰ったらどうだ」

コステロは口をつぐんでいる。「なるほど。少なくとも、ずいぶんぶしつけね」と言ってから、「ところで、ポール、シンドバッドと老人のお話を覚えてる？」

彼は答えない。

「水かさの増した川の岸辺で」と、コステロは話しだす。「シンドバッドはひとりの老人に出会いました。『わしは年寄りで弱っとるんじゃ』老人は言いました。『むこう岸に運んでくれたら、アラーの神のご加護があるじゃろう』心根のやさしいシンドバッドは老人を肩車してやり、ざぶざぶと歩いて川を渡りました。しかしむこう岸についてみると、老人は肩から降りようとしません。それどころか、シンドバッドの首にきつく脚を巻きつけ、シンドバッドは窒息しそうになります。『さあ、おまえはわしの奴隷じゃ』老人は言います。『なんでもわしの言いつけどおりにするんじゃ』」

その話なら覚えていた。たしか『レジャンド・ドレー』なる本に収められていた。黄金伝説。ルルドの本棚にあった本だ。挿絵もあざやかに思いだせる。腰布だけを着けた痩せっぽちの老人が、ヒーローの首に針金みたいに細い脚を巻きつけており、その恰好でシンドバッドは腰まで水位のある激流をたくましく渡っていくのである。あの本はどうしたんだっけ？　それにあの本棚も、その他、フランスで幼いころ読んだ本たちも、家族といっしょに新世界へ渡ってきてからどうなったのか？　バララットにあるオランダ人の義父の家にもどって地下倉庫を探せば、見つかるだろうか？シンドバッドやキツネやカラスやジャンヌ・ダルクや、その他いろいろな〝お話の友〟たちは、段ボールにでも仕舞いこまれ、小さなご主人さまが帰ってきて救いだしてくれるのを辛抱づよく待っているんだろうか？　それとも、やもめになってからオランダ人がとうの昔に棄ててしまったろうか？

「ああ、覚えてる」彼は言う。「わたしがその物語のシンドバッドであんたが老人だと理解すればいいのか？　そうした場合、あんたはある困難に直面するな。なにしろあんたにはまったく――気づかいのある言い方をするにはどうしたらいいかな？――わたしの肩に乗るすべがないだろう。わたしは手を貸してやらんぞ」

コステロは謎めいた頬笑みを浮かべ、「すでに乗ってるんじゃないかしらね」と言う。「あなたが気づいていないだけで」

「乗ってるもんか、コステロさん。いかなる言語的意味においても、わたしはあんたの言うなりにはならんし、そのことを思い知らせてやろう。さあ、鍵をお返しいただこうか――その、わたしの許可なく持っていった鍵だよ――そして、この部屋を出ていったら、二度ともどらないでいただきたい」

「年寄りにずいぶんつらくあたるのね、レマンさん。本気で言ってるの？」

「お笑いをやってるんじゃないんだ、コステロさん。わたしは出ていくようお願いしている」

コステロはため息をつく。「なら、いいでしょう。けど、わたしがどうなっても知りませんよ。篠突《しのつ》く雨が降り、夜の帳《とばり》はたちまち迫りくる」

雨も降っていなければ、暗くもなっていない。暖かく、静穏な、気持ちのいい午後だ。生きているのがうれしくなるはずの午後。

「はい、どうぞ」と、コステロ。「鍵をお返しするわ」そう言って、わざとらしいほど慎重な手つきで、鍵を珈琲テーブルに置く。「身の回り品をまとめて、化粧をするぐらいの短い猶予をいただくわよ。そうしたら出ていく。あなたはまた独りぼっちにもどる。それを期待しているんでしょうね」

彼はイラッときてそっぽを向く。まもなくコステロがもどってくる。

「じゃ、さよなら」彼女はビニールの買い物袋を右手から左手に持ち替え、右手を差しだしてくる。

「小さいスーツケースは置いていくわね。一日二日うちに取りにこさせるから。どこか代わりの根城が見つかったら」

「スーツケースもいっしょにお持ちいただけるとありがたいんだが」

「無理よ」

「無理じゃない。そうしていただけるとありがたい」

やりとりはそこで打ち切りになる。玄関口から見ていると、コステロはスーツケースを抱えて、未練がましく一段一段ゆっくりと階段をおりていく。紳士であれば、脚に障害があろうがなかろうが、手助けを申し出るところだ。とはいえ、今回ばかりは紳士ではいられない。ただただ、この女と手を切りたいのだ。

# 第十八章

コステロの言うことはあたっている。たしかに自分は早く独りになりたいのだ。それどころか、孤独に飢えている。ところが、エリザベス・コステロが出ていったとたん、今度は、大きくふくらんだリュックを背負ったドラーゴが訪ねてくる。

「こんちは」ドラーゴは挨拶してくる。「自転車、どうなりました？」

「残念ながら、まだなにも手をつけてないんだ。他にいろいろと用事があってね。今日はなんの用だい？　入るかい？」

ドラーゴは部屋に入ってくると、リュックを床におろす。自信にあふれたあの感じが薄れている。もっと言うと、なんだかもじもじしている。

「ウェリントン・カレッジのことで来たんだろう？」彼は切りだす。「相談があるんじゃないのかい？」

少年はうなずく。

「だったら、さっさと言いなさい。なにか困ったことでも？」

「おじさんが学費を出してくれるって、母さんが」

「そのとおりだ。二年間の学費を保障する。まあ、ローンというかね、長期ローンと考えてくれてもいいよ。きみがどう考えようと、わたしは構わない」

「全部でいくらになるのか、母さんに聞いたんです。そんな額になるなんて知らなかった」

「わたしにはどうせ金の使い途《みち》がないんだよ、ドラーゴ。きみの学費に使わなければ、ただ銀行に眠っているだけでなんの役にも立たない」

「かもしれないけど」少年はなかなか譲らない。「でも、どうしておれに?」

どうしておれに?――あらゆる人の口にのぼる問いのようだ。体《てい》のいいことを言ってはぐらかしてもいいが、しかし、だめだ、この子はみずから質すためにこうして乗りこんできたのだ。きちんと答えてやろう。本当のことを、少しは本当のことを話してやらなくては。

「きみのお母さんが働きにきているうちに、好感を持つようになったんだよ、ドラーゴ。彼女のおかげで、わたしの生活は大きく変わった。生やさしい仕事でないのは、双方わかっている。だから、わたしも支援できるところはしてあげたいんだ」

もはやドラーゴの及び腰は消え、まっすぐに彼の目を見つめ、挑みかかっている。〝言えるのはそれだけかよ? そこまでしか踏みこめないのかよ?〟それに対する彼の答えは? 〝そうだ、いまのところはここまでしか言えない〟。

「親父が許してくれそうにない」ドラーゴは言う。

「らしいな。きみのお父さんにとってはプライドの問題なんだろう。わたしにもよくわかる。しかし友人から融資を受けるのは恥ずかしいことでもなんでもないと、改めてきみから言ってあげなさい。うん、わたしのことはそう考えてほしいんだ。友人というふうにね」

ドラーゴは首を横に振っている。「そうじゃないだろ。母さんと父さんは、そのことでケンカしてた」唇が震えだす。十六歳の少年だ。まだ子どもなのだ。「ゆうべ夫婦ゲンカして」と、低い声でつづける。「母さんは出ていった。出ていって、リディーおばさんとこにいる」

「で、どこなんだ？　そのリディーおばさんの家は？」

「ちょっと行ったところ。エリザベス。エリザベス・ノース」

「ドラーゴ」彼は言う。「おたがい腹を割って話そうじゃないか。お母さんのことや自分のことで悩んでいなければ、今日ここには来ていないはずだ。なら、安心させてあげよう。お母さんとわたしの間には、不名誉なことは一切ない。彼女には不道徳な気持ちなどこれっぽっちも抱いていない。この世のどんな女性にも劣らないほど尊敬しているよ」

〝不名誉なことは一切ない〟。なんとおかしな昔気質の表現だろう！　もっともっと下劣で、口にできないような言葉をオブラートに包むための無花果《いちじく》の葉っぱみたいなものじゃないのか？　すなわち、〝きみのお母さんとやったことはない〟という露骨な表現を。「やるやらない」が問題になっているなら――つまりミロスラヴ・ヨキッチを嫉妬に狂わせ、息子を涙ぐませているのが「やるやらない」の話なのであれば、なぜ自分は名誉についてなどしゃべりたてているのか？　〝お母さんとやったことはないし、口説いたこともない。お父さんにそう言ってあげなさい〟。しかし、マリアナを口説くつもりも、彼女とやる野心もないというなら、いったい自分はなにを目論む、あるいは目指しているのか？　一九八〇年代生まれの若者を納得させられるような言い方をすると？

「きみのご両親がもめる原因になってしまったようで申し訳ない。それは一番避けたかったことだ。

お父さんはわたしのことをだいぶ誤解しているようだな。直接会ってもらえれば、誤解もとけると思うのだが」

「親父、母さんをぶったんだ」ドラーゴはそう言うと、気持ちを抑えきれなくなってくる——それは声に、涙に表れ、おそらく胸の鼓動にも表れているだろう。「あんなやつ嫌いだ。妹までぶちやがって」

「ブランカをぶったのか?」

「違う、下の妹のほうだ。ブランカは親父の味方だから。母さんは何度も浮気してるって。あんたとも浮気してるって、ブランカは言ってる」

〝母さんは何度も浮気してる〟。コステロ女はマリアナを「貞淑な妻」と呼んだではないか。マリアナ・ヨキッチは貞淑な妻だから、いちかばちか彼女を口説こうとしても無駄だ、と。さあ、どちらの言うことが正しいのか? 悪意に満ちた娘か、頭のおかしい婆さんか? それにしても、なんという修羅場だ! 怒り狂い飲んだくれて大熊と化したに違いないミロスラヴが、マリアナを拳で殴りつけ、あの陶人形のような顔立ちの娘も殴りつけ、その傍らで息子が父親をなだめようとして……。まったく、バルカン人の情熱ときたら! どうしてまた自分はバルカン人なんかと、機械仕掛けのアヒルを扱うバルカン人技師なんかと、関わってしまったんだ!

「きみのお母さんと浮気などしていない」彼は頑なに繰り返す。「あの人はそんなこと夢にも思わないだろうし、それはわたしも同じだ」〝嘘こけ! 毎日夢に見ているくせに〟。「わたしの言うことを信じられないなら、仕方ない。無理に説得する気はないよ。ところで、これからどうするつもりなんだ? さしあたっての計画は? 家に残るつもりか、それともお母さんのところへ行くつもりか？」

ドラーゴは首を横に振る。「家には帰らない。仲間んちに泊めてもらう」と言って、リュックを蹴る。「荷物まとめてきた」

リュックの外観からすると、かなりの物を持ちだしてきたようだ。

「ここに泊まりたければ泊まればいい。書斎に使っていないベッドがあるから」

「どうしよう。泊めてくれって友だちにもう頼んであるし。後で電話してもいいすか？　荷物だけここに置いてっても？」

「お好きなように」


その夜は、日付が変わっても寝ずにドラーゴを待っている。ところが彼がもどってきたのは朝になってからだ。「階下《した》に友だちがいるんだけど」と、インターフォン越しに言ってくる。「彼女も上がってきていいすか？」

友だちとは、ガールフレンドのことだったか。つまり、ゆうべはそこに泊まったんだな！　「ああ、上がってきなさい」しかしドアを開けたとたん、怒りで絶叫しそうになる。薄汚れて疲れたようすのドラーゴの横に立っているのは、エリザベス・コステロだ。この女、どこまでもくっついてくるつもりか？

彼とコステロは反目しあう二匹の犬みたいに、げんなりとして目を見交わす。「ヴィクトリア・パークでドラーゴとばったり会ってね」コステロは言う。「この子、そこで夜を明かしていたのよ。新しい仲間たちとね。で、彼らの手ほどきで、バロッサの果実（バロッサ・ヴァレーはワイン産地）をたしなんだというわけ」

「友だちのところに泊まると言ったじゃないか」彼はドラーゴに言う。

「予定がポシャッたんだ。でも、おれなら大丈夫」

〝おれなら大丈夫〟。いや、ちっとも大丈夫そうじゃない。すっかり意気消沈したようすで、その落ち込みは酒盛りでも紛れなかったのだろう。

「お母さんとは話したのか？」

少年はうなずく。

「それで？」

「電話した。それで家にはもどらないって伝えた」

「きみのことを訊いてるんじゃない。お母さんのことだ。どうしてる？」

「大丈夫みたいっす」

「シャワーを浴びてきなさい、ドラーゴ。さあ。汚れを落として、ひと眠りするんだ。そうしたら家に帰って、お父さんと仲直りすること。きっといまごろは、あんなことして悪かったと思っているよ」

「まさか。自分が悪いとは絶対思わないやつなんだ」

「ひと言いいかしら？」エリザベス・コステロが割りこんでくる。「ドラーゴの父親は自分が正しいと確信しているかぎり、すまないなんて思わないような人ね。少なくとも、わたしはそう見るわ。それからマリアナだけど、電話で息子になにを言ったとしても、全然『大丈夫』じゃない。義姉のとこに駆けこんだとしたら、それはひとえに行く所が他にないから。義姉はマリアナとそりがあわないの」

「リディーの話か？　リディーというのはヨキッチ方の姉なのか？」

「リディヤ・カラディッチ。ミロスラヴの姉、ドラーゴの伯母さんよ。リディーとマリアナは折り合いが悪いの。これまでもずっとそう。リディーに言わせれば、マリアナがこんな目にあっているのも自業自得。『火のないところに煙は立たぬ』だと言ってる。これ、クロアチアのことわざでね」

「そんなことまで、あんたにどうしてわかる？　リディーの言ったことまでどうやって知るんだ？」

コステロ女は質問をさらりと受け流す。「リディーにとっては、マリアナの婚外交渉とやらが本当かどうかなんて問題じゃない。問題なのは、クロアチア人コミュニティのとても狭いサークルのなかで囁かれる噂よ。ちょっと、いい、ポール、口をへの字に曲げなさんな。ゴシップ、世論、ローマ人がファマ（お喋り、噂）と呼んだもの、この世界はそういうもので回ってる――重要なのはゴシップなのよ、真実じゃなくて。ドラーゴの母親とは事実、（失礼、ドラーゴ）性交渉などないのだから、すなわち、男女の関係にはないとあなたは言う。今日び、なにをして『性交渉』とみなすのかしら？　むしろ何か月にもおよぶ熱い恋心に比すれば、暗闇での即席の情事なんてどれぐらいの重みがある？　恋愛の話となったら、本当のところ何が起きているかなんて、部外者には確実にわかりようがないでしょ？　ま、それよりはるかに確実なのは、どこからともなく湧いてきたマリアナ・ヨキッチと雇い主のひとりとの浮いた噂が――空気にとけこむみたいにして――巷《ちまた》に広まってるってことよ。空気というのは、みんなのもの。人はそれを吸って生きているわけ。声高に否定されるほど、噂は空気中にとけこんで、広まるものなのよ。

わたしのことが気に入らないんでしょ、レマンさん。手を切りたいと思ってる。そんなの顔に書いてあります。言っときますけど、大体こっちだってこのおぞましいフラットに舞い戻ってきちゃって、うれしいとは言いがたいのよ。あのね、ドラーゴの母親なり、先日訪ねてきた暗闇の女なり、あなたがわたしの耳に入れようとしない例のミセス・マッコードなり、うーん、でもドラーゴ母がいちばん可能性が高いかしらね、なんせあなたの人生の光のようだから……まあ、あなたがだれかしらに対する行動方針を決めて、実行に移すのが早ければ早いほど、あなたとわたしは早いとこお別れして、双方ほっとできるのよ。その行動方針の内容については、わたしにはアドバイスはできない。あなたのなかから出てきたものでなくてはいけないから。次になにが起きるかわかるぐらいなら、なにもわたしはここにいなくたっていいし、もとの生活にもどれるのよ。言っときますけど、それはここで堪え忍んでいる生活よりずっとずっと快適で、もっと充実した生活なんですからね。なのにあなたが今後の行動を決めるまで、あなたのそばに控えていなくちゃならない。あなたは——よくある言い方をすれば——自分をしっかりもった人よね」

ポールは首を振る。「どういう意味だ。さっぱりわけがわからん」

「いいえ、わかるはずよ。ともかく、人は必ずしも理解してから行動を起こすものではない。よっぽど哲学的な人間でないかぎりね。いい、よく聞いて、もののはずみで行動するようなことってあるでしょ。許されさえするなら、ぜひそうしてもらうところなんだけどね。あなたはヨキッチ夫人に恋をしていると言う。少なくともドラーゴのいないところでは、そう言ってるでしょう。だったら、その恋心とやらをどうにかしなさいよ。ところでね、ドラーゴの目の前でもう少しあけすけなことを言ったって平気だと思うけど——そうでしょ、ドラーゴ？」

ドラーゴは片頰だけでにっと笑ってみせる。

「これも、育ちゆく少年の教育の一環よ。あのお高くとまったキャンベラの大学に彼を送りこむよりずっと多くを学べる。この子に、もっと荒々しい愛の岸辺を覗かせてやりなさい。人はおのれの情熱《パッション》をどう操縦していくか、星を頼りにどう舵取りしていくか——大熊座、小熊座、射手座、それから南十字星などね——見せてやりなさい。彼もこの歳なら、自分のやりたいことがあるはずよ。もうなにかに情熱をもつ年ごろだわ。ねえ、なにかあるんでしょう、ドラーゴ？」

ドラーゴは無言だが、唇の笑みはまだ消えていない。この女と少年はなにか気脈を通じあっているらしい。しかしどんなことだ？

「訊いてもいい、ドラーゴ。あなたがレマンさんの立場だったら、そう、レマンさんだったらどうする？」

「おれがどうするか？」

「ええ、想像してみて。自分がいま六十歳で、ある朝目覚めてみたら突然、ひとりの女にのぼせあがっている。自分より二十五歳も年下であるばかりか、そこそこ幸せな結婚生活を送っている女にね。あなたならどうする？」

ドラーゴはゆっくりと首を振る。「質問がフェアじゃないよ。いま十六歳のおれに、六十歳の気持ちがどうしてわかるのさ？　おばさんが六十歳だったら、というのとは違うんだよ。それなら思いだせばいいだけだけど。けど……いまはレマンさんのことを話してるんだよね？　この人の心のなかに入れないのに、どうやってミスター・レマンになれっていうんだ？」

ふたりはなにも言わず、話の続きを待つ。しかしこの少年が——二日酔いにもかかわらず神の遣わした天使のような顔をしている彼が、背伸びして想定できるのは、このあたりまでのようだ。

「では、質問の仕方を変えましょう」コステロは言う。「愛は人を若返らせると言う人もいる。胸の鼓動が速まる。分泌液がさかんに出て、声は軽やかさをとりもどし、弾むような足どりで歩く。議論を先に進めるために、そういうものだと仮定して、レマンさんのケースを振り返ってみましょう。彼は交通事故にあい、その結果として片脚を失った。そして生活の面倒をみてくれる介護士を雇うと、たちまち彼女に恋をしてしまった。恋の魔力で若き日の輝きがすぐにももどってくるような、そんな予感がして、息子をもつことまで夢想したりする（ええ、本当ですとも。あなたの義弟になるわね）。しかし彼はこうした予感を信じていいのだろうか？　もしかしてボケじいさんの妄想なんじゃないか？　わたしが説明したような状況なら、熟考すべき問題とは、『レマン氏、あるいはレマン氏のような人間は、次にどうすべきか？』。なんとか実を結ぼうとするおのれの欲望にうながされるままやみくもに行動するか？　それとも、現状の賛否をかんがみて、既婚女性への愛に身も心も捧ぐのはあまりに無分別と判断し、もとの殻にもぐりこむか？」

「わからないよ。この人がどうするかなんて。おばさんはどう考えるのさ？」

「わたしにも彼のすることはわからないの、ドラーゴ。けど、順序立ててこの問いに取り組んでみましょう。仮説を立ててみる。まずは、レマンさんが行動を起こさないと仮定してみましょう。どういう理由にしろ、彼は自分の情熱を胸にしまっておくことにする。すると、どういう結果になると思う？」

「もしこの人がなにもしなかったら？」

「そう、この部屋にただじっとしてなにもしなかったら」

「そしたら、なにもかももとの生活にもどるんじゃないの。退屈なさ。相変わらずもとの自分のまま」

「ただし――」

「ただし、なに？」

「すぐにも後悔の念が忍びこんでくるでしょう。彼の毎日は灰色一色に塗りこめられる。夜中には、はっとして目を覚まし、歯がみしながら独りつぶやく。もしあのとき、もしあのとき！　記憶が酸のように彼を蝕《むしば》んでいく。意気地のない自分の記憶がね。〝ああ、マリアナ！〟彼は嘆くでしょう。〝あのとき愛しいマリアナを手放しさえしなければ！〟悲しみの男、彼自身の影。この人はそんなものになりはてる。死を迎える日まで」

「わかったよ、後悔するってことだね」

「無念の思いに包まれて死なないために、彼はなにをすべきかしら？」

もうたくさんだ、聞きたくない。ドラーゴが答えをひねり出す前に、ポールは口をはさむ。「あんたのゲームにこの子を引っぱりこむのはやめないか、エリザベス。それに、本人がこの部屋にいないみたいにわたしのことを云々するな。どんな人生を送ろうと、わたしの勝手だ。他人に口出しされる筋合いはない」

「赤の他人ですって？」エリザベス・コステロは眉をつりあげて言う。

「ああ、赤の他人だとも。あんたはとくにな。あんたはわたしにとって他人だし、目にしなければよかったとすら思う他人だ」

「同様よ、ポール、わたしも同様。なぜあなたとわたしがカップリングされたのか、まったく不思議ね。明らかに相性が悪いもの。ところが、ふたりはこうしてここにいる。マリアナとつきあいたいなら、その代わりわたしのことも背負いこむことになるわよ。わたしだって本当はもっと面白い主題がいいんだけど、あなたに背負いこまれてあげてる。心を決めかねている片脚の男にね。しっちゃかめっちゃかよ。そう思わない、ドラーゴ？　頼むわ、人助けと思ってアドバイスをちょうだい。わたしたち、どうしたらいい？」

「離れたほうがいいと思う。おたがい好きになれないなら、別れたらいいだろ」

「なら、ポールとあなたのお母さんは？　そのふたりも別れるべき？」

「レマンさんのことはわからないよ。けど、うちの母さんがどうしたいか、どうしてだれも本人に訊かないんだ？　もしかしたら、レマンさんとこの仕事なんて受けなきゃよかったと思っているかも。わからないけどさ。前みたいに、おれたちが……まともな家族だった頃の生活にもどりたいと思っているかも」

「ということは、あなたは情熱の敵で、つまり婚外の欲望をもつことには反対なのね」

「いや、そんなことは言ってない。べつにおばさんが言うような、情熱の敵じゃない。だけど——

——」

「でも、あなたのお母さんは美貌の女性よ。通りを歩けばちらちら見られるし、ぐっとくる人もいるし、そうなるとその他人の胸には欲望が芽生える。するとあっという間に、思わぬ情熱が湧きあがってきて、それと戦うことになる。あなたのお母さんの視点から、いまの状況を考えてみなさい。欲望でぎらぎらしたよその男たちに告白されて言下に拒むのは簡単だけど、知らん顔しとおすのはそう容易《たやす》くない。平然としてないとね。よその男に欲情されたら、お母さんはどうふるまうべきか？　家にとじこもる？　ヴェールをかぶって？」

ドラーゴはうれしそうに、犬が吠えるみたいなおかしな笑い声をたてる。「いや。だけど、母さんはウワキをする気にはならないだろうな」〝ウワキをする〟と言うときには馬鹿にしたように鼻を鳴らす。まるでそのフレーズが、奇妙な、言うなれば野蛮な外国の言葉ででもあるかのように。「その、色目を使ってきた男全員とは。だから、おれは言ってるんだよ、どうしてだれも本人に訊かないのかって」

「それができれば、いますぐに聞いているわよ」エリザベス・コステロが言う。「でも彼女にはお出まし願えない。いわば出番じゃないってことよ。だから、わたしたちは想像するしかない。しかし彼女が六十歳の男の誘いにおれて浮気をするなんて、しかも相手は雇い主で、週に六日、雨の日も風の日も雪の日も顔をあわせるわけでしょう、そんな相手と関係をもつなんて、彼女にとって論外もいいところではないかしら。ご意見は、ポール？」

「たしかに論外もいいところだろうな。これ以上ないほど論外も論外だ」

「というわけで、いまの状況があるわけよ。わたしたちはみんな幸せではないようね。ドラーゴ、あなたは家庭不和のせいで、ヴィクトリア広場でアル中にまじって野宿することになったんだから、幸せとは言えないでしょう。あなたのお母さんだって、気に入られていない親戚のところにやむなく避難しているんだから不幸せだし、お父さんは世間に笑われていると思っているから不幸せ。ここにいるポールが不幸せなのは、不幸せがしみついているからだけど、もっと具体的に言うと、胸に秘めた欲望をどう表現したらいいかさっぱりわかっていないからよ。それから、わたしはなんの展開もないから不満。四人の人間が四隅にいて、ベケットの劇に出てくる浮浪者みたいに鬱々としてる。わたし自身はその中央にいて、時間を浪費し、時間とともに草臥《くたび》れていく。

彼らは黙りこむ。三人とも。時間とともに草臥れていく。ある意味、この女はそう言って泣きついているわけだ。だったら、彼はなぜこうも平然としていられるのか?

「コステロさん」彼は言う。「わたしの言うことをよく聞いてくれ。わたしとドラーゴの家族との間になにがあろうと、あんたの知ったことではない。関係者じゃないんだからな。ここはあんたのいるべき場所でもないし、口を出す領域でもない。わたしはマリアナに同情している。ドラーゴにも別な意味で同情しているし、彼の姉妹にも同情する。ドラーゴの父親にさえ同情できるぐらいだ。しかしあんたには同情できんね。われわれのうちの誰ひとりあんたには同情できん。われわれのなかであんたひとりが部外者だろう。いくら善意の関与とはいえ、話がややこしくなるばっかりで傍迷惑もいいところだ。わかるかね? わたしたちなりのやり方でわたしたちなりの救済の道を見つけだすから放っておいてくれと、われわれがいくら言っても聞いてもらえないのか?」

長く、気づまりな沈黙がある。「おれ、もう行かなくちゃ」と、ドラーゴが言う。

「待ちなさい」ポールは言う。「また公園へ舞い戻ろうと思っているなら、それはだめだ。わたしは賛成できんな。危険だし、ご両親が知ったら縮みあがるぞ。部屋の鍵を渡しておこう。冷蔵庫には食べ物もある。書斎にはベッドもある。好きに出入りしていい。ただし常識の範囲内で頼む」

ドラーゴはなにか言いかけて、気が変わったようだ。「すいません」と、礼を言う。

「じゃ、わたしは?」エリザベス・コステロが言う。「玄関から放りだされて、日照りの暑さや冬の猛威にさらされて耐えなきゃいけないの? 若いドラーゴが王子さまみたいに不自由なくここで寝泊まりしている間に？」

「あんたは大人の女だろう。自分の面倒は自分でみるんだな」

# 第十九章

彼のフラットから通りをはさんだむかいに、一台の車が駐まっている。だいぶ年季の入ったコモドアの赤いステーション・ワゴンだ。午ごろからずっと。運転席の人物はよく見えないが、ミロスラヴ・ヨキッチに決まっているだろう。よくわからないのは、ミロスラヴがなにを目論んでいるかということだ。妻の行動を偵察しているのか？　不義のカップルを脅そうとでもいうのだろうか？

松葉杖をついて歩くと、階段を降りて玄関ホールを抜けるまでに、たっぷり十分はかかり、通りを渡るまでにまた同じぐらいかかる。ポールが車に近づいていくと、車内にいた男がレバーをくるくる回してウィンドウをさげ、するとタバコの臭い煙がもうもうと流れでてくる。

「ヨキッチさんですか？」彼は声をかける。

ヨキッチは彼が想像していたような、大柄で動きののろい男ではなかった。それどころか背が高く痩せており、細面の顔は肌が黒く、いわゆる鷲鼻をしている。

「ポール・レマンです。少し話しませんか？　ビールを奢らせてください。すぐそこにパブがあるから」

ヨキッチが車から降りてくる。ワークブーツにブルージーンズ、黒のTシャツを着て、黒い革のジャケットをはおっている。腰回りが異様に細く、お尻はあるかなきか。〝鞭のような身体だな〟、彼はそう思う。この身体がマリアナにのしかかり、押し被さって、突き入れる図が、意図せず浮かんでくる。

せいいっぱいの速さで片脚跳びをしながら、ポールは道案内をする。

パブの席は半分がた空いていた。ポールがブース席に滑りこむと、ヨキッチは口元を引き結んで、後につづく。ヨキッチの手をちらりと見る。黒い毛のはえた長い指は、爪をきれいに切りそろえてある。襟足の毛も同じくだ。マリアナは、熊の毛皮をかぶったみたいな、こんな髪もぜんぶ好きなんだろうか？

プライドを傷つけられた夫と差しで話をするなんて、経験をもとに対応しようにもそんな経験がない。この男を気の毒に思うべきなんだろうか？　なにも感じない。

「単刀直入に話しますが、わたしが息子さんの学費の援助を申し出ているのはなぜなのか、それを知りたがっておられるわけですね。わたしは裕福ではないが、ヨキッチさん、まあ、悠々自適というところですし、子どももいない。息子さんが活躍する姿を見たいから、融資を申し出ました。ドラーゴにはいつも感心してます。前途洋々だ。彼が選んだカレッジについては、聞いたことがありませんが、本人によれば評判の高い学校とのことですから、それならと思った次第です。

わたしの申し出のせいでご家庭に波風が立ったようで申し訳ない。いま思えば、奥さんだけでなく、ご主人ともお話ししておくべきでした。

奥さんに関してですが、彼女との関係はまっとうなものであると、簡単にそれだけ申し上げておきましょう」と、ここで一度言いよどむ。男の目は銃口のようにぴたりとこちらの目に向けられている。彼もできるかぎりまっすぐに見つめ返す。「わたしは女性とはつきあわないんですよ、ヨキッチさん。もういまではね。人生のそういう側面はもはや過去のものだ。いまも愛を実践することがあるなら、別なやり方で実践するでしょう。わたしという人間をもっとよく知れば、おわかりいただけると思いますが」

嘘を並べているだろうか？　実際そうなのかもしれないが、嘘をついている気はしない。マリアナのあの脹脛を忘れられず、あのバストに顔をうずめられるならどうなってもいいとは思うものの、たったいまこの瞬間にも、それこそ神のごとき純粋な慈愛の心で、自分はマリアナを愛している。そのせいでこの男やどこぞの男に恨まれるなんて、馬鹿げた話だ。

「わたしが家内と結婚したのは八十二年」ヨキッチが言う。低い声。熊のような声だと、少なくとも彼にはそう感じられる。「だから十八年になる。家内がドブロヴニクの美術アカデミーの学生のとき、わたしは初めて出会う。わたしは最初は連邦軍にいて、その後、アカデミーに溶接工の職を得る。溶接工と職人の仕事をするけど、大半は溶接のほうだ。そこでわたしたちは出会う。それからふたりでドイツに行き、懸命に働いて、貧乏しながら金をためて――わたしの言う意味わかりますか？――そうしてオーストラリア行きの申し込みをする。わたしの姉も、四人でいっしょに。ドラーゴはまだ子どもだ。初めはメルボルンに住み、わたしは溶接工場で働く。それからいっしょにクーバー・ペディ（南オーストラリア州の小都市。世界最大のオパール産地）に行って、オパールのチャンスに賭ける。クーバー・ペディは知ってますか？」

「クーバー・ペディなら知っているよ」

「とても暑い土地。マリアナも後から来る。三年間、わたしたちはクーバー・ペディに住む。女性にとっては本当に大変だ。オパールを掘るには、運がいる。わたしは――運がなかった。言ってる意味わかりますか？　でも仲間たちが助けてくれる。わたしたちは助けあう」

「うん」

「子どもたちのいる女性には本当に大変な暮らし。だからわたしはホールデンに仕事を見つけて、エリザベスに越してくる。いまはけっこうな仕事といい家がある」ヨキッチは空《から》のグラスを置く。

沈黙がおとずれる。リサイタルは幕をおろす。〝これがわたしの人生の物語だ〟。ヨキッチはまるで手持ちの札をテーブルに開いてそう言っているかのようだ。〝さあ、どうだ、洒落たコニストン・テラスの御仁よ！〟

「ひょっとしてエリザベス・コステロという名の女性を知らないかな？　もう高齢で、プロの作家なんだが」

ヨキッチは首を横に振る。

「いや、彼女のほうはきみを知っているようなんでね。いま話してくれたのと同じ経緯を、コステロから一部聞いたんだ――きみとマリアナのなれそめとか、ドブロヴニクでおふたりが何をしていたかとか、そういう話だ。メルボルンやクーバー・ペディにいた話は聞いていない。ともかく、このエリザベス・コステロは目下新作にとりかかっていて、言うなれば、わたしをその小説の登場人物に使っているらしいんだ。わたしに興味をもつうちに、マリアナときみにも興味をもつようになった。どうやらきみたちの過去を嗅ぎまわったようで」

ヨキッチは話が完結するのを待っているが、ポールにはまだ口にできない。あまりに荒唐無稽な気がする。言いかねていたのはこういうことだ。〝きみとわたしが塡《はま》りこんでいるこのややこしいシナリオだが、じつはエリザベス・コステロの仕業なんだよ。だれかを恨むなら彼女を恨んでくれ。すべて仕組んでいるのはこの女なんだから。エリザベス・コステロというのはとんだトラブルメーカーだよ〟。

「こう言ってよければだが……」と、彼は話題を変えてつづける。「マリアナと和解したほうがいい。それに、ドラーゴのためにもどうか融資を受けていただきたい。ドラーゴがウェリントン・カレッジに執心しているのは、だれの目にも明らかだ。この融資は正式な手続きを踏んでもいいし、形式ばらずに行なってもいい、きみの好きな形にしてほしい。つまり契約書を作成してもいいし、書類なんかなしで済ませてもいい。どちらでもわたしには同じことだから」

ここはもう一杯、ビールを勧めるべきだろう。この男がなるべく楽にプライドをぐっと飲みこみ、しぶしぶながらも友好的になれるよう力を貸してやるべきだ。しかし彼はビールを勧めない。もう自分は充分に言葉をつくした。こんどはヨキッチの番だろう――ヨキッチが酒を奢り、なにか発言する番だ。それがすんだら、いやいや参加しているこの会合にも、この場《シーン》にも、けりがつくだろう。この男はマリアナを相手に、まるで天使のような二人の、いや、三人もの子どもたちを産ませたわけだが、ヨキッチ自身にはなんの興味ももてない自分がいる。自分の関心はマリアナにあるのだ。マリアナと、なんであれ子どもたちに伝わったマリアナ譲りの面。自分のこの関心というのは、下心のある関心なのか、無私無欲の関心なのか？　自分のマリアナへの愛情を神の愛と比べてしまうが、この神は私心のある神か、公平無私な神か？　自分にはわからない。目下の気分では、問いが抽象的すぎて考えられない。

考えにふけっているところに、ヨキッチの声が割りこんでくる。「あなたにはりっぱなアパートがある」

それは質問なのか？　断言なのか？　ヨキッチはフラットに来たことがないのだから、質問に違いない。ポールはうなずく。

「悠々快適だと。快適だとあなたは言う。アパートとは関係ない。アパートの暮らしが快適だ」

「いや、悠々自適と言ったんだよ。アパートとは関係ない。『悠々自適』というのは、お金のことを露骨に口にするのは気が引けるという時に使う表現なんだ。わたしの場合は、悠々暮らしていけるだけの収入があるという意味だよ。つまり、必要なお金は充分にあり、いくらか余るということ。なんなら慈善事業に寄付してもいい、息子さんを大学へやるといった人助けをしてもいい、というわけだ」

「せがれが上等な大学に行く。上等な友だちができて、なんでも上等なものを欲しがる。言うことわかりますか？」

「そうだな。上等な大学に行けば、息子さんは自分の出自を見下すようになるかもしれない。それは否めない。勘違いしないでくれ、ヨキッチさん、わたしはお高い大学の信奉者じゃない。ウェリントンの名を出したのもわたしではない。しかしその学校をドラーゴが志望するというなら、支援しよう。まあ、わたしの勘では、ウェリントンは見てくれほど上等な学校ではなさそうだ。真の名門校は宣伝などする必要はないから」

ヨキッチは考えこむ。「もしかしたら、もしかしたらですが、ドラーゴのための信託基金を募れるかもしれない。そうでなければ、なんというか、個人的に」

信託基金だって？　単純な問題のわりにずいぶん金のかかる解決策だが、わるくないアイデアではある。しかしこの社会主義国家からの亡命者に、信託基金のなにがわかるというのか？

「法に適うようにというのであれば」彼は言う。「水も漏らさぬ適法性を求めるんだったら、その案も考えてみよう。弁護士に相談してもいい」

「それとも銀行か」と、ヨキッチ。「ドラーゴの口座、信託口座を作ってもいい。その信託口座にあなたのお金を入れてもらう。そうすれば、安心。その……もしもの時も……」

もしものどんな時だ？　もし彼の、ポール・レマンの気が変わって、ドラーゴを見捨てることがあっても？　もし彼が死ぬことがあっても？　もしマリアナへの彼の愛が冷めることがあっても？

「なるほど、それもひとつの手だな」彼は言いながら、だんだん心許なくなってくる。嘘っこの信託基金を作りさえすれば、ヨキッチのプライドを守れるのか？

「それからマリアナのことだけど」

「うん、マリアナの件だね。どんな話かな？」

「マリアナは介護の仕事でいつも疲れてる。いまは二つ仕事をしてる。派遣先が二つあって、もう一つはアイエロ夫人という年寄りのご婦人だ。ちゃんとした介護というか専門の仕事じゃなくて、もっと家政婦に近い。そこへあなたの介護も加わって、週に五十時間とか六十時間とか働く。それに毎日の運転。学識のある人間なのに。こんな家事労働は知識人には向いてない。毎日へとへとになって帰ってくる。だから、もう介護の仕事はやめて、別の種類の仕事を探そうかと話してる」

「それはすまなかった。マリアナが仕事をかけもちしているとは知らなかったよ。もう一つの派遣先については、話に出たことがない」

ヨキッチがきっと睨んでくる。こちらが真意をつかみそこねている点でもあるだろうか？

「他の仕事に移るとなると寂しいね」ポールは言う。「じつに有能な女性だから」

「そう」と、ヨキッチは言う。「わたし、このわたしはただの機械工で、機械工なんて何者でもない。クロアチアでも、オーストラリアでも。けど、マリアナはれっきとした知識人だ。美術の修復で学位もとった──それはあなたに話したですか？　オーストラリアじゃ修復の仕事なんてないが、それでも……。なのにマノ・パラには話し相手もいない。そう、ドラーゴはいろんなことに興味をもつから、せがれとなら話ができる。それからレマンさんとも会う」

「マリアナ本人とは限られた話しかしたことがなくてね」ポールは慎重に返す。「会話だけでなく、わたしとマリアナの関わりは非常に限定的だ。彼女に美術の素養があることもつい最近、コステロ女史というさっき話した女性から聞いて知ったんだ」

ゆっくりとながらわかってきた。妻を打ちのめして家から追いだした夫が、わざわざ丸一日仕事の休みをとり、コニストン・テラスに終日車を駐めて待つ覚悟でいたのはなぜか。ヨキッチはきっと、自分の妻が決定的な意味で堕落したかどうかは別として、金をたんまりもち、美術と美術家たちの世界に気安く通じている雇い主によって、温かき家庭からおびきだされようとしている、そんなふうに思っているに違いない。さらに、妻はコニストン・テラスのお上品な環境に感化され、マノ・パラの労働者階級を見下すようになるだろう、と。つまり、ヨキッチは直訴に来たのだろう。レマンの良心に訴えようというのだ。では、もしその訴えが不首尾に終わったら、どうなる？　目の前の男もぶちのめす気でいるだろうか？

わたしを見てみろ、おまえの憎きライバルを！　そう言って抗議してやりたい。神にもらったおまえの身体はいまも五体満足だというのに、わたしはこんな不自由な下肢を引きずっていくことになるんだぞ！　たいてい漏れちまうんだ、床に漏らしちまうんだよ！　おまえの女房なんてどう頑張っても拐《かどわ》かせるか、どんな意味でもな！

しかしそう思ったとたん記憶が甦り、マリアナが背伸びをして本棚の上面を拭いている図がまたもや浮かびあがってくる。たくましく形のいい脚をしたマリアナ。事実、マリアナへの愛が純粋であるなら、どうしてその愛は彼女の脚がスカートからちらっと見えた瞬間に初めて、心に根づくことになったのか？　なぜ愛というのは、ポールが実践しているという純愛でさえ、息を吹きこむには目も綾な美しいものを必要とするのか？　一体、美脚とは理論的に愛といかなる関係にあるのか、同じく情欲といかなる関係にあるのか？　それともこれは本性なるものの本質で、問うべからざることなのか？　動物たちの間で愛はどのように作用しているか？　キツネの間では？　クモの間では？　クモのご婦人にも美脚のようなものはあり、雄グモたちはそうした魅力に惹きつけられながらも戸惑ったりするんだろうか？　このテーマに関してヨキッチにもなにか意見があるだろうか。とはいえ、間違っても尋ねまい。ヨキッチの話は今日のところもうたくさんだし、ヨキッチのほうも自分の話などもう聞きたくないだろう。

「ビールをもう一杯どうだい？」ポールは形ばかりに訊く。

「いや、そろそろ行かないと」

ヨキッチも行く時間。ポールも行く時間。「行かなくては」というが、ふたりともどこへ行くのだろう？　そう、ひとりはマノ・パラの空のベッドへ。もうひとりはコニストン・テラスの空のベッドへ帰るだけだ。そこで、彼は横たわって居間の時計がチクタクいう音を聴きながら、ひと晩じゅう起きていたってかまわないのだ。いっそ、ふたりで共に家庭をもったらどうだろう。さながらマットとジェフの警官コンビのように。

# 第二十章

樹の茂る緑地をあっちこっちドタバタと探し回り、エリザベス・コステロの居場所をつきとめる頃には、一時間近くもかかってしまう。やっと見つかった彼女は川べりのベンチに腰かけ、餌まきをしているらしく、アヒルたちに取り囲まれていた。彼が近づいていくと、アヒルたちは驚いて散りぢりに飛び、やかましく啼きながら川のなかへするりともどっていく。

松葉杖をついて、コステロの前の草地に立つ。夕方の六時をすぎているが、まだ夏の陽の重みを肌で感じる。「ドラーゴを探しているんだ」彼は言う。「心当たりはないか？」

「ドラーゴ？　さあ、さっぱりね。おたくに泊まってるんだとばかり思ってた。ところで、わたしのようすは訊かないの？　かくも手荒におたくを追いだされた後、どこで夜を明かしているか知りたくないの？」

彼は質問を聞き流す。「たったいま、マリアナの旦那と話しあってきた」

「ミロスラヴね。ええ、あの人、気の毒に、面目丸つぶれでしょう。まずは自分自身の嫉妬に貶められ、次には、そのライバルがどんな男だかわかってまた屈辱を覚える。彼になんと言ったの？」

「考え直してほしいと。ドラーゴの利益を優先してくれと。わたしの申し出にはなんの下心もないと、口を酸っぱくして説いたよ」

「表面上、下心はないってことね」

「表面もなにも、どこにもないんだ」

「じゃあ、恋心は、ポール、絶えざる愛心は？」

「絶えざる愛心なんて関係ないだろう。その金はドラーゴの教育費に充てられるんだ。彼の母親の心を金で買おうとしているなんて、馬鹿げた理屈だ」

「馬鹿げた理屈ですって？　じゃ、この件についてはマリアナに訊いてみましょう。彼女には違った見方があるかもしれないから。彼女なら『尺には尺を《ティット・フォー・タット》』と考えるかもしれない。相手の手に応じて次の手が決まるってことよ。あなたはすでに初手《タット》はしめした。あとは、マリアナがそれに対して正しい次手《ティット》、それに相応しい次手《ティット》を出せるかにかかってる（tit（s）には「おっぱい」の意もある）」

「いやらしい表現するな」

「あらそう。じつを言うとね、あのバルカン・レディを評価するとはあっぱれだと、いまだに感心しているのよ。わたしの目から見れば、ずんぐりむっくりの草臥《くたび》れたおばさんだもの。あなたがそこまで気に入るとは思いもしなかったわ。背高男とでっぷり女。なかなかいいお笑いコンビね。あなたみたいな男なら、もっとうまくやれたのに。それにしても、シャカン・セ・グー（蓼食う虫も好きずき）とはこのことだわ。

　わたしに言わせれば――大事なのはそこですけどね――今後の展開として、相思相愛を求めているなら、ヨキッチ夫人はあきらめなさい。彼女はご期待には添わないわ。一番脈がありそうなのは、やはりマリアンナ、nが二つあるマリアンナね。マリアンナか、彼女みたいな女とくっつけば、とてもいい筋運びになるでしょう。たとえばあなたと同年代の独身男がいて、この男は身体が不自由なのであまり人前に出たくない。そういう人物が週に一度ぐらい、昼下がりにマリアンナのような分別ある女友だちを家でもてなすというのは、妥当な線よ。彼女はそのありがたい好意のお礼に、ときどきちょっとした素敵なプレゼントを受けることに合意する。

そう、ポール、プレゼントよ、贈り物よ。あなたは貢ぎ慣れているんでしょう。無償の愛はもはや考えられない」

「自分で選んだ相手を愛してはいけないのか？」

「もちろん、自分で選んだ相手を愛すればいいのよ。でも、今後はその愛を胸に秘めておくこと。人はふつう世間体ってものを考えて、冷静にふるまうものでしょ。でないと大変なことになる。

それはそうと、マリアンナも要件にあわないとなったら、わたしは誰に文句を言ったらいい？ その場合はミセス・パッツに電話したらどうかしら？ 新しい介護士を募集中だと言うのよ。あまり若すぎず、かといって年寄りすぎず、魅惑的なバストと形のいい脹脛をもち、配偶者はなく、子どもはいても邪魔にならず、なるべくなら非喫煙者の女性求む、ってね。他に希望は？ 意欲的な性格で、喜びを得ることにも貪欲で、たやすく満足すること、かしら。

いいえ、ミセス・パッツの手を煩わすこともないんじゃない？ 介護士を雇って恋をするための手続きを踏めばいいのよ。そう、〈アドバタイザー〉に広告をうつ。〈当方、六十代、男性。子どもなし。身体の動きに不自由あれど、精力的。希望は三十五歳から四十五歳の、見目うるわしく、謎めいた出自の女性。美乳であること、等々。役得ずくはお断り〉

ちょっと睨まないでよ、ポール。ほんのジョークよ、ただ会話をつづけるためのね。安心してちょうだい、わたしもよく思い知ったわよ。もう女性と引き合わせたりしないって約束する。愛する人はマリアナしかありえないと、すでに心が決まっているなら、あとはマリアナを得るか、完敗するか。いいでしょ、わたしの負けよ、それでいきましょ。とはいえ、知らせておきたいことがあるんだけど、マリアンナ、あの気の毒な、もうひとりのマリアンナは、あなたに受けた仕打ちに深く傷ついているの。それこそ、あのハンカチに顔をうずめてすすり泣いてるわよ。〝正直いって、大海には魚がいくらでもいるものよ〟と説《さと》しても、ちっとも慰められそうにない。あなたのためにあんなこともこんなこともしたのよ、プライドもそうとう傷ついたでしょう。〝わたしのことデブだと思ったんだわ！〟って、泣きわめいてる。〝なに馬鹿なこと言ってるの。他に忘れられない人がいるというだけよ〟。わたしはそう言ってるんだけどねえ。

でも、完全にわたしの勘違いかもしれないわね。あなたが求めているのは相思相愛ではない。言い換えれば、あなたは愛を求めると見えて、じつはそこにぜんぜん違うなにかへの欲望が隠れていたりして。結局、客観的にいってあなたみたいな人がどれほど愛を必要とするかしらね、ポール？あるいは、わたしみたいな人が、と言い換えてもいい。ゼロでしょう。まったく求めない。わたしたちには、わたしたちみたいな年寄りには、愛は必要ないのよ。わたしたちに必要なのは介護《ケア》。足腰ががくがくしていたら時には手をとってくれる人、お茶をいれてくれる人、階段をおりる時に手を貸してくれる人。いよいよその時が来たら、目を閉じてくれる人。介護と愛は別物よ。介護というのは、有能な介護士なら提供できるサービス。わたしたちがそれ以上を求めないかぎりはね」

コステロは息をつくために言葉を切る。やっとポールのしゃべるチャンスが来た。「ここへは、ドラーゴを探しにきたんだ」彼は言う。「あんたがわたし相手にウィットに磨きをかけるのを拝聴しにきたんじゃない。愛と介護の違いなんて、よくよくわかっている。マリアナに愛されたいなどと望んだこともない。〝六十代、男性〟としてのわたしの望みは、できるかぎり彼女と子どもたちの力になることだ。自分の気持ちは自分の気持ちで、自分だけが知っていればいいことだ。マリアナに押しつける気はもうとうない」

「あとひと言いいかしら。あなたは頑として疑り深いから。わたしたち双方の欲望を甘く見ないこと。人間の欲望は、意外と加護の翼を大きく広げてくるものよ」

「わたしたち双方の？」

「ええ、あなたの心の欲望もね。ま、あなたが人間だったらの話だけど」

くだらないおしゃべりはたくさんだ。両の腕が痛み、胸がどきどきして、どこかに腰をおろしたい。しかしここでコステロの隣に座ったりしたら、はたから見て勘違いされるだろう。長年つれそった夫婦がひと息入れているところだと。それに、やはりもうひと言いってやらねばならない。

「どうしてわたしなんぞのことでこんなに一生懸命になるんだ、コステロさん？　実際、こんな雑《ざ》魚《こ》じゃないか。こいつを釣りあげたのは失敗だったんじゃないかと自問したことはないか？　一から十まで失敗なんじゃないか？」

大きな白鳥の形をしたペダルボートを漕ぐ若いカップルが、ほがらかに微笑みながら通りすぎていく。

「もちろん、したわよ、ポール。幾度となく。それにある基準からすれば、当然あなたは雑魚でしょうね。問題は、どんな基準によるのか？　あるいは、どれぐらいちっぽけな魚なのか？　ということ。辛抱辛抱、といつも自分に言い聞かせているわ。まだこの人からも、レモンの最後の一滴みたいに、あるいは石から血を絞るみたいに（無理なことをするの意）、絞りとれるものはあるかもしれないって。でも、そうね、あなたの言うとおりかもしれない。実際、あなたは失敗作かもしれない。それは認める。失敗作でないなら、わたしだっていまだにこのアデレードにいたりしないでしょう。あなたのこと、どうしたらいいかわからないからここにいるんだもの。

　ゆえに、わたしは譲歩すべきか？　あなたを棄てて、別などこかで新たにやり直すべきか？　はいはい、あなたの望むことはわかってますよ。けど、それはできない。わたしのプライドが大打撃よ。このまま最後までおし進めるしかない」

「最後までだと？」

「ええ、苦い終わりまでね」

　もっと聞きたいと思う。どんな最後になるか聞きたい。しかしコステロはもはや口を開く気配もなく、あらぬほうを見つめている。

「ともかくだ」ポールは執拗につづける。「あんたがわたしの生活に入りこんで一体なにをしているのか、そいつを理解しようとして、つぎつぎと説をたててみたよ。それを片っ端から披露するつもりはないが、ひとつ言っておくと、どれもあんたが聞いて喜ぶようなものじゃない。まず一番目は、いまだに最もそれらしい説だが、作中人物のモデルとしてわたしを求めているというもの。その場合は、さっき言ったことを繰り返させてもらおう。あんたはそれを受け入れがたいようだがね。あの事故の日以来、つまり死にかけたものの間一髪救われたらしいあの日以来、善行をなすという考えにとり憑かれているんだ。遅きに失する前に、わたしはたとえ慎ましくとも他人の人生に――

こう言ってはなんだが――なにか恩恵をほどこしたい。なぜ、と尋ねるか？　結局は、父親として恩恵をほどこす子どもがいないからだろうな。子をもたなかったというのは、わが人生における大失敗さ。それは言っておくよ。そのことでこの胸は絶えず血を流している。そのためにこの胸には傷《ブレシュール》がある。笑いたければ笑うがいいよ、コステロさん。けど、これだけは言っておく。むかし、むかし、わたしはりっぱなカトリックの少年だった。あのオランダ人がわたしたちを生まれ故郷から引っこ抜いて、地の果てにつれてくるまでは、ルルドの善きシスターたちに勉強を教わっていたんだ。そしてバララットに着くやいなや、わたしはクリスチャン・ブラザーズ（キリスト教教育修士会）の手に託された。〝少年よ、なぜあなたはそんなことをしたがるのですか？　なぜ罪を犯したがるのですか？　あなたの罪ゆえ主の心が血を流しているのがわからないのですか？〟　教会のことはとっくに忘れ去ったのに、キリストと血を流す主の心臓のことは、ついぞ記憶から薄れたことがない。なぜこんな話をもちだすかって？　なぜなら、わたしは自分のおこないで主の心をこれ以上傷つけたくないからだ。主の心臓に血を流してほしくないからだ。もしわたしの年代記を書きたいなら、その点は理解してもらう必要がある」

「りっぱなカトリックの少年ね。わかるわよ、ポール、いやというほどはっきりね。忘れないで、わたしだって正真正銘の、アイリッシュ・カトリック娘ですからね。メルボルンはノースコートのコステロ家の一員。でも、先をつづけて、つづけて。これはおいしい話だわ、すごく魅力的よ」

「むかしのわたしなら、自分のことなど今みたいに憚《はばか》りなく話せなかったよ、コステロさん。慎みのなせるわざだ、慎みというか羞恥心というか。しかしそう言えば、あんたはプロの作家だったね。慎み守秘義務という意味においては、医者や弁護士や会計士と同じだろう」

「あるいは司祭。司祭も忘れないでちょうだい、ポール」

「司祭ね。ともかくあの事故以来、わたしはむかしの寡黙さをいくらかなくしはじめたらしい。〝いま話さないなら、いつ話すんだ？〟って声がするんだよ。だから最近では、〝キリストはお認めになるか？〟と、こんなことを常に自問している。これが、わたしの充たそうとしてる基準なんだ。本当はもっと几帳面に務めるべきなのは認めるが。たとえば、赦《ゆる》しについていえば、主がなんとおっしゃろうと、わたしに車をぶつけてきた若者を赦すつもりはないんだ。しかしマリアナと子どもたちは――彼らの上には加護の翼を広げたいと思う。彼らに恩恵をあたえ、豊かにしてやりたい。わたしのなかにこういう気持ちがあることは、気にとめておいていただきたい。まあ、あんたが気にとめるとも思えんが」

このごろ寡黙さをなくしたとか、心意を話すようになったとかいうあたりは、厳密に言うと真実ではない。マリアナにさえ、本当の意味では心をひらいたことがなかった。ならば、友だちでもなんでもないこのコステロ女の前にありのままの姿をさらけだすはずがなかろう。だったら、答えはひとつしかない。要するに自分は根負けしたのだ。コステロの徹底したプロの仕業に。ぴたっと獲物の横について、じっと待つ。ついに獲物が降参する。坊さんであれば誰でも知っているようなことだ。あるいはハゲタカであれば。ハゲタカの知恵。

「お座りなさいよ、ポール」コステロは言う。「いつまでも眼を細めて見あげてられないわ」

彼はコステロの横にどさりと腰をおろす。

「それで、あなたの血を流す心臓のお話だけど」コステロの声は低くてよく聞こえない。暮れがたの川面《かわも》の照り返しがまぶしくて、目に手をかざさずにはいられないようだ。アヒルの一家が、いや、一家というには多すぎるから、アヒルの一族だろうか、陸への次なる突撃にそなえて集まってくる。どうやら、侵入者であるポールは検分の結果、無害と判断されたらしい。

「うん、わたしの血を流す心臓ね」

「心臓というのは謎めいた器官でもある。心臓とその働き。暗黒《ダーク》のとスペイン人は形容するわね。暗黒の心臓。エル・オスクーロ・コラソーン。あなたも多くの善意と裏腹に、じつはちょっと黒い心臓の持ち主なんじゃないの、ポール、違うと確信できる？」

彼としてはそろそろ、和平交渉でもしようかと思っていた。この女に、一夜の宿りとまではいかずとも、メルボルンへ帰る航空券ぐらいは提供しようかと思っていたのに、また例の苛立ちがぶり返してきた。「だいたい、あんた、わかってるのか？」と、冷たく切り返す。「自分の書くあの退屈な小説のせいで、実際には在りもしないところにいざこざを見ているだけなんじゃないのか？」

コステロは膝にのせたビニール袋に手を入れ、ロールパンを小さくちぎると、アヒルたちのほうへ投げる。たちまち川面は大騒ぎになり、アヒルたちはこの恩恵に群がる。

「わたしたち人間もみな、もっとシンプルになりたいものね、ポール」コステロは言う。「ひとりひとりが。とくに人生の終わりに近づく頃には。ところが人間ってややこしい生き物なのよ。それが本質なの。わたしにももっとシンプルになってほしいでしょう。自分でももっとシンプルに、もっとありのままでありたいと思うでしょう。ええ、殻を脱ぎ捨てようとするその努力には、まったく瞠目させられるわ。でも、あなたが求めてやまないシンプルな心、シンプルな世界観を手に入れるには、それなりの犠牲が要る。わたしをご覧なさい。なにが見える？」

彼は口を開かない。

「じゃ、なにが見えるか言わせてもらうわ。少なくともあなたは自分に、こんなものが見えていると言い聞かせているはずよ――トレンス川の畔《ほとり》でアヒルに餌をやっている一人の婆さん。たまたま下着の替えを切らしている婆さん。厭味なあてこすり――だと思っているんでしょ――でいらいらさせる婆さん。

しかし現実はもっと複雑よね、ポール。実際にはもっとたくさんのことが見えている――のに、目にした後に閉めだして見ないようにするのよ。たとえば、ある種の〝うるさい〟光。この女はさらさらと静かに流れゆく水辺でその光に捕らわれている。この女を射す、刺し貫かんとする剣のごとき光。

これは不要な複雑さかしら？　わたしはそうは思わない。文章のふくらみというのか。呼吸と一緒よ。吸って、吐いて。ふくらんで、しぼむ。生命のリズムね。ポール、あなたもっと充実した人間になれるのに、もっと大きくもっとふくらみを持てる人なのに、自分でそれを許そうとしない。だから強く言っておくわ。思考の流れを途中で断ち切らないで。最後まで追っていくこと。思考と感情の流れを。最後まで追っていけば、それとともにあなたは成長する。あのアメリカの詩人さんが言ったことはなんだったかしら？　ほら、虚構の覆いがつねに何かから何かへと織りなされていく、とかいう（おそらく、米国詩人ウォレス・スティーヴンスの詩「至高の虚構への覚書」“Notes Towards a Supreme Fiction”のこと）。最近、記憶のほうが衰えちゃって。日増しにぼけているわよ。惨めなもんだわ。さて、これからちょっとしたレッスンをしてみましょう。『やっと見つかった彼女は川べりのベンチに腰かけ、餌まきをしているらしく、アヒルたちに取り囲まれていた』そうね、こう書けば物語としてはシンプルね――そのシンプルさがなおのこと人を欺くとも言えるけど――でも、これじゃまだいまひとつなのよ。それだけでは、わたしという人間が息づいてこない。わたしが息づくかどうかなんて、あなたにはどうでもいいかもしれないけど、そうすると、あなたまで生き生きしなくなって困るのよ。それを言ったら、アヒルもよ。できればわたしを構図の中心に置きたくないというなら、アヒルでもいいわ。このアヒルたちを息づかせてごらんなさい、そうすればあなたも息づいてくる、ほんとよ。マリアナがいいというなら、マリアナを息づかせれば、あなたも息づく。それぐらい基本的なことなの。でも、頼むわ、わたしのためを思ってお願いだから、あんまりぐずぐずしないで。わたしとしても、いまのこの在り方をあとどれぐらい持続できるかわからない」

「どういう〝在り方〟のことを言ってるんだ？」

「公衆の場で生活すること。公衆の広場に寝泊まりして、公衆の設備を頼りに生きる。酔っぱらいやホームレスたちと一緒の生活。むかしはルンペンと呼んだわね。あら、覚えてないの？　わたし、行くあてがないって言ったじゃないの」

「なにを馬鹿なことを。ホテルに部屋をとればいいだろう。それとも、飛行機でメルボルンに帰るなり、どこかへ行くなりすればいい。なんなら金を貸そうか」

「ええ、あなたならそんなこともできるわね。ことによれば、かっとしやすくて厄介なヨキッチを追いはらって、いまのフラットをさっさと売りに出し、もっと整備された老人施設に入ったっていいはずよ。でも、実際にはしないでしょう。わたしたちはわたしたち。どこまで行っても変わらない。目下はこれがわたしたちに与えられた人生だから、それを生きるしかないのよ。わたしはあなたのそばにいると、わが家にいるようにくつろぐし、そばにいないと、家をなくしたよう。そう、賽《さい》の目はそのように出たようね。わたしがこんなことを言うのを聞いて驚いた？　驚くなんておかしいじゃない。でも自分を責めないで。わたしはこの新生活、びっくりするぐらいうまくこなすようになったわよ。見てちょうだい、このわたしが仮寝の暮らしをしているとか、ここ何日もぶどうのひと粒ふた粒の他なにも食べていないとか、思わないでしょ？」

彼はなにも答えない。

「ともかく、わたしに関して言えばそれで充分よ。辛抱第一だって、いつも自分に言い聞かせてる。なにしろポール・レマンのほうから、肩先に降りてきてくれとわたしに頼んだわけじゃないんだからって。とはいえ、ポール・レマンがもうちょっと急いでくれると、大助かりなんだけどね。さっきも言ったとおり、わたしも我慢の限界が近づいているから。もう疲れたの疲れないのって、ちょっと説明できないぐらいよ。まともなベッドでひと晩ぐっすり寝ないととれないような疲れって、説明しがたいわね。自分の一部と化した疲れとでもいうべきか。言うなれば、わたしのすることなすことに染みこみだした染料みたいなもの。ホメロスの言葉を借りれば、〝弦のゆるんだ《アンストラング》〟って感じよ。たしか、あなたがよく使う言葉だったわね。張力がなくなった状態。以前はぴんと張っていた弓のつるが、綿の撚糸みたいにゆるんで潤いをなくしている。それは身体だけの話じゃない。頭のほうもね。ゆるんで、すぐにすやすや眠りこみそうになる」

彼は出会ってから長らく、コステロのことをきちんと見たことがなかった。その理由のひとつは、目の前に現れるコステロを、いつもうっすら苛立ちの靄をとおして見ていたからだし、まるで精彩を欠いてのっぺりとした印象だったせいもあろう。彼女がなにを着ていようと区別がまったくつかないのと同じことだ。しかしいま初めて、この女をまともにじっくり観察してみると、なるほど、本人が言うとおり、以前より痩せて、腕の肉がたるみ、顔色は青白く、鼻はとんがって見えた。

「言ってくれさえすれば」と、彼は言う。「生活面でいろいろと手助けしたのに。いまからでも手助けしよう。でも、その他のことは――」そこで肩をすくめてつづける。「まあ、少なくとも自分ではぐずぐずしているつもりはないんだがね。自分にとって自然なペースで行動している。わたしは人並みの人間なんだよ、コステロさん。だから、あんたの前でだけ特別なことはできないんだ。わるいな」

〝手助けしよう〟という気持ちは本心だ。できればコステロに食事をおごり、航空券を買い、空港まで送り、手をふって見送ってやりたい。

「冷たい人ね」コステロはその非難の言葉を、軽い調子で、微笑みさえしながら口にする。「気の毒な、冷たい人。こちらは意を尽くして説明したのに、なにも理解してくれてない。あなたはわたしのところへ送られ、わたしはあなたのところへ送られてきたの。一体なぜなのかは、神のみぞ知るところ。そろそろ自分の悪癖はなるべく自分で直さないとね。わたしも、もう急き立てないようにするから」

そう言うと、コステロは難なく立ちあがり、空《から》のビニール袋をたたむと、「それじゃ」と言った。

コステロが立ち去っても、ポールは動揺さめやらぬまま目を細めて川を見やり、いつまでもそこに残っていた。餌をもらい慣れているアヒルたちは、彼がおとなしいのに乗じて、すぐ足元まで寄ってきていたが、それに関心をはらうでもない。

〝冷たい〟。自分は実際のところ、よく知らない人々にそう思われているのか？　それは抗弁したいところだ。良かれと思ってしているのに。友人たちだって請け合うだろう。コステロ女よりずっとよく自分のことを知っている人たちだ。かつて妻だった女性も、その点は認めるだろう。つねに良かれと願っている。いつも幸せを願う男である。心から幸せを願い、なにか行動するときには本気で行動する人間を、どうして冷たいなどと言えるのか？

妻がよく使うのは「冷たい」という言葉ではなかった。まったく違うことを言われたものだ。「あなたって、フランス人だと思ってたけど」と言うのだ。「なんらかの思想があるんだと思ってたわ」と。〝なんらかの思想〟とは、何についてのものだろう？　出ていかれて以来、ずっと元妻の言葉の真意を考えてきた。妻の言うフランス人とはなんだったのか？　フランス人とは――神話的フランス人にすぎないかもしれないが――どういう思想をもつべきなのか？　フランス人なら女は満足するのか？　女を満足させるものはなにか、という謎は、スフィンクスと同じくらい古くに生まれたといえる。どうして一介のフランス人男性にそんなものを解く力があろうか？　いわんや、自分のようなスフィンクスの観念性など持ちあわせていないフランス人男性に。

冷たい。ものが見えていない。おちつけ、吸ってー、吐いてー。そんな言いがかりは受け入れがたい。そんな真実とやらは信じまい。怒りにまかせて口をつくのは、真実ではない。真実とは、話される機会があるとすれば、愛情をもって語られるものだ。愛する者のまなざしがものを見誤ることはない。愛はいとしい相手のいちばん良いところを見つける。たとい、いとしい者の最良の部分が光のあたりにくいものであっても。マリアナとは何者か？　ほっそりした腰と黄ばんだ歯とけっこうな脚をもつ、ドブロヴニク出身の介護士だ。あの女のなかに、はにかみ屋のリンボクの実のような目をしたガゼルが隠れているなんて、愛のまなざしをもつ自分以外のだれにわかるだろう？

そこが、あのエリザベス・コステロが理解していないところだ。コステロはポール・レマンという存在を、人生の晩年を台無《ブライト》しにすべくもたらされた懲罰だと思っている。わけのわからない懺悔《ざんげ》の言葉を口にし、諳《そら》んじ、復唱するよう宣告されたみたいに考えているのだ。コステロが彼を見る目には、嫌悪と絶望と怒りと落胆とその他あらゆる感情が入り交っているが、愛だけがない。そうだ、こんどあいつに出くわしたら、こっちが教えのひとつも授けてやろう。〝わたしは冷たくもないし、フランス人的でもない。自分なりに世の中を見て、自分なりに人を愛している男だということだ。身体の一部を失ってからまだ日も浅く、その記憶も薄れやらぬ男。少しは慈悲の心をもて。そうすれば、書ける気がしてくるんじゃないか〟。

# 第二十一章

ドラーゴ。相変わらず、ドラーゴは自分の美貌に無頓着なようで、そこがポールを惹きつける。ナルシシストでないぶん、内省的でもない。しかし一方、自意識がもっと強かったら、あの子の恐れを知らぬ虚心のオーラ、戦士のようなまなざしは目減りしてしまうかもしれない。

ドラーゴ的な虚心に相当するものが女性にもあるだろうか？　ギリシャの女戦士アマゾンの純粋さ？　妹のブランカは、未知数である彼女は、どんなふうだろう？　彼女に会う機会は来るのだろうか？

ナルキッソスは水たまりに双子のかたわれを見いだし、そこから離れられなくなった。彼が微笑めば、むこうも笑い返してくる。しかしその誘いかける唇にキスしようと屈みこむと、きまってかたわれは儚《はかな》いさざなみの中に掻き消えてしまう。

ドラーゴの中にナルキッソスは存在しない。いまのところまだ。たぶん永遠に。マリアナの中にもナルキッソスはいない。それはそれであっぱれな特性だ。過去に彼が惚れた女性がみな自己愛の強いタイプだったことを思うと、マリアナのような女を好きになるとは妙なものだ。

彼自身はむかしから鏡があるとどうも落ち着けない。バスルームの鏡もずっと前に布をかけてしまい、顔を見ないで髭を剃れるよう練習した。コステロ女は滞在中にいろいろと腹立たしいことをしてくれたが、なかでも鏡の布をはずしてしまったことは最悪だった。あの女が去ると、すぐさま布をかけ直した。

バスルームの鏡を覆ってしまったのは、老いていく醜い自分の姿を見ないためだけではない。それだけでなく、鏡のむこうに囚われた双子のかたわれが、なにより退屈に感じられたからだ。〝その日が来てくれればいいのに〟。と、内心で思っている。〝もうあの顔を二度と見なくてすむ日が！〟

病院を退院し、元の生活に戻ることが許されてから四か月が経っていた。その月日の大半を、彼はろくに陽の光も見ずこのフラットに引きこもって過ごしている。マリアナが寄りつかなくなってからは、まともな食事もしていない。食欲もないし、自炊やら身の回りのことをする気にもなれない。いま鏡を見たら、およそやつれて髭ぼうぼうの浮浪者じみたじいさんの顔が見返してきかねない。いや、たぶんそれどころじゃない。いつだかセーヌ河岸のブックスタンドで、サルペトリエール病院（神経学者J・M・シャルコーは同病院医長を務めた）の患者たちの写真を掲載した医学書を手にしたことがあった。躁病、痴ほう症、うつ病、ハンティントン舞踏病といった症例。髭は伸び放題で病院の寝巻を着ていても、ポールは彼らの内にすぐさまおのれのソウルメイトを見いだした。この従兄弟《いとこ》たちが先に歩んでいる道を、この自分もやがてはたどることになるのだ、と。

どうしてドラーゴのことを考えているのかといえば、このフラットにひと晩泊めてやった後は、出ていったきりでなんの音沙汰もないからだ。鏡のことなぞ考えているのは、コステロから聞いた、シンドバッドを奴隷にした老人の話を思いだしているからだ。コステロは目下構想中のフィクションかなにかに、彼を使おうとしている。それに対し自分はマリアンナとの一件以来、コステロの計画に手向かい、やつを追いつめたと思いたいわけだ。しかし本当にそうだろうか？　鏡をちらりと一瞥するだけでなにが見えるか、考えただけで怖気《おぞけ》がはしる。肩越しにニヤニヤと笑い、この喉を締めながら鞭をふるう、胸をはだけた蓬髪の鬼婆の姿——

マリアナに手紙を書くべきだろう。義姉の家か自宅か、とにかく彼女の居場所に宛てて。どうかわたしから離れていかないでくれ。過去にわたしが何を言おうと、そんなことは二度と繰り返さないと約束する。あれは過ちだった。きみとこれ以上親密な仲になろうとしたりしない。これまできみが介護士の義務にとどまらないことを、それよりはるかに多くのことをしてくれたとしても、わたしはそれを愛情や本心などと混同するほど愚かではなかった。ドラーゴにと申し出たものは、つまりドラーゴを通してきみに差しだしたことになるが、あれは感謝のしるしであって、それ以上のものではない。それはそれとして受けとってほしい。きみはわたしの世話をよくしてくれた。だからきみさえよければ、お返しをしたいんだ。いうなれば、こんどはわたしがきみの世話をする、あるいは少なくともきみの重荷を軽減してあげたい、そういう申し出だ。それもこれも、わたしは心から、真の髄まで、きみのことを思っているからだ。きみと、きみのもつすべてを。

思《ケ》っている《ア》、か。こんな言葉は紙に書きつけることはできても、口にするのは——自分の口に上らせるのはためらわれる。あまりに英語的な語、内輪の言葉だ。おそらくケアの与え手であるバルカン人のマリアナは、外国語で生活することに関しては彼よりも無理をしているだろうから、このためらいには共感してくれるだろう。いや、どうかな。彼女なら妙な後知恵などなしに、資格認定委員会に教えられたことをそのまま受け入れてきたかもしれない。すなわち、あなたがこれから訓練を受ける仕事は、英語圏では「介護福祉業《ケア・プロフェッション》」と呼ばれるものです、と。この先、あなたの任務は人々の介護《ケア》をすること、そしてまた人に代わって介護《ケア》をすることです。しかしそうした介護と個人的な感情《ハート》とをいっしょにしてはなりません。もちろん患者さんが心臓《ハート》疾患の症例であれば別ですよ。

しかしこの四か月あまり、彼が陥っているのは、まさしく心《ハート》の患い、アン・カルディアークじゃないのか？　かつてこの心臓は身体の中でも最もじょうぶな器官だった。心臓と兄弟分の器官は、胃腸、脾臓、脳と、どれにガタがきても、心臓だけは――まずはマギル・ロードで、おつぎは手術室で、大変な試練にたえたわけだが――最後の最後まで持ち主に忠実につかえてくれそうだった。

そんなとき退院後にマリアナに会い、このハートは変化をとげた。これはもはや以前のハートではない。いまでは、マリアナとその家族みんなの役に立ちたいと疼いている。マリアナが与えてくれたように、お返しをしたいと、このハートは求めている。〝「お返し《ギブバック》」は「見返り《ペイバック》」とおなじものではないんだ〟。手紙に脚注でもつけるべきかもしれない。〝英語の講釈などたれて申し訳ないが、わたしも外国語を使いながら手探りでやっているんだよ、わたしも外国の地に生きる者なんだ〟。

親愛なるマリアナと、こんどは現実のペンで現実の紙に書きだす。きみは、あるいはきみの旦那さんは、ドラーゴの学費と引き換えにわたしがきみとの交際を迫ったりすると、本気で考えているのだろうか？　そんなことは夢にも思わない。どっちにしろコステロ女史がいつもまとわりついて、わたしが脱線しないよう注意してくれている。「まともにものが見える女なら、あなたみたいな男、だれも選ばないわよ」とは女史の言葉だ。異論の余地もない。

日々の業務のなかでわたしのいろいろな面を見てきたことだろう。多くを見すぎたかもしれない。ただ、こう言わせてくれ。きみがしてくれた公正なる介護《ケア》には、それこそ臨終の日まで感謝しつづけるだろう。わたしがドラーゴの学費負担を申し出るのは、ひとえにその借りに報いるためなのだ。

ミロスラヴと信託資金のことも話しあった。信託資金をとりいれてミロスラヴの気が楽になるなら、ひとつ口座を作れないか検討してみよう。ドラーゴのため、ひいてはきみの子どもたち三人のために。

きみの居場所の住所はコステロ女史から聞いた。彼女はなんでも知っているらしいな。どうか旦那さんといっしょに考え直し、わたしの顔を立てると思ってこの贈り物《ギフト》を受けてもらえないか。ここには、英語で言う〝with no strings attached（無条件で）〟というやつだ。

敬具

ポール・レマン

# 第二十二章

このマリアナへの手紙は、〝エリザベス・ノース　ミセス・リディヤ・カラディッチ気付〟という宛先だけで送られる。エリザベス・ノースにはカラディッチという姓の家が一軒しかありませんように。クロアチア語の発音符を書き間違えていませんように。

マリアナの返事は二日後に来たが、それは手紙の形ではなく——英語で手紙を書くのがマリアナにとってどれほど大変かは想像がついたので、書簡で返信は来ないだろうと思っていたが——電話だった。

「会いにいけなくてすいません、レマンさん」マリアナは言う。「けど、もういろんな問題があって。ブランカが——ブランカ知ってます？——困ったことになったです」そこから、銀のネックレスをめぐる長い話が始まり、なんでもそのネックレスは本物の銀でもなく、チャイニーズ・マーケットで一ドル五十セントで買えるような代物なのだが、どこだかの店員が、それはユダヤ人らしいが、ブランカがそれを万引きしたと咎め、しかしブランカは盗《と》っていなくて、彼女の友だちが盗ってこっそりブランカに渡してきたもので、ブランカは返しにいきたかったが、時間がなくて、そのユダヤ人が言うには、ネックレスは本物の銀だから、四十九ドル九十五セントもするとのことで、店員は万引きの罪でブランカを訴える、青年法廷にかけると言っている。それでいまブランカは何も食べようとせず、もう一週間後には試験だというのに学校に行こうともせず、一日じゅう、部屋にこもっていて、ただし昨日の晩だけはめかしこんで、どこに行くとも言わず出かけていったとのこと。夫のメルも、自分も、どうしたらいいのかわからない。レマンさんならブランカのことを相談できる人を知らないだろうか。そのユダヤ人のところに行って代わりに話をつけ、訴えをとりさげさせてくれるだれかを――と、こういう話だった。

「その男がユダヤ人だとどうしてわかるんだい、マリアナ？」彼は尋ねる。

「あ、店員がユダヤ人でもユダヤ人でなくても、重要じゃないです」

「わたしもユダヤ人かもしれないよ。わたしがユダヤ人じゃないと断言できるかい？」

「わかりました、忘れてください。つい口がすべったです。どうでもいいです。もしわたしと話したくないならそう言ってください。おしまいです」

「もちろん話したいよ。もちろん助けにもなりたい。手助けするぐらいしか能のない人間なんだぞ。くわしい話を聞かせてくれないか。いつ、どこで起きたのかね、その銀のネックレス事件は。それからブランカの友だちについてもっと教えてくれ。店でいっしょにいたという子のことだ」

「ここに書いてあります。店は〈ハプンスタンス〉」マリアナは店名のつづりを読みあげる。「場所はランドル・モール、マシュウズさんがマネージャー」

「それでその〈ハプンスタンス〉での出来事はいつ起きたんだ？」

「金曜日。金曜の午後です」

「で、友だちというのは？」

「ブランカは名前を言おうとしないです。トレーシーかもしれないけど、わかりません」

「ちょっと方策を考えさせてくれ、マリアナ。この手のことは得意中の得意というわけではないが、どうにかならんか考えてみよう。どこに連絡したらいい？」

「電話ください。番号もってますね」

「自宅に電話するのか？　義理の姉さんのところにいるんだと思っていたよ。お姉さんの気付で手紙を出したんだが、受けとってないのか？」

長い沈黙がある。「すべて済んだです」マリアナはしばらくしてやっと言う。「だから電話してかまいません」


マリアナが求めているのはつまり有力者であり、彼は有力者ではないし、有力者なる存在を吉とすべきかどうかすら定かでない、しかしクロアチアではきっとこうして話の片をつけるのだろう。だったら、マリアナのために、彼女のかわいそうな娘のために——娘もこれでいい勉強になったことだろう。すなわち、ものを盗むときにはもっと慎重になるべしと——努力してみようじゃないか。

〝レマン〟のようななめらかな名前と、街のなかでも抜きんでて裕福な住宅地の快適な家と、他人に分けてやれるほどの金をもった男なら、ヨキッチのような〝おかしな〟名前をもつ自動車工にはできないようなことができるだろうというのは結局のところ、思い違いなのかどうか？

「マシュウズさん？」彼は声をかける。

「そうですが」

「ちょっとふたりだけで話せますかね？」

〈ハプンスタンス〉というのは〝ギア〟なるものを売る服飾店だったが、「ふたりだけで話」ができるような施設ではなかった。広さはせいぜい五平米というところ。衣服がつまった棚がぎっしり並び、レジカウンターが一つあり、どこか上のほうからやかましい音楽が流れてきている。店はそれでぜんぶだった。かくなるわけで、マシュウズ氏に言うべきことは、人前で言わざるをえない。

「万引きでつかまった女の子がいるでしょう」と、彼は切りだす。「先週の金曜日に。ブランカ・ヨキッチという子です。その事件は憶えてますか？」

ユダヤ人かどうかわからないが、ともかくそれまで愛想よくしていたマシュウズは見るからに身をこわばらせる。年はまだ二十代だろうか。背が高く、すらりとしており、太くて黒い眉毛、ブリーチした髪の毛がつんつん立っている。

「わたくし、ポール・レマンと申します」彼はさらに話を進める。「ヨキッチ家の友人です。ブランカのことで少しお話ししてよろしいですか？」

その男の子──これが〝男の子〟でなくてなんだろう？──は警戒した顔でうなずく。

「ブランカが今回のようなことをしたのは初めてなんです。先週の金曜日から、ひどく苦しんでます。自分で自分を苦しめているんです。自分のしたことを恥じています。人前に出ることすら厭うような状態です。こう申しあげてはなんですが、今回のことであの子も充分にわかったと思いますよ。まだほんの子どもです。それを訴えたところで、良いことがあるとは思えない。ですからご提案をしにきたのです。あの子が盗った商品の代金を支払わせてください。なんでも、価格五十ドルの銀のネックレスとか」

「四十九ドル九十五セントです」

「もし訴えをとりさげてくれたら、それに加えておたくの店で、そうだな、五百ドル相当の買い物をするつもりです。好意のしるしとして。公明正大に行きましょう」

若いマシュウズは首を横にふる。「企業ポリシーなんですよ。毎年、うちは全支店あわせて総売り上げの五パーセントを万引きで失ってるんです。万引き犯には〝うちの物を盗ったら訴えられるぞ〟とメッセージを掲げないとなりません。きっちり法の裁きを受けてもらう。酌量はなし。これがうちのポリシーなんです。すいません」

「五パーセントを失うというが、その五パーセントを商品価格に上乗せしているんだろう。なにも批判しているんじゃない。事実を指摘しているだけだ。おたくには万引き対策のポリシーがある、と。それは公正でけっこうだ。しかしブランカは万引き犯じゃない。そのへんの子どもが考えるようなことを愚かに考える子どもにすぎない。不運というのは他人に起こることで自分には関係ないと思っていた。いままでは、悪いことは自分にも起こりうると学んだだろう。あの子にお灸をすえるつもりなら、もう済んでいるよ。今回のことは決して忘れやしないだろう。もう二度と盗みはすまい、するに値しないことだ、みじめな思いをするばかりだ、そうわかったはずだ。さて、そこでわたしの提案にもどろう。電話一本かけて、訴えを撤回してくれたら、ネックレスの代金とそれに加えて五百ドルの買い物をいまここで、いますぐにしよう」

マシュウズは目に見えて心揺れているようす。

「六百ドルぶんでどうだ。さあ、わたしのクレジットカードだ。警察だってこんな事件は扱いたがらないだろう。もっと有効な時間の使いみちがある」

「わたしの、その、一存では決められません。マネージャーに相談してみます」

「きみがマネージャーじゃないのか」

「わたしはただの店長で、地域マネージャーが上にいるんです。そちらと話してみます。でも、なにもお約束できないですよ。お話ししたとおり、万引きは訴えるのが企業ポリシーですから。店側が本気だとわからせるには、そうするしかないんです」

「なら、いますぐ地域マネージャーと話してくれ。さあ、電話して。待ってるから」

「デヴィートは出張中でして。月曜日にもどる予定です」

「デヴィートさんは出張中かもしれんが、つかまらないわけじゃなかろう。電話しなさい。とにかくこの問題に決着をつけるんだ」

若いマシュウズはレジの奥に引っこむと、こちらに背をむけて自分の携帯電話をとりだす。若きマシュウズは今日という日を台無しにされようとしている。しかも片脚の男に。ポールは根は乱暴者ではないが、若者の弱いところを探ってプレッシャーをかけ、絞りあげるという経験は、あながち不愉快なものではなかった。ブランカ・ヨキッチ。マシュウズには、おいそれと忘れられない名前になるだろう。

アシスタントの女の子――おぞましい白塗りメイクに紫色の口紅をつけている――が、ふたりのやりとりをこっそり見ていた。彼はその娘を呼び招く。「ギア選びを手伝ってくれ。最新流行で、十四歳の子にあうようなもの」

一家の友人。〈ハプンスタンス〉にはそのように名乗ったから、むこうもそういう目で見ているだろう。どういうわけだか、妙な名前の少女の幸せを見守ろうとしている身体の不自由な年配の紳士。そうとも、事実だ。実際、自分はそういう年配の紳士だし、善意の慈善者なのだ。事実ではあるが、事実と言い切れぬところもある。もしランドル・モールの人混みをかきわけて歩き、店のスタッフと取引をし、丸めこみ、要らぬ買い物までするなら、それは見たこともない小娘のためではない、少なくとも彼女のため「だけ」ではないだろう、ということ。

マリアナにはどんなふうに見えているのか？　この「篤志」とやらをもって、彼はかくもしぶとくマリアナを追いかけているわけだが。これまで彼女は他にも彼のような、こんなもうろくじいさんの雇い主を抱えたことがあるんだろうか？　〝わかっているはずだよ。女性はいつだってわかっているはずだ。愛してる〟。まったく、あんな台詞《せりふ》がどれだけマリアナの気に障り、苛立たせたことだろう。たんなる看護、たんなる介護の対象でしかない相手から愛の告白を受けるとは。うざったいだけで、突き詰めれば真剣な言葉ではないのだから。長いこと独り身をかこちすぎた男の妄想が表面化しただけのこと。一時的にのぼせあがっているだけであって、本心ではない、と。

どうすればマリアナに本気だと思ってもらえるのか？　それにしても本気とはなんだ？　肉欲のことか？　性的な親密さのことか？　彼とマリアナはもうそれなりの期間、親密な関係をつづけてはいる。一つの恋愛が始まって終わるより長いくらいの間。しかし親しみを抱くのも、自分をさらけ出すのも、相手に無力に頼るのも、すべて一方の側だけだ。一方通行で、やりとりはない。キスすらもない。頬にチュッとすることもない。どちらも元ヨーロッパ人だというのに！

「大丈夫ですか？」という声がする。

彼はその目をのぞきこむ。どこまでも親切そうな、若い、青の制服を着た女性の目。婦人警官だ。

「ええ。どうして心配なさるんです？」

警官は、隣に立つ男の警官に、ちらりと目配せをする。「どこにお住まいですか？」

「ノース・アデレード。コニストン・テラスです」

「どうやってご自宅まで帰るおつもりですか？」

「パルトニー・ストリートに出て、そこでタクシーを拾うつもりです。それがなにか？」

「いえいえ、なにも問題ありません」

彼は〈ハプンスタンス〉の買い物袋をいくつか片腕にさげ、松葉杖をつかむと、もたれかかっていたゴミ箱から身体を起こす。一言《いちごん》もなく、頭を高くあげ、そろりそろりと人混みをわけて歩いていく。

# 第二十三章

「いただけません」マリアナは言う。「こんなもの。ありえないです」

彼のほうもまったくもって同感だ。ありえない。銀ですらないシルバーのネックレス、それどころかチャイニーズ・マーケットで一ドル半で買えるような代物を盗って捕まり、その娘はどうなった？　それに対して六百ドルぶんの〝ギア〟を贈られるとは。これのどこに正当性がある？　ドラーゴが知ったらなんと言うだろう？

一家の面汚しであるブランカ。かたや、一家の希望の光、剣をもつ天使、一家の名誉の守り主であるドラーゴ。オーストラリア海軍ドラーゴ・ヨキッチ司令官。

「たんすにしまいこんでおけよ」彼はマリアナに言う。気分がハイになっている。また電話で話している彼とマリアナは、まるで旧友のようであり、おしゃべり好きのおばさん同士のようだ。「わたしならそうするね。学校へ行く約束するとかなにかあるたびに、ご褒美として一つずつ小出しにする。でも急いだほうがいい。ひと月のうちに流行おくれになりそうだからなあ」

マリアナはなにも答えない。彼女がこちらのジョークに反応も示さないなんてことは、記憶になかった。マリアナのテイストからして、浮ついたことを言いすぎたか？　あまりにも軽い、ちゃらちゃらした、冗談がすぎる男と思われたか？　それとも、軽口をたたきあうには英語に自信がないだけか？　〝こんなのはただのゲームだよ〟。そう言ってやるべきか。〝場所によっては、バディナージュ（ジョークの応酬）と言ったりする。きみも参加するといい。楽にできるゲームだし、魂《ソウル》を通じあう必要もないんだ〟。

　マリアナの魂とは、とにかく堅実で現実的。ミロスラヴのほうがまだしも飄然としたところがある。ミロスラヴという男は、歯車だのねじだのを集めてアヒルを組み立てるのに一年も費やし、そのペット君といっしょにクロアチアのテレビに出演したというのだから、きっとユーモアのセンスがあるんだろう。ドラーゴも、あのけたたましくて無理のある笑い声を聞けばわかる。いうなれば、父と母の間でぽんぽん投げあわれているんだろう。マリアナによれば、優れたテニス・プレイヤーだとか。前へ後ろへ、行ったり来たり。三人三様のバルカン人のタイプ。三人のバルカン魂。それにしても、自分はいつから軽口の専門家、そうでなければバルカン人の専門家になったつもりなのか？　『バルカン諸国の人々』という例の本にはこう書いてあった。「クロアチアはバルカン諸国に属さない、とクロアチア人の多くは考えている。クロアチアはカトリック教会の支配する西洋だと彼らは言うだろう」

「しょっちゅう喧嘩です」受話器からマリアナの声が聞こえてくる。

「喧嘩って？　だれが喧嘩するんだい？」

「ドラーゴと主人です。ドラーゴはあなたのうちの物置に泊まりたいと言います」

「うちの物置だって？」

「わたしはダメ言いました。レマンさんは善い人だから、それでヨキッチ家がさんざん迷惑かけてるって」

「レマンさんは善い人というより、ただ役に立とうとしているだけさ。ドラーゴがうちや余所《よそ》の物置で暮らすわけにはいかないだろう。ナンセンスだ。しかし彼とお父さんが緊張関係にあって、きみが外泊を許可するなら、またうちに来て何日か泊まっていくのは一向にかまわないよ。夕食にはなにがいいかな？　ピザかい？　毎晩、ドラーゴのために特大ピザを宅配させると伝えてくれ。なんなら特大ピザを二枚にしようか。育ちざかりだからな」

すると、言ったとおりになった。抜く手も見せず。にくたいも見せず。どこかに雲があったとしても、あっという間に霧散した。

「これは鶏卵紙と呼ばれるものなんだ」彼はドラーゴに教えてやる。「紙の表面に塗ってあるのは卵白液といってね、この中には塩化銀の結晶がふくまれている。で、これをガラス板ネガのもとで感光させるんだ。すると、化学的定着が起こる。フォシェリの時代には発明されたばかりのプリント技術だったんだよ。ほら、ここに鶏卵紙以前のプリントがあるから比べてごらん。液を塗るというより漬けるといったほうがいいな。銀塩液に漬けてるんだ。フォシェリのほうがずいぶんくっきりとして光沢があるのがわかるだろう？　卵白液コーティングの厚みのおかげだ。厚みにして一ミリ以下だが、この一ミリでまるっきり違ってくる。顕微鏡でのぞいてごらん」

ドラーゴに、いうなれば次世代の知性を代表する彼に、興味をもたれる人物になりたいのだが、そうたやすいことではない。自分がこの子に見せてやれるものなど、なにがある？　壊れた自転車ぐらいか。ちょん切られた脚は、興味をそそるというより気味悪がられるだろう。あとはキャビネットいっぱいに詰めこまれた古い写真。要するにぱっとしないのだ。表象的な教子としての若者を惹きつけておくには物足りない。

しかし優秀な母親と、おそらく（だれにわかる？）優秀な父親との優秀な息子であるドラーゴは、ひたすら律儀だった。言われたとおりに顕微鏡をのぞき、写真が「まるっきり違ってくる」という乾いた卵白の一ミリの層についてメモをとる。

「レマンさん自身も写真家だったんだよね？」

「ああ、アンリーで写真スタジオをやっていた。一時期は夜学で写真技術を教えてもいたよ。とはいえ、わたしはついぞ――なんと言ったらいいか？――カメラ・アーティストにはなれなかった。それよりカメラ技師に近かったな」

アーティストでないというのは、謝るようなことなんだろうか？　なぜ彼は申し訳なく感じねばならないのか？　なぜ若いドラーゴはアーティストであることを彼に期待するのか？　彼自身の人生目標は、いうなれば戦争の技術屋になることなのに。

「フォシェリ自身もアーティストではなかった」彼はつづける。「少なくとも、オーストラリアに来るまではね。一八五〇年代のゴールドラッシュ時代に、パリからこっちへやってきたんだ。ヴィクトリアでは自分でもアマチュアの金鉱掘りをやって雰囲気を味わったが、主には写真撮影をしていた」編み枝細工の小屋の入り口に集まった女たちの一団を指す。「フォシェリが自分の才能に気づいたのはこの時期だったんだ。撮影技術にも磨きをかけた。もてる機材を最大限に活用した。偉大な写真家はみなそうでなくちゃいけない」

「おふくろもクロアチアでは芸術家を目指してたんだ」

「ほんとうかい！」

「うん、美術学校にも通ってて。それで学校を出たあとは、修復の仕事についた。ほら、古いフレスコ画とかそういうものを修理する仕事」

「ほう、それはおもしろい！　彼女のそういう側面は知らなかったな。美術品の修復というのは、高い専門技能を必要とする仕事だよ。それ自体、一個の芸術と呼びうる。ただし独創性を発揮するいい顔をされないがね。美術修復の基本の〝き〟は、作者の意図にしたがうこと。改良しようとしてはいけない。そうか、芸術の道を断念して介護業に転職するのは、さぞやつらかったろうな。お母さんはいまでも絵を描いたりするの？」

「いまでも、絵筆とかそういう画材は持ってる。だけど、いまは描く時間なんてもてないから」

「まあ、そうだろうね。お母さんは介護士になっても一流だよ。彼女が介護士をしているのはこの業界の誉れだ。そのことはきみにも知っておいてほしいな」

ドラーゴはうなずく。「レマンさんはこういう写真、どこで手に入れたんすか？」

「長年かけて蒐集したんだよ。骨董屋に出向き、オークションに参加し、古いアルバムを買いとり、古い写真を箱ごと買い占め、まあ、大半はゴミ同然のものだったが、ときにはコレクションに値する出物もあった。写真が劣化している場合は、自分で修復もした。フレスコ画の修復のむずかしさには遠く及ばないが、これも専門技術のひとつだ。わたしの長年の趣味でもあった。そうやって余暇をすごしてきたわけさ。〝おまえの人生なんてそれ自体はたいした価値がないが、少なくともその時間を有効に使うことはできる〟。そう自分に言い聞かせてね。わたしが死んだら、この写真コレクションは寄贈するつもりだ。公共の財産になるんだ。われわれの歴史的記録の一部として」そう言うと、彼は思わず妙な仕草で両手をふりあげる。驚いたことに、涙が出そうになっている。なぜだ？　この若者に、いずれは自分たちの世界を乗っとり踏みつけにする次世代の魁《さきがけ》となる者に、自分の死のことなど話したかったからだろうか？　かもしれない。しかしそれより「われわれの」というところがミソだったのではないか。われわれの記録とは、きみのものでありわたしのものである。いまふたりの目の前にあるこの写真、一八五五年のある日、二人の（とうに死んだ）アイルランド女らの顔に夕陽が射すさまを記録した銀塩粒子の分布図、この画像の作成に、ルルド出身の少年であった彼はまったく参与していないし、ドブロヴニク出の息子であるドラーゴも参与していないわけだが、そういう写真がもしかしたら表象的な呪文となって――わたしはここにいたのよ、ここで暮らし、ここで苦しんでいたの――ふたりを引き寄せる力をもつのかもしれない。

「ともかく」彼は言う。「もし退屈で、することがなければ、ここの残りの写真も遠慮なく見てかまわない。ただしスリーブからは出さないように。それから元あった場所に順番どおりもどしておくこと」

一時間ほどして、彼が寝支度をしていると、ドラーゴがドアのむこうからひょいと顔をのぞかせる。「レマンさん、パソコンってある？」

「ああ、デスクの下の床に置いてあるよ。あまり使ってないんだ」

ドラーゴはまたすぐにもどってくる。「コネクターが見つからないんだ。モデムをつなぐやつ」

「すまないが、わたしにはわからんよ」

「接続するやつ。ネットにつなぐためのケーブルってどっかにない？」

「いや、うちのはそういうパソコンじゃないんだ。ときどき文章を書くのに使ってるだけなんでね。なにをしようというんだい？　なんのために必要なのかね？」

ドラーゴは信じられないといった顔で微笑んだ。「だって、それがなきゃ話にならないよ。あのパソコン、いつ買ったんすか？」

「憶えてないな。だいぶむかしだ。一九八〇年代か。まあ、最新型ではないよ。もっと進んだやつが必要なら、お役にたてないようだ」

ドラーゴはこの話題をここで終わらせない。翌日の晩、ふたりはキッチンで夕食をとっている。マリアナにはピザを宅配させると言ったが、実際にはとったことがなかった。その日は、マッシュルームとソーテルヌワインで、じつに旨《うま》いリゾットを作った。

「やっぱ、レマンさんって、物は新しいといやなの？」ドラーゴがだしぬけに訊いてくる。

「いいや。なぜそんなことを訊くんだい？」

「べつに、その、責めてるんじゃないんだ。たんにスタイルってやつだよね。生活のスタイルっていうか」ドラーゴは椅子に背をもたせ、そう言いながらなにげなく部屋全体を指した。「クールじゃん。だから、ただ訊いてるだけ。新しくても好きなものってある？」

コニストン・テラスのこのフラットがある棟は、戦前から残る建物を改築したものだった。天井が高く、広々としているが、大きすぎはしない。それで、離婚後に購入した。それは、離婚をした彼のような独身者が、まさに望むような物件だった。それ以来、ずっとここに住んでいる。

フラットを買うときの契約の一部に、前居住者の調度類をそのまま引き継ぐこと、というものがあった。調度類はどれも重厚で色が暗く、彼の趣味ではなかった。ずっと買い換えようと思いながら、なかなかその気力が出せないままでいる。しかし何年もたつうちに、彼のほうが環境になじみ、むかしより少しばかり地道でおちついた感じになってきた。

「率直に答えるがね、ドラーゴ、笑われるのは勘弁願うよ。わたしは、時間に、歴史に、追い越されてしまったんだ。このフラットも、ここにあるすべてのものも、追い越された。時間に追い越されるのは、なにも不思議なことじゃない。きみもあるていど長く生きていれば、経験することだ。しかし、実際これはどういう会話なんだね？　きみの基準にあわないパソコンの話をしていたはずだが？」

ドラーゴは鳩が豆でっぽうを食らったような顔でこっちを見ている。彼のほうも、われながら驚いていた。なぜこんな鋭い言葉を投げつけるのか？　そんなことを言われるような何をこの気の毒な坊やがしたというのだ？　〝やっぱ、物は新しいといやなの？〟年寄りに対して穏当な質問ではないか。なにをムカつくことがあるのか？

「これもみんな、そのむかしは新品だった」彼は先刻のドラーゴをそっくりまねた手つきで部屋全体を指す。「世界のありとあらゆるものは、そのむかしは新しかった。わたしだって新しかった。生まれおちたそのとき、わたしはこの地上で最新であり、最新鋭のものだった。やがて時がわたしに手をかけてきた。それと同じにいずれはきみも時に手をかけられる。時間は人を食い尽くすんだよ、ドラーゴ。ある日、きみがすてきな新居にすてきな新婚の妻と座っているとしよう。やがて息子がふたりのことを振り向いて、こう言うだろう。〝ふたりともどうしてそんなに古臭いのさ？〟その日が来たとき、今日のこの会話を思いだしてくれよ」

ドラーゴはフォークでリゾットを最後のひと口まできれいに食べ、サラダも平らげる。「去年のクリスマス、家族でクロアチアに行ったんだ。おれとおふくろと妹たちで、ザダルへ。おふくろのほうの祖父《じい》ちゃん祖母《ばあ》ちゃんが住んでるから。ふたりとも、もうすごく年寄りなんだ。レマンさんが言ったみたいに、時間に追い越されちゃってる。そのふたりにおふくろはパソコンを買って、使い方を教えてあげた。いまではふたりともネットで買い物もできるし、メールもできるし、こっちから写真なんかも送れるんだ。パソコン、気に入ってるみたいだよ。すんごく年寄りなんだけど」

「だから？」

「だから、レマンさんも選べるってこと」ドラーゴは言う。「おれが言いたいのはそれだけ」

# 第二十四章

ドラーゴをフラットに呼びよせたとき、その誘いかけの裏には――本日の苦言をしかつめらしく選び、重さを量り、検分するに――"不適切"と思われるものは何もなかった。自分の心は、その奥をのぞきこんで見るかぎり、そのときも現在も純粋であり、動機は汚れないものだ。彼がドラーゴをかわいがる気持ちは、養子や将来の息子に対してだれしもが抱くような、つつましく適切な親愛の情である。

彼が思い描いたふたりの共同生活というのは、ごく穏やかなレベルのものになるはずだった。幾晩か気のおけない時間をともにすごし、ドラーゴは食卓でしこしこと宿題をやり、彼は肘掛け椅子で本でも読みつつ、ヨキッチ家の心火《しんか》が鎮まるのを待つ。

しかし実際にはそうはならなかった。ドラーゴは仲間をつれてくる。たちまちフラットは駅のようにうるさくごった返すようになる。キッチンはテイクアウトの容器や汚れた皿がめちゃくちゃに散らかり、トイレはいつも使用中。静かに親交を深めるなどという、ポールが期待した時間は一度も実現していなかった。それどころか、ドラーゴに押しのけられているように感じる。あのマッシュルーム・リゾットの夜以来、ふたりは食事もともにしていない。

「夕食に、オムレツでも作ろうかと思うんだが」なるべくさり気なく話しかけてみる。「ついでにきみのも作ろうか？　ハムとトマトでも入れるかい？」

「あ、おれはいっす」ドラーゴは答える。「これから出かけるんで。仲間のひとりが迎えにくるんだ。なんか外で食いますから」

「金はあるのか？」

「あ、どうも。金はおふくろがくれたんで」

くだんの仲間とは、赤毛にニキビ面の、ショーンという男で、ポールはひと目見るなりこいつが嫌いになる。ドラーゴによれば、バンドをやっているのであまり学校に行っていないというショーンは、フラットに居着いてしまった。暗くなるとドラーゴはショーンといっしょに出かけたきり、夜遅くまで部屋には寄りつかず、帰ってくればふたりで、いまはドラーゴの部屋となっている元書斎にこもってしまう。うるさい音楽とふたりの低い話し声が夜通しつづき、ポールは明け方まで眠れない。業腹《ごうはら》だわ、みじめだわで、暗いなか横になりながらじっとBBC放送に耳を傾ける。

「うるさいだけが問題じゃないんだ」彼はエリザベス・コステロにこぼす。「ドラーゴは大家族の生活に慣れているだろう。わたしも修道士のごとき静けさは期待していないよ。そうじゃなくて頭にくるのは、こっちが少しは気を使ってくれないかと思い切って頼むだろう、そのときの反応なんだよ」

「どんな反応をするの？」

「シャッターがおりたようになる。わたしのことが見えなくなるみたいだ。それこそ家具にでもなったような気分さ。ドラーゴと父親がいつも角つきあっていると、マリアナが言っていたが、いやはや、理由がわかってきたよ。あいつの父さんに同情しはじめてるぐらいだ」

川べりであれだけ冷たい言葉を投げつけたからには、もう二度とコステロには会うこともあるまいと思っていた。ところがそうはいかない、コステロは舞い戻ってきた。まだ彼をあきらめ切れないからか、あるいは体調が良くないせいもあるかもしれない。さらに痩せたようで、か弱い女どころではない。それにしつこい咳も出ている。

「ポールったらお気の毒！」コステロは言う。「人生は手遅れだし、お言葉をかりれば修道士みたいな生活だし、頭は固いし、そしてこんどはご機嫌ななめ！　しかも子どもを預かろうとはなんとも無謀な行動に出たものね！　そりゃ、あなただって頭では若いドラーゴのことを愛しているでしょうけど、そこには実生活の諸問題が入りこんでくるわけよ。わたしたちは意志の力だけで人を愛することはできない。実際に学びとらなくてはならない。だから御魂というのはわざわざ霊界から降りて、ふたたびこの下界に生まれてくるのよ。そうして人間界で育っていきながらわたしたちを導き、人を愛するという苦難の道を歩かせてくれる。あなたは端《はな》からドラーゴのなかに天使のような資質を垣間見ていたけど、あながち間違いではないと思う。あの子はふつうの子たちよりも長く、自分の起源である天界の御魂とのふれあいを続けているんでしょう。落胆も苛立ちもあるでしょうけど、乗り越えなさいね。まだ学べるうちにドラーゴから学ぶのよ。遠くない将来、あの子の後ろにたなびいている神々《こうごう》しい光の最後のひと条《すじ》が消え、彼もあっさりわたしたちの仲間になってしまうから。

気でもふれたと思っているでしょう。それとも大いなる勘違いか。でも忘れないで。わたしは二人の子どもを、表象的でもなんでもない、生身の子どもを育てた経験があるんですからね。あなたにはないでしょう。わたしは子どもがなんのために存在するか知ってる。あなたはいまだに知らない。だからわたしが話をしているときは、もしそれが喩え話でも、耳を傾けること。わたしたちは愛し仕えることを学ぶために子どもをもつのよ。自分の子どもを通じて、わたしたちは時のしもべとなる。自分の心《ハート》の奥をのぞいてごらんなさい。そして子どもをもつという旅に必要な忍耐力とスタミナの蓄えがあるか、自分に尋ねてみること。もしないようなら、手を引くべきでしょうね。いまからでも遅くはない」

喩え話か。天界の天使だなんて。黒いサングラスの女のインチキ話以来、この上もなく訳のわからない演説だった。コステロめ、絶食状態で頭がボケてきているのか？　またこっちをコケにしようとしているのか？　お茶だけでなくもっと何かふるまうべきなのか？　じーっと、できるだけ強くにらんでやったが、やつの態度は揺るぎそうにない。自分の言葉にみじんも疑いをもっていないようだ。

マリアナとの間におごそかに交わされた契約について言えば、どうやら霧消してしまったらしい。来る日も来る日も彼女からは連絡ひとつなく、弁解のひと言もない。その一方、息子のほうには頻繁に電話がかかってくる。会話はクロアチア語で、ドラーゴの口からは、ときどきごく短い返事をしているのしか聞こえない。

そうしたある日の午後、まったく思いがけない折に、マリアナがふらりとやってくる。ドラーゴはまだ学校からもどっておらず、ポールはうたた寝をしている。

「レマンさん、起こしましたか？　すみません——ノックしても、だれも来ないから。お茶、いれますか？」

「いや、いいよ」彼は寝ているところを見られてムッとしている。

「脚の具合はいかがですか？」

「脚か？　脚なら大丈夫だ」

なんとも馬鹿ばかしい質問と答えである。脚が〝だいじょうぶ〟なわけないだろう。そもそも無いんだから。問題の脚はとうのむかしにぶった切られて焼かれてしまった。どうせ訊くなら、〝脚の不在の具合はいかがですか？〟と訊くべきだ。〝本当のことを知りたいなら言うが、脚の不在の具合はよくないよ。脚の不在はわたしの生活に穴をあけてしまった。目がちゃんとついている人間なら、見ればわかるだろうがね〟。

マリアナはリューバを連れてきている。この子のためを思い、彼は苛立ちを押し隠そうとする。

マリアナは散らかり放題の床にすきまを見つけて歩いてくると、彼のベッドの端にちょこんと座る。「レマンさんは、おちついた暮らしを、おちついた静かな暮らしをしていたのに」彼女は言う。「そこに車がドンッとぶつかってきた。それからヨキッチ家もドンッとぶつかってきた。いまではあまりおちつけない、そうでしょう？　すみません。お茶はいいですか？　ほんとにいりませんか？　ドラーゴとはどうしてます？」

「文句なしだよ。とてもうまくいってる。若者たちとつきあうのは、きっとわたしのためにもいいからね。元気が出る」

「あの子と仲良くやってるですか？　よかった。ブランカがお礼を言ってます」

「なんてことないさ」

「ブランカはそのうち直接お礼を言いにくるです。でも今日は来ません。あの子はまだ、その、父親の娘なんです」この言葉を彼はこのようにとった。つまり、ヨキッチ家にはいまだに二つの陣営がある。父の陣営と母の陣営だ。すべてはおまえ、ポール・レマンのせいだからな。おまえが巻き起こした嵐のせいだ。のぼせあがって愛の告白までした、家政婦への〝生半可な情欲〟ゆえではないか。

「そうか！　新しいお客さんですね！」

一瞬、マリアナがなにを言っているのかわからない。ややあって、彼女が持ちあげてしげしげと眺めているものの正体に気づいた。コステロが目隠しをするのに使ったナイロンのストッキングだ。あれをなぜだかベッドサイド・ランプの下のほうに結んでおいて、すっかり忘れていた。

マリアナはストッキングを鼻先へそっと持っていって匂いを嗅ぐ。「レモンフラワーの香り！いい匂い！　あなたのガールフレンドはレモンがお好きですね？　クロアチアでは、教会で結婚した女性と男性にレモンの花を投げますよ。古い習わしです。ライスシャワーではなくて、レモンフラワーです。そうすると子宝にたくさん恵まれます」

マリアナのユーモア。そこはかとなさなどは、これっぽっちもない。いつの日か彼女の表象的花婿にでもなって、レモンフラワーを浴びる野心があるなら、これに順応すべきだろう。

「見かけと実態は違うってことさ」彼は言う。「弁明する気はないがね。額面どおりにうけとってほしい。きみが考えているようなことじゃないんだ」

マリアナはストッキングをつまんだ手をいっぱい伸ばし、これ見よがしにポイと床に落とす。

「わたしの考えていること知りたいですか？　なんにもです。なんにも考えてない」

沈黙。まあまあ、いいじゃないか、彼は自分に言い聞かせる。ふたりの間にちょっとしたいざこざが起きるぐらい、いまやマリアナとわたしはよく知った仲だということさ。

「それはともかく」マリアナは言う。「脚の具合をみて、洗浄してあげます。それからいつもみたいにエクササイズをします。このところさぼっているでしょう？　独りだとエクササイズもよくできないでしょ。プ、ロ、ス、テ、ー、ゼ、はやっぱりつけたくないですか？」

「プロスティーシスは、いまも、これからも、要らないよ。この話はこれでおしまいだ。もう話題に出さないでくれ」

マリアナは部屋を出ていく。リューバが大きな黒い眸でいつまでも見つめてくるので、だんだんと気味が悪くなってくる。「やあ、リューバ」と、挨拶してみる。「リュビサだったかな」愛の子という呼びかけも、彼が口にするとよそよそしく、しゃらくさく感じる。子どもはなにも答えない。

マリアナは大きな洗面器を持ってもどってくる。「レマンさんのプライベートタイムよ」彼女は言う。「ママの絵でも描いておいで」と言って子どもを追いはらうと、ドアを閉める。すでにサンダルは脱いでいる。素足に目をとめたのは初めてだが、ずいぶんと幅広で平べったい。足の爪はぎょっとするような暗赤色に塗られている。紫といってもいい色で、腫れた痣みたいだ。

「お手伝いしますか？」マリアナは訊く。

彼は首を横にふり、ズボンをするりと脱ぐ。「横になって」マリアナが言う。お腹のあたりにタオルをかけるという気配りをしてから、脚の切り残しを自分の膝にのせると、手際よく包帯をほどき、むきだしになったものを満足げになでる。「プロステーゼはつけないですか？　脚がまた生えてくると思ってるですか、レマンさん？　そんなこと考えるのは赤ん坊だけです——切ってもまた生えてくるなんて」

「マリアナ、やめてくれないか。この会話は前にもした。もう話したくない——」

「はいはい、わかりました。プロステーゼの話題はやめ。あなたは家にいて、ガールフレンドが来たほうがいいですね」と言って、親指で傷をなぞる。「そのほうが安上がり。痛みはないですか？痒みは？」

　彼は首を振る。

「けっこうです」マリアナは言って、切り残しを石鹸で洗いだす。

　ポールの不機嫌は朝露のように消えていく。〝なにか、なにかお返ししなくては……〟と思う。その必死さゆえ、彼の気持ちはマリアナにも伝わらずにはいない。なのに、マリアナは平然とした顔をしている。〝まったく、恐れ入るな〟、彼は心の内で思う。〝なんのかの言ってもこの女には恐れ入るよ！　しかも、わたしをたなごころの上でころがしている！〟

　マリアナは脚の洗浄を終えると、軽くたたくようにして水気を拭き、プログラムにある第一マッサージを始める。第一マッサージが終われば、つぎはストレッチ。ストレッチが終わると、第二マッサージと締めのマッサージ。

〝ああ、これを永久《とわ》につづかせよ！〟

　マリアナは慣れているに違いない。女性の介護士はみんな慣れっこのはずだ。ケアを受けている男たちがだんだん性的興奮を覚えてくることに。だから、いつもこんなに手早く、こんなに事務的なのだ。だから、こちらと目をあわせないようにしているのだ。おそらく、男の興奮にはこのように対処せよと習っているのだろう。〝このような事態はときどき起きるものです……それに際してこのように理解しておくことが肝要です……身体のかくなる動きは不随意のものであり、介護士にとってのみならず患者にとっても居たたまれないものです……その場合の最善の対処とは……〟。ふだん退屈な講習がいきおい活気づく瞬間ではないか。

アウグスチヌスいわく。堕落する以前、人間の肉体の動きはすべて魂の指示のもとにあった。魂とは神の本質的な性質を帯びているものである。ということは、こんにちわれわれが身体の各部位の気まぐれな動きに翻弄されているとすれば、それは人間が堕落し、神から離れてしまった結果なのだ。しかし聖なるアウグスチヌスの言うことは正しいか？　この身体の部位はただ気まぐれに動いているにすぎないのか？　彼には、すべてがひとつに、ひとつの動きに感じられる。つまり、魂がふくらみ、心がふくらみ、欲望がふくらんでいるのだ。いまこの瞬間、マリアナを愛する以上に神を愛することなど想像もつかない。

マリアナはいつもの青い制服を着ておらず、それはすなわち、今日を勤務日とみなしていないということだ。少なくとも、帰宅してしまったあの日とは違うと。彼女が着ているのは、オリーヴ・グリーンのワンピースで、そこに黒のサッシュベルトをしめ、左サイドに浅いスリットが入っているため、片膝と、腿までがちらりと覗いている。むきだしの褐色の腕、なめらかな褐色の脚。〝なにか言わなくては！〟　彼は焦る。〝お返しになにか言え！〟　この「なにか！」と焦る気持ちと、いやでも目を惹くオリーヴ・グリーンの服装に対する好感。これらは彼にとって、神への愛とちっとも変わらない。神など存在しないとしても、ともすればなにもかもを飲みこむような巨大な空虚《あな》を少なくとも満たしてくれている。

「つぎは左脚です」彼が見苦しい姿にならないよう、タオルをかけ直してくれる。「そうそう、わたしの手に押しつけるようにして」

マリアナは切り残しをぐっと後ろにもっていこうとする。彼はそうさせまいと押し返す、というエクササイズだ。ふたりはいっとき各々の役割につく。マリアナは切断された脚を両手でつかみ、彼のほうに体重をかけてくる。一方、彼はベッドの端をつかんで、彼女の力に抗おうとする。〝なんて遠いんだろう!〟と、彼は思う。〝こんなに近いのに、かくも遠いとは!〟むかいあってこんなに接近して、堕落したおのれを押しつけあわんばかりにしているのに。〝ウェインがこんなことを耳にしたら、どう言うだろうな!〟ウェイン・ブライトの存在なくしては、彼はマリアナ・ヨキッチに出会うこともなかったろう。ウェイン・ブライトがいなければ、こうして身体を押しつけあうこともなく、こんな愛も、こんな渇望も、知らずにいただろう。〝フェーリークス、フェーリークス。フェーリークス・ラプスス(幸福な失敗)〟。結局、すべては最善のために。

「では、力を抜いて」マリアナは言う。「はい、いいですよ。こんどはうつぶせです」

マリアナはワンピースをたくしあげ、彼にまたがる。ラジオでは——さっきはこれを聴いて眠ってしまったのだが、まだ切らずにあった——男性が韓国の自動車産業についてしゃべっている。数字が上がったとか、下がったとか。マリアナの両手がシャツの下に滑りこんできて、臀部の上あたりに、凝って痛む箇所を親指で探りあて、それをやさしく揉んでくれる。〝神よ、ありがとう〟。彼はしみじみ思う。それに、こんな場面をコステロ女に見られてなにか言われずにすんでありがたい。

「ソト・トゥ・ラディス、ママ?」

彼は驚いて目をあける。手が届きそうな距離から、リューバがまっすぐにこちらを見つめている。その苛烈なまなざしの意味は間違えようがない。この子の前にいるのは、老いて醜く、髪やひげも伸び放題の、しかも半裸で、このあどけない子の鼻孔にはきっと臭いであろう男で、それが自分の母親とくんずほぐれつしており、あろうことかふたりは厭らしい性交の威厳すらもたない体位で組みあっているのだ。

子どもが話しかけると、一瞬、マリアナが凍りつくのが感じられた。しかしまたリズミカルなマッサージを再開する。「レマンさんは痛いとこがあるの。ママは介護士さんなのよ、そうでしょ？」

「今日のところはもう充分そうだよ、マリアナ」彼は言って、そそくさと服を着けようとする。

「ありがとう」

マリアナはベッドからにじりおりると、サンダルをはき、リューバの手をとって、「親指をなめないの」と、注意する。「みっともない。さあ、レマンさん、もう痛みはなくなったですね」

# 第二十五章

土曜日。マリアナはドラーゴと書斎に閉じこもる。ふたりで言い争っているような声がする。マリアナは執拗になにかまくしたて、ときおり息子の声を圧してどなりつける。

リューバは階段で、段々をぴょんぴょん上がったり降りたりしながらうるさい音をたてている。「リューバ！」彼は声をかける。「こっちに来て、ヨーグルトでもお食べ！」そう言っても、子どもは無視している。

マリアナが書斎から出てくる。「リューバを置いてっていいですか？　ドラーゴといっしょですから、大丈夫です。あとで引きとりにくるです」

マリアナには、もう少し給金なりのことをしてもらえると期待していた。たとえば、今日もボディケアをしてくれるかと思いきや、それは望み薄のようだ。月に二度、レマンの銀行口座からヨキッチの口座へ、契約にしたがい機械的にお金が振りこまれる。その給金に対して、また、ドラーゴにわが家同然の居候先を提供するお返しとして、彼はどんなものを受けているか？——買い物の代行サービス。それもだんだん不定期になっている。それから、プロによるヘルスケアがたまに。マリアナにしてみれば、損な業務状況ではなかろう。しかしコステロ女にのべつ言われているように、もし彼が父親になりたいなら、父親業のなんたるかを、表象的なんかじゃない父親業の実態をわかっておくべきなのだ。

マリアナが出ていったとたん、外の階段から話し声がし、リューバがコステロ女とドラーゴの友だちショーンを引き連れて、ふたたびあらわれる。本日のショーンはのびたTシャツに、ショートパンツをふくらはぎまでずりさげてはいている。

「ハロー、ポール」コステロ女が言う。「わたしたちの闖入、どうぞお気になさらず。リューバちゃん、ショーンが来たってドラーゴお兄ちゃんに知らせてらっしゃい」

しばし彼とコステロ、老人ふたりだけになる。

「ドラーゴとは釣りあわないわねえ、あのわれらが友人ショーンは」コステロが言う。「でも神々と天使たちってそういうもののようね。目もあてられないほど凡庸な人間を択《えら》んで交わる」

彼はなにも答えない。

「話そう話そうと思っていることがあるのよ。あなたは面白がると思うけど」コステロはつづける。「遠い過去の話。わたしが若いころの話よ。うちの町にいた男の子のひとりがドラーゴにそっくりでね。あんな感じの黒い眸《ひとみ》に、同じような長いまつげ、同様にちょっと人間離れした美貌。わたしはその子にぞっこんだった。たしか十四歳のときよ。むこうは少し年上で。あのころのわたしはまだお祈りを欠かさなかった。〝神さま〟と、毎晩祈ったものよ。〝一度でいいから、彼の微笑みをわたしに向けるようにしてください。そうすればわたしは永久にあなたのしもべになります〟」

「すると?」

「神は見向きもしなかった。その男の子もね。わたしの乙女の憧憬は報いられずに終わった。だから、ああ、わたしは神の子にはついぞならなかった。そのまつ毛君だけど、結婚してゴールド・コーストに越し、不動産でぼろ儲けしているらしい、というのが最後に聞いた消息」

「だったら、まったくの嘘っぱちってことだな。神々に愛される者は夭折《ようせつ》するという説は？」

「残念ながらそのようね。神々はもはやわたしたち人間に割く時間なんてないんじゃないかしら。愛するにしろ、罰するにしろ。彼らは彼らなりに、あのゲーテッド・コミュニティのなかでさんざんトラブルを抱えているんでしょ」

「ドラーゴ・ヨキッチに割く時間さえないということか？　それがあんたの話の教え《モラル》かね？」

「そう、ドラーゴ・ヨキッチに割く時間さえない。ドラーゴは自力でやっていくのよ」

「わたしたちと同様にな」

「わたしたちと同様に。リラックスしてやればいい。劇的な運命がのしかかってくることもない。セイラー《船乗り》、ソルジャー《兵隊》、ティンカー《修理屋》、テイラー《仕立て屋》、なんでも好きなものになれる。それこそ不動産業に乗りだしたっていい」

コステロ女との間に、仮にも心のこもった、〝友好的〟とさえ呼べるやりとりが交わされたのは、これが初めてではないか。今回ばかりはふたりとも同じ立場だ。若さというものに対抗して一致団結した老人同士。

どこからともなくこの女が降って湧いてきたのは、もしかしてそういう訳《わけ》なのか。彼のことを本に書くためではなく、彼を老人社会のなかへつれていくため。ヨキッチ家との一件——軽はずみにしてこれまでなんの実りもないヨキッチ夫人への彼の熱愛が中心にあるわけだが——この一件だって、結局はなんの意味もなく、彼を導くべくコステロが送りだされるための込み入った形式上の通路にすぎなかったのではないか？　ウェイン・ブライトが救いの天使として割りあてられたように感じていたが、いや、あいつらはみんなしてぐるなのかもしれない。コステロもウェインもドラーゴも。

ドラーゴがドアのむこうから顔を覗かせた。「レマンさん、ショーンといっしょにカメラを見てもいっすか？」

「ああ、いいよ。だが、気をつけてくれよ。見終わったらケースにしまうこと」

「ドラーゴは写真に興味があるの？」コステロがひそひそと話しかけてくる。

「写真というよりカメラにね。ああいう旧式のは見たことがないんだ。最近の、デジカメみたいなものしか知らないから。ハッセルブラッド（スウェーデンの老舗カメラメーカー）なんていうのは、彼にとって帆船《はんせん》、いや、それどころかガレー船みたいなものなんだろう。骨董品だよ。ドラーゴはわたしの古い十九世紀の写真コレクションも、時間をかけてなめるように眺めているよ。最初は妙だと思ったが、結局そんなに妙でもないだろうと思えてきた。オーストラリア人としての過去、オーストラリア人の血統、謎めいた多様性をもつオーストラリア人の先祖を有するとはどういうことか、きっと手探りで探っているんだよ。冗談みたいな名前をもつ難民の子であるだけでは飽き足らずにね」

「あの子があなたにそう話したの？」

「まさか、わたしに話そうなんて夢にも思わないだろう。でも、わたしには想像がつく。彼の気持ちがわかる。移住経験がないわけじゃない」

「ああ、そうだったわね。つい忘れてしまうけど。あなたはかくも正統なアングロ・アデレード人の紳士ゆえ、イギリス人でないことを忘れてしまうのです。そう、Rayment の読みは payment（ペイメント＝「支払い」）と韻を踏むのでございましょう、レイメントさん。」

「いや、vraiment（ヴレマン＝仏語で「本当に」）と韻を踏むんだ。レマン。わたしには一回のみならず、三回ぶんもの移住経験がある。だからその経験がとても深く刻印されている。一回目は子どものころ故郷から引っこ抜かれて、オーストラリアに連れてこられた。それからしばらくして独立宣言をし、フランスに帰った。そしてまたフランスに見切りをつけ、オーストラリアに舞い戻った。〝ここがわたしの居るべき場所か？〟移住するたびに自問した。〝ここが真のわが家《マイ・トゥルー・ホーム》か？〟とね」

「フランスにいったん帰ったのね。そのこと、忘れていたわ。人生のその時期のこと、いつか話してちょうだいよ。ともあれ、その自問に対する答えは？　ここがあなたの真のわが家なの？」と言うコステロの手ぶりは、いまふたりが座っている部屋だけでなく、この街、いや、それを越えてこの豪州大陸の丘陵と砂漠ぜんぶを指し示しているようだ。

彼は肩をすくめる。「家《ホーム》というのは、きわめてイギリス的な概念だと、わたしは常々思ってきたんだ。家庭という意味で、hearth and home（暖炉と家）というだろう、イギリス人は。彼らにとって家というのは、暖炉に火が燃えている場所、温《ぬく》まりに帰る場所のことなんだ。寒さのなかに捨てておかれるような場所じゃない。そういう意味で言えば、わたしはここにいて温かではない」彼はコステロの手ぶりを真似てパロディ化してみせる。「ここでは、どこに行っても冷たい思いをしている。いつかわたしのことをそう表したんじゃなかったかな、『冷たい人ね』と？」

コステロはなにも言わない。

「フランス人には、ご存じのように、家《ホーム》にあたる言葉はないんだ。フランス人にとって『アット・

ホーム』というのは、『わたしたちの』なかに、つまり自分と同類のなかにいる、ということだ。だから、わたしはフランスにいてもアット・ホームじゃない。明白に違う。わたしはだれにとっての『わたしたち』でもないんだ」

コステロ女相手に、ここまで弱音に近いものを吐いたのは初めてであり、微かに気分がわるくなる。〝わたしはだれにとっての『わたしたち』でもないんだ〟。一体、コステロはどうやったらこんな言葉を彼から引きだせるのか？　こっちでなにか仄めかされ、あっちでなにか暗示され、彼は迷える子羊のようにそれをたどらされていく。

「だったら、マリアナは？　マリアナやドラーゴの『わたしたち』に入りたがっているんじゃないの？　リューバは？　まだ目にしたこともないブランカは？」

「それは問題が別だ」彼はぴしっと言ってやり、それ以上は話につられない。

正午が過ぎても、マリアナは姿をあらわさない。リューバの背中にドラーゴは人形をゴムバンドで留めてやっている。リューバはその恰好のまま、両腕を横にのばして、ブーンと飛行機のような音をたてながら、部屋から部屋へと駆けまわっている。ショーンはなにやら電子ゲームを持ちこんでいた。少年ふたりはテレビの前にすわりこみ、画面からは、ウィーンとかズドーンとかいった低い音が発せられている。

「ねえ、わたしたちこんなことまで我慢しなくていいわよ」コステロが言いだす。「あの若造たち、ベビーシッターなんかもう必要ないんだし。そっと退散して公園にもどりましょ。木陰に腰かけて、小鳥の歌でも聴いてるほうがいいわ。週末の遠足というか、ちょっとした冒険と思えばいいのよ」

マリアナなら介助してもらうに吝《やぶさ》かではないが——なにしろ金を払って雇っている介護士なのだ

から――自分より年上の女に手を貸してもらう気にはなれない。階下の玄関ホールで待っているように言って、コステロを先に行かせ、松葉杖をついてそろりそろりと階段を降りていく。途中で隣人のひとりとすれ違う。細身でめがねをかけた、シンガポール出身の女の子で、いたっておとなしい双子の妹たちをつれている。彼の上の階に住んでいるのだ。会釈をしたが、なんの返答もない。コニストン・テラスに住んで以来、彼の存在など目にとめたこともないのだろう。自分は自分。故郷の〝島国〟では、そう教えているに違いない。独立独歩。

　彼とコステロは公園で空いたベンチを見つける。一匹の犬が駆けよってきて、ほがらかに彼をざっと眺めると、コステロのほうへ行ってしまう。犬が女の股ぐらに鼻づらを押しつけると、いつも目のやり場に困る。犬は犬なりの性を喚起されているんだろうか、それとも目新しい複雑なにおいを楽しんでいるだけだろうか？　エリザベス・コステロというのは無性的な存在だとつねづね思っていたが、嗅覚に頼って生きる犬にはもっとよくわかるのかもしれない。

　エリザベスはおとなしく犬の検分に耐え、存分に嗅ぎまわらせてから、機嫌よく犬をわきに押しのける。

「さて、あなたのお話の途中だったわね」

「え、なんの話をしてた？」

「あなたの半生の物語を話していたじゃないの。フランスのこととか。わたし、フランス人男性と結婚していたことがあるのよ。話してなかったかしら？　最初の結婚相手。忘れがたき日々だわ。しまいにはむこうが余所《よそ》に女をつくって出ていってしまったのよ。わたしのもとに子どもを一人残してね。彼に言わせると、わたしは変幻自在で敵わないって。あの人には、ヴィペール（vipère＝「毒へび」）

とも呼ばれていたわね。英語では、ヴァイパー（viper）よりアダー（adder）を使うでしょう。あの人、わたしといると、自分のいる位置が定まらなかったみたい。序列にかけては大した人たちよ、フランス人というのは。他人に対して自分の位置を知る名人。でも、この話はこれぐらいにしましょ。あなたの話をしていたんだから」

「フランス人というのは情熱に秀でた人々だと思ってるのかと思ったよ。序列じゃなくて情熱」

コステロは彼に目をむけて考えこんでいるようす。「情熱と序列よ、ポール。両方なの、どちらかではなくて。ともあれ、あなたのフランスとの恋路についてお話をつづけて」

「長い話じゃないさ。学校では理科が得意だった。ずば抜けて優秀というほどではないが。わたしはなにをやってもずば抜けることはないんだな、そこそこ良くできる。そういうわけで、大学では理学部に入った。あのころは科学をやっておけば有利と思われていた。安定性だね、うちの母がわたしと姉になによりも望んだのは手堅い安定性だった。この外国の地の隙間に自分たちなりの安定した居場所を見つけてほしい、とね。母がどういうわけだかついていった男は、年々自分のなかに閉じこもりがちになり、わたしたちは頼るべき親族家族もなく、母は言葉もたどたどしく、土地の流儀をつかめずじまいだった。姉は教職についたが、これも安定性のある職業のひとつだね。わたしは理系の道に進んだ。

ところが母が他界すると、もはや白衣を着て試験管を覗いている理由があまりなくなってしまったんだよ。そこでわたしは大学を辞め、ヨーロッパ行きのチケットを買った。トゥールーズの祖母の家に居候して、写真現像所の仕事を見つけた。わたしの写真のキャリアはそこから始まったんだ。でも、こんなことはぜんぶ知っているんだろう？　わたしのことは何から何まで知っているとばかり思ってたが」

「いいえ、初耳よ、ポール。嘘じゃない。あなたはなんの経歴ももたず、わたしのところにやってきたんだもの。片脚を失い、介護士に見込みのない熱愛をしている男。それでぜんぶよ。それ以前の人生については未踏の領域」

「祖母の家に居候しながら、母方の一族とも付き合いのとっかかりを作るべくできるかぎり働きかけてみたよ。うちの故郷のフランスは百姓のフランスで、家族親族こそがすべてなんだ。いとこたちは、機械工だったり売り子だったり駅長だったりするが、心根はいまでも百姓さ。わずかひと世代前は、黒パンと牛糞で暮らしてた。ああ、もちろん一九六〇年代の話だよ。過ぎ去りし時代だ。いまでは変わった。なにもかもすっかり」

「それでどうなったの？」

「うまくいかなかった。なんというかな、歓迎されなかったわけだ。あって然るべき要素をわたしはあまりに欠いていた。正式なフランス語教育だけでなく、フランス人としての青春だね、ひとつにはフランス人ならではの友情、つまり愛情と同じぐらい熱烈で、それより長続きしうる友だち関係がわたしにはなかった。いとこたちも、彼らを通して出会った同年代の子たちも、すでに自分たちの生活ができあがっていた。彼らはみんな学校を出る前から、自分がどんな仕事《メティエ》に就くかわかっているし、どんな異性と結婚するかも、どこに住むかもわかっている。だから、困った顔してへんな訛りのフランス語を話すこのモヤシっ子が、ここで何をしようというのかさっぱり解せなかったんだな。わたしだって自分でわかっていなかったから、彼らに説明できるはずもない。親族の集まりでは、わたしはいつも除け者、かやの外にいるよそ者だった。彼らの身内では、わたしはただ

〝イギリス人《ラングレ》〟と呼ばれていた。これを最初に聞いたときにはショックだったね。イングランドとはなんの繋がりもないし、行ったことすらなかったんだから。しかしオーストラリアというのは、彼らの理解を超えていた。彼らの目には、オーストラリア人もマッキントッシュ（英国のレインコート）と茹でキャベツのイギリス人で、ただ地球の裏側に移住して、カングルーに囲まれながらなんとか食いつないでいる、ぐらいの認識しかなかった。

ロジャーという友だちがいてね、彼はわたしの勤め先のスタジオに出入りする配達業者だった。土曜日の午後になると、彼とわたしはサドルバッグに荷物をつめこんで、サン＝ジロンやタラスコン、あるいはピレネーのかなり奥地のウストやオリュー＝レ＝バンあたりまで出かけていった。食事はカフェでとり、夜は野宿をし、一日中自転車をこいで日曜の夜遅くに帰ってくるころには、へとへとに疲れ切っているが、活力にあふれていたな。あいつとは交わす言葉も少なかったが、いまでも親友だと、いちばんの友《コパン》だと思える。

言うなれば、フランスでクルマとのロマンスが本格的に始まる前の時代だな。道路はもっとすいていたし、自転車で田舎を走りまわるのなんてさほど妙なことじゃなかった。

そのうちわたしはある女の子とつきあいだし、そのとたん、週末は別の過ごし方をするようになった。モロッコ出身の子だった。それでわたしは決定的に周囲から浮いたね。『不相応な情熱』の最初のケースさ。彼女とは結婚してもおかしくない仲だったが、むこうの家族が許さなかった」

「恋の稲妻にうたれたってわけね！　しかも相手はエキゾチックな乙女！　そのままで小説のネタになるじゃないの！　なんと崇高なお話！　なんと奇想天外！　あなたには驚かされるわ、ポール」

「からかわないでくれ。じつに節度ある清く正しい恋愛だった。彼女は図書館司書になるための勉強をしていたんだが、しまいには国に呼び戻された」

「その後は？」

「それでおしまいだ。父が娘を呼び戻し、娘はそれにしたがった。恋愛はそこで終わり。わたしはその後半年ほどトゥールーズに留まってから、見切りをつけた」

「うちに帰ったのね」

「うち《ホーム》ね……それはどういう意味だろう？　ホームに関するわたしの考えはさっき話したろう。鳩にはホームがあり、蜂にもホームがある。イギリス人にもホームがあるようだが、わたしにとっては、住まいか、住み処、だな。ここがわたしの住み処だ。このフラットが。この国が。ホームというのは、わたしには表象的すぎてよくわからん」

「けど、あなたはオーストラリア人でしょう。フランス人じゃない。そんなことは、わたしにだってわかる」

「まあ、オーストラリア人として通るだろうな。フランス人としては通らない。ことわたしに関するかぎり、それは国民意識の問題なんだよ。ここでは通るが、そっちでは通らない、それどころか浮いてしまう。英語では場違いで目立つことを、『腫れた親指みたいに』と言うね。あるいはフランス語だったら『染みみたいに』。自国の真っ白なリネンについた染みのように目立つ。言語に関して言えば、わたしにとっての英語はあなたの場合とはどうしたって違う。流暢さとは関係がないんだ。お聞きのとおり、わたしの話す英語は流暢このうえないだろう。しかし英語をものにするのが遅すぎた。母さんの母乳のように自然なものではなかったからね。実をいうと、まったくなじんでないんだ。内心では、いつも腹話術師の人形みたいに感じてる。わたしが言葉をしゃべっているのではなく、あくまでわたしを通して言葉が話されている、とね。英語はわたしの芯の部分、モン・クールから出てきていない」と、ここで彼は言いよどみ、踏みとどまる。〝わたしの芯はがらんどうなんだよ〟。そう言いそうになる。〝あなたも聞けばわかるだろうが〟。しかし実際口にしたのは、「こんな話にあれこれ盛りこんでも、もたないからやめにしないか、エリザベス」だった。

「たいした話じゃない。ひとりの風来坊の来し方にすぎない」

「でも、それが重要なのよ、ポール、ほんとに！〝地中の人〟とわたしが呼ぶ人たちがいるけど、これは故郷の大地にしっかり根をはって生きる人たちのことよ。その一方、〝蝶々の人〟もいるわね。彼らは光と大気の生き物で、一カ所に居を定めず、こっちにとまり、あっちにとまりして過ごす。蝶々の人を自称し、蝶になりたがっている人がいる。でもあるとき墜落する。痛ましい落下をとげ、地面に激突する。なんとか起きあがってみても、もう天上人のように飛べないし、歩くことすらできず、ただ硬い肉の塊に他ならない。おのずと教訓が立ち現れてくるわね。それに対して目も耳もふさいではおけない」

「いかにも。教訓か。どうやら、コステロさん、人は少しばかりの才覚があれば、どんな行き当たりばったりの経緯からも教訓を無理やり引きだせるようだな。神はマギル・ロードでわたしを殴り倒して片脚にしたあのとき、なにか心づもりがあってなさったと、こう言いたいのかい？　じゃあ、あなた自身のことはどうなんだ？　心臓に疾患があるそうじゃないか。その心臓疾患を解釈してみせてくれ。あなたの心臓に一撃をくわえたとき、神はどんな教訓をあたえようとお考えだったのか？」

「そうね、ポール、わたしに心臓病があるのは確かよ。嘘は言ってない。でも、ひどく患っているのは、なにもわたし一人じゃない。あなたにだって心臓《ハート》の病はあるでしょ。本当に気づいてないの？　わたしがこの部屋を訪ねてきたのはね、なにも片脚の男がどうやって自転車に乗るのか調べるためじゃないのよ。六十代の男が不相応な恋心を抱くとどうなるか、それを見届けにきたわけ。こう言っちゃなんだけど、これまでのところがっかりな結果に終わってる」

彼は肩をすくめる。「わたしはあんたを愉しませるために生まれてきたわけじゃないんだ。お愉しみを求めているならだが」——と言って、公園のランナーやサイクリストたち、犬を散歩させている善き人々を指す——「調査するならこんなに広範なサンプルがいるじゃないか。どうしてよりによって、頭にくるほど鈍感で、落胆させてばかりいる相手に時間を浪費するんだ？　不良品だと思ってわたしのことはあきらめろ。ほかの候補者のところへ押しかけろ」

振り向いて微笑みかけ給うその顔には、見たところ悪意は感じられない。「わたしは気まぐれかもしれないけどね、ポール。じつのところ、それほどでもないのよ。カプリシャス《移り気な》（カプリコーン／山羊座から）、つまり山羊みたいに岩から岩へ跳び移るってことね。跳び移るには、もう年だけど。あなたはわたしの岩なのよ。だからしばらくは、あなたのところにいる。前にも言ったとおり——憶えてるかしら？——愛とは固着よ」

彼はふたたび肩をすくめる。〝愛とは固着〟。それなら同様にこうも言えるのではないか。愛とはそれが望むところどこにでも落ちる雷である。もし恋の病に関して彼が無知な赤ん坊だというなら、コステロ女だってどっこいどっこいではないのか。とは思ったが、それをここで議論するのはやめておく。もう議論はうんざりだ。

喉が渇いてもいる。お茶の一杯も飲めたらどんなにいいだろう。橋をわたって向こう岸のティールームへ行ってもいい。あるいは、騒音と無秩序の待つフラットへもどるか。それとも、お茶などあきらめて、このまま川べりでうだうだしながら午後が過ぎゆくにまかせ、水鳥たちが遊ぶのを眺めているか。さて、どれにする？

「過去の結婚生活について話してちょうだいよ」エリザベス・コステロが言う。「元奥さんのことには滅多にふれないわね」

「それはどうかな」彼は答える。「話すべきではないだろう。あなたの文学作品に脇役として提供されたりしたら、むこうもありがたくは思わない。とはいえ、そういうストーリーをお望みなら、結婚していたころの話をひとつ聞かせよう。妻は出てこないんだ。わたしのキャラクターを物語る挿話として使っても使わなくても好きにしたらいい」

「いいわ、話して」

「アンリーでまだ写真スタジオを経営していたころの話だ。アシスタントが二人いて、そのうちの一人がたまたまわたしを好きになった。正確に言うと、恋というより憧れだな。わたしをどうにかしようなんて、思ってなかったろう。だから、あんなにあけすけな態度をとれたんだ。まったくもって聡明な子だった。かわいくもあった。初々しい顔つきの、かわいらしい、二十歳の娘だ。がっちりとして逞しい身体つき。ラグビー選手みたいな身体つきなんだよ、これが。まあ、あの体型ばかりはどうにもならんな。どんなダイエットをしても、ほっそりするのは無理な相談だったろう。

「その頃、わたしは当時で言うポリテクニック（総合技術専門学校）の夜学で教えていたんだ。写真の原理講座だ。その娘は週に三日、わたしのクラスに出席していた。最後列に座って、じっと見つめてくる。

ノートもとらずにね。

『ちょっと度が過ぎてきたと思わないかね、エレン?』と聞くと、彼女は『でもこれが唯一の機会なんです』と答えた。顔のひとつも赤らめずに。顔を赤くするような子じゃなかった。『唯一の機会ってなんのこと?』『先生とふたりきりになる機会です』わたしと〝ふたりきりになる〟ということを、彼女はそう定義していたらしい。わたしの授業に出席しわたしの姿を眺めその話を聴くというふうにね。

　わたしは自分にルールを課していた。従業員とは男女の関係にならぬこと。しかしこのときばかりは、魔が差した。ルールを破ってしまった。ある日、置手紙をしたんだ。時間と場所。それだけ書いた。彼女は来たよ。わたしはそのままベッドに誘った。

　彼女にとっても、ひいては自分にとっても屈辱的な体験だった、なんて言うのを期待しているんじゃないかね。しかしそんなことはみじんもなかったんだ。楽しかったと言ってもいいぐらいだ。そしてそこからわたしはひとつ学んだ。愛というのは、それが部屋中あふれんばかりにあるかぎり、報いる報いないは問題じゃないんだ。その娘はふたりぶんの愛を十二分にもっていた。あんたは作家だし、心《ハート》の専門家なんだろうが、こんなことまで知っていたかい? 深く深く愛せば、相手に愛される必要はなくなるってことさ」

　コステロ女はなにも返してこない。

「彼女は礼を言ったよ。わたしの腕に抱かれて泣きながら喘ぎ喘ぎくりかえした。『ありがとう、ありがとう、ありがとう!』って。『いいんだよ』わたしは言った。『だれかがだれかに礼を言うようなことじゃない』

翌日、デスクの上に短い手紙があった。〝わたしが必要なときはいつでも……〟しかしわたしはもう二度と彼女を呼びつけず、あれを繰り返そうともしなかった。その教えが身にしみて分かるには、一度で充分だったからだ。

彼女はその後も二年ばかり、スタジオで勤めを続けてくれた。泣いたり、詰《なじ》ったりすることもなかった。わたしと適当な距離を保っていたのは、こちらがそう望んでいると察したからだろう。エレンの母親にも電話してみた。知らないのかとのうち姿を消した。ある日、断りもなく仕事に来なくなった。彼女の同僚、つまり別のアシスタントに聞いてみたが、さっぱり分からないと言う。エレンの母親にも電話してみた。知らないのかと驚かれたよ。エレンなら新しい働き口を見つけて、製薬会社のセールスマンとしてブリスベンに越していきましたよ。あの子、お知らせしていなかったんですか？　ええ、いま初めて伺いました。と、わたしは答えた。すると、母親は、まあ、辞めることはもうお話ししてあると、先生はずいぶん気を悪くされていたと聞きましたが……と」

「それでどうなったの？」

「それだけさ。それでおしまい。〝ずいぶん気を悪くされていた〟。恋のレッスンを別にすれば、その言葉がわたしには一番面白かったね。だって、全く気を悪くしていなかったからさ。あの子は自分がスタジオを辞めたらわたしが気を悪くすると、本気で思ったのだろうか？　それとも、自分があまりに惨めに思えるのがいやで、ボスが気を悪くしているという作り話を母親にしたのだろうか？」

「なあに、わたしに意見を求めているの？　わたしだって知らないわよ、ポール。ボスであるあなたが気を悪くしたという彼女の言い分ね、あなたはその部分をとくに面白がっているようだけど、わたしが面白がるところは違うわね。〝ありがとう、ありがとう！〟ってとこよ。もしもマリアナがあなたに抱かれることがあったら、そのとき〝ありがとう、ありがとう！〟なんて彼女に言おうと思ってる？　じゃあ、どうしてわたしが宛《あて》がってあげた女性には〝ありがとう、ありがとう！〟と言わなかったのよ？　片脚の痛ましい姿を見ることがないという理由であなたが目をつけたあの子よ」

「目をつけてなどいないぞ。あんたが勝手に連れてきたんじゃないか」

「なに馬鹿なことを。わたしはあなたの合図を受けただけよ。病院のエレベーターで彼女に目をつけたくせに。彼女のこと、あれこれ夢想したくせに。もう一度訊きますけど、どうして彼女にはお礼を言わなかったの？　代金を払ってあったから？　お金を払えば、お礼を言う必要はないということ？　あなたのラグビー選手さんはふたりぶんの愛をお持ちだったそうね。愛を測ることができると本気で思ってるの？　ビールみたいにパイントグラスで出てくるとでも？　あなたが愛を一ケース持って歩いていれば、相手は空手で来ても許されるわけ？　空手というか、空っぽの心というかね。ああ、ありがとう、マリアナ（マリアンナじゃなくてマリアナよ）、きみを愛すること、きみの子どもたちを愛し、きみたちに金をあげることを許してくれてありがとう——。あなたって、ほんとにそんなトンマなの？」

彼は身を強張らせる。「あんたが話をしろと言うから、してやったんじゃないか。気に入らなくてすまなかったな。あんたが話を聞きたがる、それでわたしが話をする、ところが返ってくるのは冷やかしと嘲りだけだ。これはどういうやりとりなんだ？」

「どういう愛なんだ？　と、付け足してもよかったわね。あなたのストーリーが気に入らないとは言ってないわよ。面白いし、話の仕方もよかったと思う。あなたとラグビー選手のお話ね。その話にあなたが加えた解釈だって、それなりに面白いわね。けど、どうも気になるのはね、この人はなぜよりによってこの話を選んでわたしに話したのか？　って点なのよ」

「実話だからだよ」

「もちろん実話でしょうとも。でも実話だからってなに？　ヤギとヒツジを選り（マタイ伝より）、虚偽の話を却下し真実を取り分けておく、という神さまの役を演じるのは、わたしではないわ。もしわたしにモデルがいるとしたら、それは神ではなく、シトー会の大修道院長ね、あの悪名高いフランス人。彼のパストラルケア（高僧がほどこす一種の心理療法）を受けている兵士たちにこう言った男よ。〝彼奴《きゃつ》らすべて殺《あや》めよ――さすれば、だれが御子であるか神もおわかりになる〟。

ポール、あなたが作り話をしたところで、わたしはまったく構わないのよ。嘘というのは真実と同じぐらい、人間の心を露わにするものだから」

コステロは言葉を切り、片眉をあげてみせる。彼が話す番だということか？　もうなにも話すことはない。真実も嘘も同じだというなら、発話するも沈黙するも同じではないのか。

「ねえ、気がついてる。ポール？」コステロはまたしゃべりだす。「あなたとわたしの会話が毎回いかに同じパターンに陥るか。始まってしばらくは調子よく流れているでしょ。そのうちわたしがあなたの気に障ることを言って、すると、とたんにあなたはだんまりを決めこむか、憤然と立ち去るか、わたしに出ていけと言う。こんなつまらないお芝居はやめにしない？　わたしたちにはもうあまり時間が残っていないのよ。どちらにもね」

「どちらにもか」

「そうよ。天の凝視のもと、神の冷たい眼差しのもと、どちらにも時間はあまり残されていない」

「そりゃ本当か。じゃ、先を頼む」

「わたしがあなたに比べて自分という存在を少しは楽に感じているとでも思うの？　戸外で、公園のブッシュの下で、アル中たちの間で眠り、トレンス川で沐浴をしたがってると思う？　あなただって目は見えるんでしょ。わたしがどれだけ衰弱しているかわかるはずよ」

　彼はコステロをじっと見つめる。「どうせ作り話なんだろう。あんたは知的職業につく裕福な女性だし、わたしと同じで生活にゆとりはあるはずだ。ブッシュの下で寝る必要はない」

「そうかもね、ポール。少し誇張が過ぎたかもしれないけど、あながち嘘ではないわよ。わたしの生活状況に即してる。しつこいようだけど、わたしたちに残された日々は数えるほどしかない。わたしもあなたも。それなのにわたしはここでひたすらに待ち——あなたを待って、時間をつぶし、時間につぶされていく」

　彼は力なく首を横にふる。「一体どうしろというんだ」と言う。

「気張れ《プッシュ》！」とコステロは言う。

# 第二十六章

ホールテーブルに殴り書きの置手紙がある。レマンさんへ。おせわになりました。にもつを少しおいてくけど、あしたにはとりに来ます。いろいろとありがとうございました。ドラーゴ。追しん写真はぜんぶちゃんとしまいました。

ドラーゴの言う「にもつ」とは、衣類のつめこまれたゴミ袋と判明。ベッドの寝具にまぎれていたパンツ二枚も発見され、ポールの手でそこに加えられた。それらがなくなると、ヨキッチ家の痕跡は、母子ともに消え失せている。彼らは急にやってきて、去っていく。なんの弁明もなく。一家の流儀に彼も慣れたほうがよさそうだ。

それにしても、独りの生活にもどってやれやれだ！　女と暮らすのとはまたずいぶんと違い、散らかし魔で気づかいの中途半端な若い男と住み処を分けあうのは、苦労がいる。二人の男が一つのテリトリーにいるとなると、つねに緊張を強いられ、つねに気が休まらない。

その午後いっぱいかけて、書斎の物をもとにもどして片づけると、シャワーを浴びる。浴びているうちに、うっかりシャンプーを落としてしまう。拾おうと屈みこんだとき、いつも浴室にまで持ちこんでいるジマー・フレームが横滑りし、足がかりを失って転倒したはずみに、頭を壁に打ちつける。

〝なにも壊し給うな〟。最初に出てきた祈りの言葉はそれだった。フレームの間に挟まれながら、手足を動かそうとしてみる。一瞬、背中から残っているほうの脚へ鋭い痛みが走る。ゆっくりと一度、深呼吸をする。〝おちつけ〟。と、自分に言い聞かせる。〝浴室でころんだだけだ。なにも怯えることなんかない。世間でよくあることじゃないか。ころんだってみんな無事に生きてる。考える時間はたっぷりあるし、立て直しの時間もたっぷりある〟。

「立て直し」とはすなわち（おちついて明晰な思考につとめつつ）、第一にこのフレームから抜けだし、第二になんとかして浴室から脱出し、第三に背中のダメージを査定し、第四に次なるステップに進むことだ。

問題は、一と二の間にある。身体を起こせないかぎりジマー・フレームから抜けだせないが、身を起こすには痛みに喘がないとならない。

わが人生においてかくも大役を演じることになったジマー氏とは――いまもこの世にいるのか知らないが――何者なのか、とくにだれも教えてくれなかったし、訊こうと思ったこともない。だから便宜上、ジマー氏とは一八三〇年代のハイカラーに革の襟飾りをつけ、口を引き結んだ細面の男を想像することにした。そう、名前はヨハン・アウグスト・ジンメル。オーストリアの農場主の息子として生まれたが、農家の単調な重労働から逃げだそうと決意、母屋の裏手の牛舎で乳牛が寝ぼけてモーモーいう夜更けも、ろうそくの明かりで解剖学の書物をせっせとひもとく。試験をかつかつの成績で切り抜けると（才能あふれる医学生ではなかった）、陸軍医の職にありつく。それから二十年間、彼は皇帝陛下カール・ヨーゼフ・アウグスト、またの名を〝善皇《ザ・グッド》〟の名のもとに、傷口に包帯を巻いたり四肢を切断したりして過ごす。そうして退役し、何度か曲がり角を誤った末、リウマチ持ちの淑女御用達のボヘミアにあるさびれた温泉保養地のひとつ、バド・シュヴァーネンゼーに流れつく。そこである日ひらめいて、患者のなかでもとくに身体の自由がきかないご婦人たちのために、故郷カリンシアで子どもの歩行トレーニングに何世紀も使われてきた器具を導入し、ささやかな不滅の名声を勝ち得ることを思いつく……。

さて、そんな夢想をする男はいま、タイル張りの床にすっ裸で倒れ、浴室のドアをふさぐジマー氏の発明品に乗っかられて動けずにおり、そうするうちにも水はたえまなく降りかかり、漏れだしたシャンプーが周りじゅうで泡立ち、脚の切り残しはやわらかい切断面に痛手をうけ、喩えようもない特有の痛みをもって疼く。〝なんたる醜態だ！〟彼は思う。〝ドラーゴが目撃するはめにならずによかった！　コステロ女にこの場を見られて冗談なんぞ言われずにすんで助かった！〟

しかしながら、呼べば来られる距離にドラーゴもコステロ女もその他のだれもいないというのは不都合でもある。一つには、お湯の供給が切れたらしく、いつのまにか冷水を浴びていること。調整つまみは手の届かないところにある。嗤《わら》われる心配もなくひと晩じゅうだってここに寝そべっている自由はもちろんあるが、夜が明けるまでに凍死しているだろう。

こうしてまるまる三十分もかかって、みずからこしらえた牢屋から彼は脱出する。起きあがることも、ジンメル氏の発明品を押しのけることもできないので、しまいには歯を食いしばって浴室のドアを反対向きに思い切り押し、それで蝶番が折れて開いたのだ。

これで恥さらしの危機は去った。電話まで床を這っていき、マリアナの番号にかけると、子ども

の声が応える。「お母さんに代わって」そう言いながら歯の根もあわない。少し間があったのち、

「マリアナ、ちょっと事故があった。無事は無事なんだが、いますぐ来られるか？」

「どんな事故ですか？」

「ころんだんだ。背中をどうかしてしまったらしい。動けない」

「行きます」

ベッドから寝具を引きずりおろし、それで身体をくるんで丸くなるが、ちっとも温まらない。手足だけでなく、頭皮や鼻の頭だけでなく、まさに腹や心臓まで寒くて仕方ない。けいれんが襲ってきて、そうするうちに身体が硬直して震えることもできなくなる。何度もあくびをしているうちに、あくびで頭がぼうっとしてくる。〝古き血よ、冷たき血よ〟。そんな文句が頭のなかで響く。〝血管に温もりが足りぬ〟。

寒い小部屋で足首から逆さに吊るされ、凍てつく屍に囲まれている自分の幻が浮かぶ。〝火ではなく、氷にあぶられて〟（大元は米詩人ロバート・フロストの詩「炎と氷」か）。

うとうととしかけたところで、不意にマリアナが屈みこんでくる。凍えた口元をなんとか笑みの形にし、なんとか言葉をしぼりだす。「背中が」しゃがれた声が出る。「気をつけて」ありがたいことに、経緯の説明などする必要もない。浴室の惨状と、冷たいシャワーがジャージャー出続けているのを見れば、明らかに違いない。

お茶の葉はもう残りがなかったが、マリアナはコーヒーを淹れ、薬を一錠、彼の唇に差し入れ、飲むのを手伝ってから、びっくりするような力で、床から身体ごと抱きあげてベッドにのせる。

「怖かったですね？」と、話しかけてくる。「もうシャワーは独りではやめるのがいいです」

彼はおとなしくうなずいて目を閉じる。この有能な女性であり無敵の介護士に世話を焼かれているると、氷が内側から融けていくのを感じる。骨も折れておらず、ミセス・パッツに叱られることもなく、コステロに嗤われることもなく、いまここにあるのは、なにを措《お》いても助けに駆けつけてくれた、心癒される天使の存在である。

片脚を失って老いていくこの男には、きっと今後もさらなる不運や転倒があり、助けを呼んで恥をさらすこともまたあるだろう。しかしいまの瞬間、彼が必要としているのは、そんな暗澹とした憂鬱な見通しではなく、この柔らかで心慰められる、際立って女らしい存在なのだ。〝さあさあ、おちついて。もう済んだことですよ〟。そんな言葉を聞きたいのだ。それから、〝眠るまで横にいてあげますからね〟といった言葉。

だから、マリアナが立ちあがってきびきびとコートを着こみ、鍵を手にとったときには、そうと子どもじみた寂しさを感じる。「もう少し長くいられないのかい？」そう尋ねてみる。「泊まっていけないのかな？」

マリアナはベッドサイドの椅子にふたたび腰をおろす。「喫《す》っていいですか？　いっぺんだけ？」と、煙草に火をつけて喫い、煙が彼にかからないように吐きだす。「話があるです、レマンさん。取り決めしましょう。わたしになにを望んでますか？　決められた仕事をやってほしい、前みたいに介護してほしいですか？　だったらそういうことは口にしないでください。つまり、その――」と、煙草を持った手をふり、「わかりますよね」

「きみに対する感情を口にするなと」

「あなたはいま、つらい時でしょう。片脚をなくしたりいろいろあって、それはわかります。レマンさんにも感情がある、男の感情がある、それもわかります、それはいいです」

背中の痛みは引きつつあるようだが、まだ起きあがるのは無理だった。「ああ、わたしにも感情はある」仕方なく、ぺたりと仰向けになったままそう答える。

「感情があるし、ものも言う、それは自然なことだし、かまわない。でも――」

「〝危なっかしい〟と言いたいんだろう。きみの好みからすると、わたしは不安定すぎる。きみの言う感情というもののなすがままになっている。心の内をあからさまに話しすぎる。ものを言いすぎる」

「ナスガママ。感情のナスガママってなんですか？」

「まあ、いい。きみの言いたいことはわかるつもりだ。わたしは交通事故にあい、心底動揺している。気分の浮き沈みが激しく、もはや自分でコントロールできない。その結果、目の前にあらわれた最初の女性、同情してくれた最初の女性に執着することになる。つまり彼女に――こういう表現は申し訳ないが――恋をする。彼女の子どもたちにも、違った意味で恋をする。子どもをもたないできたのに、急に自分の子がほしくなる。というわけで、目下、わたしたち、きみとわたしの間では軋轢《あつれき》が起きている。もとはといえば、マギル・ロードで九死に一生を得たあの事故までさかのぼれる。わたしはあの事故ですっかり気が動転し、いまでも後先考えず、感情を吐露してしまう。きみが言いたいのは、こういうことじゃないのか？」

マリアナは肩をすくめただけで、反駁しない。煙草をたっぷりと吸って吐きだしながら、彼がもっとしゃべるのを妨げない。喫煙という行為にどういう官能的な悦びがあるか、彼には初めてわかった。

「いいや、それはきみの思い違いだ、マリアナ。そんな話では全くない。わたしは血迷ってなどいないぞ。たしかに不安定かもしれないが、不安定だからって常軌を逸するわけでもあるまい。われわれはみな、もっと不安定であるべきだ。最近わたしはそう思い直しているよ。気のひとつも動転することが、もっとあっていい。眦《まなじり》決して鏡を覗いてみるべきだよ、そこに映るものに嫌気がさすとしても。時間による荒廃ぶりを言っているんじゃない。ガラスのむこうに閉じこめられた生き物のことを言っているんだ、その視線をわれわれはいつも慎重に避けているだろう。〝おのれの身を思わば、自分とともに食べ、ともに夜を過ごし、わたしに代わって『わたし』と言うこの生き物を見よ！〟わたしを不安定と感じるなら、マリアナ、それはたんに事故のせいではない。『わたし』だという他人がときどき鏡を通じてあらわれて、わたしのなかで話しだすからだ。わたしを通して。今夜も。今も。愛を語ったりする」

彼はそこでしゃべり止む。なんと立て板に水のごとく！　まったく自分らしくもない！　マリアナは驚いているに違いない。実際、たったいまも、鏡のむこうから話しかけ、声をのっとる（とはいえ、どの鏡だ？）他人とやらがいるのか？　それとも、目下の熱弁はさっきの事故——頭をぶつけ、背中を痛め、切断した脚が疼き、冷たいシャワーを浴びたことなどなど——の余波で、また不安定の発作が、胆汁や嘔吐物みたいに喉元にせりあがってきたにすぎないのか？　それどころか、たんにマリアナに投与された薬の副作用かもしれない（一体どんな薬だったんだ？）し、コーヒーの作用ということだってあるではないか？　コーヒーなど飲むんじゃなかった。夜はコーヒーを飲みつけていないのだ。

愛を語る。眼鏡をかけていないのではっきり分からないが、マリアナの顔が下のほうから赤らんできたようだ。マリアナは自制してほしいようなことを言っているが、そんなものはナンセンス、本気のはずがない。折にふれ自分に滔々と注がれる愛の言葉を——その出所は多少怪しくても——ほしがらない女がどこにいるだろう？　マリアナは顔を赤らめている。わけは単純、彼女もまた危なっかしいということだ。さて、その結果？　次はどうなる？　〝そう、その結果、一貫して意味が通ることになるじゃないか！〟パッと見、でたらめのようでも、背後には神の理論が働いているのだ！　ウェイン・ブライトがどこからともなく現れて、彼の片脚をめちゃくちゃにする。その結果、彼は何か月か後、シャワー中に倒れ、その結果、この場面が出現しうる。ベッドで寝たきりに近いような六十の男が、いちいち震えながら、介護士に哲学だの愛だのを滔々と語ることに相成る。すると、それに応えて女のなかで血が騒ぎだす！

　胸躍らせて手をのばし（痛みなど知ったことか、だれが構うか、そんなもん！）、大きくて（よく見れば）ずいぶんみっともない鉛色の自分の手を、マリアナの小さくて、温かで、指が先細りになった——トゥールーズの祖母によれば、これは好き者のしるしだとか——手の上に重ねる。

　いっとき、マリアナは手を置かれたままになっている。しかしすぐ手を引き抜くと、煙草をもみ消し、立ちあがって、またコートのボタンをかけはじめる。

「マリアナ」彼は呼びかける。「わたしはなにも求めない。いまも、これからも」

「そう？」マリアナは首をかしげ、いぶかしげな顔をする。「なにも求めない？　わたしが男性のことなにも知らないと思うですか？　男はいつでも求める。おれはこうしたい、こうしたい、こうしたい。わたしは自分の仕事をしたい。それがわたしの求めること。わたしのオーストラリアでの仕事は介護士だから」

そう言っていったん黙りこむ。これまでマリアナが彼に向かって、こんな勢いで、こんな（彼に対するものと思《おぼ》しき）怒りもあらわに、まくしたてたことはなかった。

「あなたは電話してくる。電話するのはいいです。電話するなと言わない。緊急のとき、電話してかまわない。でも、こういうのは」——と、手をふって示しながら——「こういうシャワーのことは緊急じゃないです。緊急で治療しなくていい。あなたはお風呂でころぶと、友だちに電話する。『怖いから、来てくれ』あなたが言ってるのはそういうことです」マリアナは新しい煙草を引きだしたが、気が変わったらしく、箱にもどす。「エリザベスに。エリザベスに電話しなさい。それとも他の女性の友だち、わたしにはだれだかわからないけど。『怖いから、手を握りにきてくれ。べつに緊急の治療は必要ないけど、ただ手を握りにきてほしいんだ』って」

「怖かっただけじゃない。怪我をしているんだ。動けない。見れば分かるだろう」

「けいれんですよ。ただのけいれん。そのための薬、置いていきます。背中のけいれんなんて緊急事態じゃないです」そこで間をおく。「それとも、レマンさんがもっと求めるなら、手を握るだけじゃなくて、本物の関係とか求めるなら、お見合いクラブに入ればいいです。心がさみしいなら」

マリアナはひとつ息を吸い、もの思う目で彼を見る。「介護士がどんなものか自分だってわかっているとと思ってるでしょう、レマンさん？　わたしは毎日、年取った女性や男性を介護して、身体を拭いたり、汚れをきれいにしたり、言うまでもないけど、シーツを替えたり、服を着替えさせたりしてます。ひっきりなしにこういう声を聞いてます。〝これをしろ、あれをしろ、これを持ってこい、あれを持ってこい、気分がよくない、薬を持ってこい、水を一杯くれ、お茶をくれ、毛布をくれ、毛布をどけろ、窓を開けろ、窓を閉めろ、こんなのは好きじゃない、あんなのは好きじゃない……〟。へとへとに疲れきって家に帰る。電話が鳴る。いつでもです、朝も晩も。〝緊急事態なんだ、来てくれないか……〟」

少し前には顔を赤らめていたのに。今度は彼のほうが赤面する番だった。〝緊急事態なんだ、来てくれないか……〟。もちろん、介護のプロから見れば、こんなものは緊急事態に入らないのだろう。ノース・アデレード、コニストン・テラスの空調のきいたフラットで、凍え死ぬ人間はいない。ヨキッチ家の番号を押しながらも、そんなことはわかっていた。それでも、とにかく電話したのだ。来てくれ、助けてくれ！　そうすることでサウス・オーストラリアじゅうに呼びかけていた。

「きみのことを最初に思いついたんだ」彼は言う。「きみの名前が最初に浮かんできた。きみの名前と顔が。どうでもいいことだと思うかね、一番目であることなど？」

マリアナは肩をすくめる。ふたりの間に沈黙が流れる。言うまでもなく、大きな言葉だ。こんな言葉を投げつけられたら、重くてたまらないだろう。〝一番目〟。しかし彼を立ち止まらせたのはその言葉ではなかった。〝きみの名前が。きみの名前が最初に浮かんできた。きみがきた《ユー・ケイム・トゥ・ミー》〟。とくに考えもせずに、それこそ浮かんできた言葉。人は不安定だとこんなふうになるものなのか？　言葉がただ浮かんでくるのか。

「わたしは常々」と、彼は先をつづける。「看護の仕事というのは天職なのだと思っていた。だから他の職業とは違う。だから勤務時間が長く給料が安く、感謝もされず、きみがさっき挙げたような屈辱的な目にあいながらも、致仕方ないのだろうと思っていた。きみたちは天の声に従っているのだと。看護婦は呼ばれたら、それが本物の看護婦であれば、疑問など差し挟まず患者のもとにおもむくものだ。たとい、緊急事態でなくても。たとい、それがただの心痛でも、きみが怯えと呼ぶ人の心の痛みであっても」これまでマリアナに説教したことはなかったが、今夜ばかりは、説教モードで真実が姿を見せることになるかもしれない。「たとい、それがただの愛であってもだ」愛。大きな言葉の最たるもの。それでも、その言葉でマリアナを殴らせよ。

マリアナは今回は瞬きもせず、ブローを正面から受ける。コートのボタンはいまやぜんぶ掛けられていた。上から下までぜんぶ。

「ただの愛でもね」彼は皮肉をこめてくりかえす。

「もう帰る時間です」マリアナは言う。「マノ・パラまで車でかなりかかります。それじゃ」

また襲ってきた震えの発作を、彼はやっとのことで抑えこむ。「待ってくれ、マリアナ」と、引き留める。「あと五分。いや、三分でいい。頼む。なにか一杯飲んで、気持ちを鎮めて、ふだんどおりにしようじゃないか。このままじゃ、恥ずかしくて二度ときみに電話できなくなりそうだ。いいだろう?」

「わかりました。三分だけ。でもわたしは飲みません、車だから。あなたもお酒はだめです。アルコールと薬をいっしょに飲むのよくない」

マリアナは硬い態度のまま、どうにかまた椅子に座る。三分のうちの一分が過ぎる。

「具体的に旦那さんはどこまで知ってるんだ?」彼はだしぬけに尋ねる。

マリアナは立ちあがり、「もう行きます」と言う。

落ちこんで後悔しきり、身体は痛むわ、不愉快だわで、横になっても夜っぴて眠れない。マリアナが置いていくと言っていた薬は、どこにも見当たらない。

夜明けが訪れる。トイレに行きたくなり、恐る恐るベッドをにじりおりようとする。足が床に着く前にふたたび痛みが襲い、そこで動けなくなる。

背中が痛むぐらい緊急ではないとマリアナは言う。まさにこの種のみじめな事態を避けるために雇っているはずなのに。おのれの膀胱を制御できないことは緊急事態に入るだろうか？　いいや、明らかに入らない。それは人生の一部、老いることの一部にすぎない。彼は無残にも降伏し、床に小便をもらす。

こうした格好でいるところに、ドラーゴが――学校にいるはずの時間だが、自己都合で行っていないらしい――「にもつ」の袋をとりにきて、彼を発見する。ベッドから半分身体を出した状態でからまった寝具に脚をとられ、立ち往生して凍えている彼を。

もはやマリアナになにも隠し事をしないのは、彼女の前ではすでにこれ以上ないほど落ちぶれた姿を見せてきているからだ。しかしドラーゴが相手となると、話は違う。かくしてこれまでのところ、ドラーゴの前では醜態をさらさないよう万全の努力をしてきた。ところが、いまはどうだ、尿まみれのパジャマを着た無力な老人が、いやらしい桃色をした脚の切り残しを引きずり、その先からはぐっしょり濡れた包帯がはずれかけている有様。こんなに寒くなければ、真っ赤になっているところだ。

ところが、ドラーゴときたらびくともしていない！　これは一族の血統みたいなものなのだろうか、生身の身体に対するこの事もなげな態度は？　昨日、母親が彼をさっさとベッドに抱えあげたように、今日はドラーゴが彼をベッドから助けだす。彼が言い訳をし、おのれの無力さを詫びようとすると、シッと制してきたのもドラーゴである。「心配いらないっすよ、レマンさん、リラックスして。すぐにちゃんとしてあげるから」そう言うや、ベッドからシーツを引きはがして、マットレスを裏返し、（なにせまだ子どもなので、少々手際はわるかったが）洗ってあるシーツをかけ直す。洗濯したパジャマの上下を探してきて、節度をもって目をそらしながら辛抱づよく着替えを手伝ってくれたのもドラーゴである。

「ありがとう、ドラーゴ、きみは大したもんだ」ひととおり済んだ後、彼は礼を言う。言いたいことはもっとあった。胸中はこんな言葉であふれていたのだから。〝きみのお母さんはわたしを見棄てたんだよ。コステロ女史も年中「ケア」についてべらべらくっちゃべっているくせに、ケアが必要な場には居合わせないよう気をつけて《テイク・ケア》しているらしくてね、彼女にも見棄てられた。だれもかれもに見棄てられ、存在しない実の息子にも見棄てられたところで、きみが来てくれたんだ、きみが！〟しかし実際にはなにも言わずにおいた。

涙腺がゆるんでくる。老人の涙だ、なにかというと出るのだから大したものではないが、おたがい気まずくなるので、両手で隠す。

ドラーゴは電話をしにいって、もどってくる。「おふくろが痛み止めを買ってこいって。ここに薬の名前、書いてきた。何錠か置いて帰るつもりだったらしいけど、忘れたんだって。薬局まで行ってくるけど、あの……」

「お金なら財布に入ってる。デスクの抽斗の中だ」

「どうも。どこかにモップってあります？」

「キッチンのドアの後ろにある。でも……」

「なんてことないって、レマンさん。すぐに済むから」

その魔法の薬とは、ただのイブプロフェンと判明した。「おふくろが言うには、四時間ごとに一錠飲むんだって。でもその前になにか食べなきゃ。キッチンからなんか取ってきます？」

「リンゴかバナナがあれば頼む。ドラーゴ？」

「はい？」

「わたしはもう大丈夫だ。居てもらわなくていい。いろいろとありがとう」

「ぜんぜんいっすよ」

その後に、こう言ってもらいたいものだ。〝ぜんぜんいっすよ。レマンさんだって、おれに同じことをしてくれるだろうから〟。たしかに、するとも！　なにか災難がドラーゴに降りかかろうものなら、見知らぬ向こう見ずな人間がバイクに乗るドラーゴをはねようものなら、彼、ポール・レマンは最大限の力を尽くし、財布の底をはたいてでも、彼を救おうとするだろう。愛する子どもの面倒の見方とやらを、ひとつ世間に教えてやろうじゃないか。自分なら彼の父になり、母になり、あらゆるものになってみせよう。日がな一日、ひと晩じゅうでも、ベッドサイドで看病しよう。もしできることなら！

ドアロでドラーゴはふりむいて手を振り、小娘たちが気絶しそうな天使の微笑みを一瞬投げてよこす。「そんじゃ！」

# 第二十七章

背中の怪我は、マリアナが言っていたとおり、たいしたことがない。午後も半ばになるころには、用心しいしい動きまわれるようになり、自分で着替えて、自分でサンドイッチを作ることもできる。昨晩は死の扉口にいるような気がしたが、今日はまたそこそこ元気になっている。バンコクの工場で、これをちょっと、あれを少々、それからまた別な何かを少量入れて混ぜ、丸めて錠剤にすると、さて、これで痛みの化け物が小さくなっていくんだから、嘘のようだ。

そんなわけで、エリザベス・コステロが次にあらわれたとき、彼はごく簡潔で平然とした事務的な事後報告をしてのけることができた。「シャワーの途中で足を滑らせて、背中をひねってしまったんだ。マリアナに電話するととんで来て、世話をしてくれた。いまでは、もうなんともない」不実なヨハン・アウグストのことも、震えながら泣いたことも、洗濯かごに入っているパジャマのことも、話に出さない。「ドラーゴが今朝、ようすを見に寄ってくれた。いい子だよ。あの歳とは思えないほど大人びてる」

「それで、もう大丈夫ってことね」

「ああ」

「あなたの写真も？　写真コレクションのことだけど？」

「どういう意味だ？」

「あなたの写真コレクションも大丈夫？」

「だと思うが。そうでない訳がどこにある？」

「確かめたほうがいいんじゃない」

実際、写真プリントのどれかが紛失しているわけではなかった。なにも失くなってなどいない。ところがフォシェリの一枚はなんだか妙な感じがあり、ビニールのスリーブから出して光にかざしたとたん、見るからにおかしいとわかる。彼が手にしているのは、コピーだ。オリジナルのセピアカラーを真似た茶の色調で、半光沢の写真用紙にパソコンのプリンターで印刷したのだ。厚紙の台紙がオリジナルより新しく、わずかに厚い。この余分な厚みのせいで真っ先に偽物だとわかるが、それ以外はなかなかよく出来ていた。コステロに促されなければ、気づかなかったかもしれない。

「なぜこのことを知ってた？」と、コステロにつめよる。

「ドラーゴと友だちがなにか企んでいたのを、わたしがどうして知ったか？　知らなかったわよ。ただ、怪しいなと思っただけ」と、コピーをかざして見る。「この金掘り人のひとりが、アイルランド、ケリー州出のコステロ家のひい祖父ちゃんだとしても不思議はないわね。それに、ちょっと見てよ——この男」コステロは第二列にいる男を、爪の先でつつく。「この人、ミロスラヴ・ヨキッチに生き写しじゃない！」

彼はコステロの手から写真をひったくる。ミロスラヴ・ヨキッチ。たしかにあの男が帽子をかぶり開襟シャツを着て、得意げに口ひげをはやし、過ぎし日の、厳めしい顔をしたコーンウォール人やアイルランド人鉱夫たちと肩を並べて立っている。

なによりも感じたのは、冒瀆ということである。不敬で生意気なふたりの若者に笑いものにされた死者たち。あいつら、デジタル技術だかなんだかを使ったのだろう。彼の昔ながらの暗室では、ここまで真に迫ったモンタージュは決して作れない。

コステロ女のほうへ向きなおり、「オリジナルはどうなった？」と問いただす。「どうなったか知ってるのか？」思わず口調が荒くなってしまったが、かまうものか。彼はコピーを床にたたきつける。「あのバカ野郎が！　オリジナルはどうしたんだ？」

エリザベス・コステロはびっくりして目を瞠ってみせる。「わたしに訊かないでちょうだいよ、ポール。あの子を自宅に招きいれて、大切な写真コレクションを自由に見る許可をしたのは、わたしじゃないんだから。息子を通して母親に言い寄ろうとしたのは、わたしじゃないのよ」

「だったら、どうしてこの……この狼藉を知っていたんだ？」

「だから知ってたわけじゃないって、さっき言ったでしょう。ただ、怪しいと思っただけ」

「しかしどうして怪しんだんだ？　なにを隠しているんだ？」

「おちついてちょうだいよ、ポール。考えてもみて。ここにドラーゴと友だちのショーンという、ふたりの健康なるオーストラリア人の若造がいる。暇な時間をどう使おうか？　バイクを飛ばすのでもなく、サッカーをするのでもなく、サーフィンをするのでもなく、女の子にキスするのでもない。いいえ、そんなことより、あなたの書斎に何時間も閉じこもるのよ。それで、エロ本に夢中になる？　違うわね。だって、わたしの見込み違いでないかぎり、あなたって、いやらしい本はおかしなぐらい持ってないでしょ。だったら、あの若者たちの目を奪うものは写真コレクション以外にある？　なにしろあなたによれば、国に寄贈しなきゃならないほど貴重なコレクションなんでしょ」

「しかしこんなことをする動機はなんなんだ。なぜこんな面倒な偽装をする必要がある？」と言いながら、松葉杖の先をコピーの上にのせ、絨毯にぐりぐりと押しつけてやる。「なぜこんな偽物を作る？」

「そこは、頼られても困るわね。自分で答えを出してもらわないと。でも、心にとめておいて。彼らは元気のありあまった若者で、身体のほうはそわそわしてるし、頭のなかはあらぬ企みやら欲望やらが唸っているのに、そのはけ口もない退屈な街に暮らしている。わたしたちのまわりの時間はどんどん加速しているのよ、ポール。女の子たちは十歳で子どもを産んでる。男の子は——わたしたちが半生を費やして身につけた技術を、半時間でものにする。ものにしたと思ったらもう飽きて、また別なものに手を出す。ドラーゴと友だちも面白半分だったんでしょう。州立図書館に、お偉い老紳士老淑女のお仲間が暑さに扇子をぱたぱたしながら集うなか、どこかのつまらない大物だかなんだかが、レマン寄贈コレクションのヴェールをとると——やあやあ！　コレクションのメインの写真の真ん中にいるこの人こそだれあろう、クロアチア出身のヨキッチ一族のひとり！　まあ、ビリー・バンター（チャールズ・ハミルトンのコミックに出てくる太ったキャラクター）が〝重罪的ジョーク〟なんて呼ぶような悪ふざけね。要は、それだけのことなのよ。少なからぬ時間をかけ、どこかの専門家のお知恵も拝借したに違いない、手がこんでるわりに味気ないジョーク。

　オリジナルの、あなたの大切なフォシェリの写真のことだけど、行方はわからないわね。もしかしたら、いまもドラーゴのベッドの下にあるかもしれない。彼とショーンがディーラーに売っぱらったかもしれない。でも、安心して。あなたは笑いものにされたと感じるかもしれないし、そのとおりだと思う。とはいえ、いたずらの裏に悪意はないのよ。愛情もないかもしれないけど、悪意もない。たんなるジョーク。考えなしの、若気のいたりのジョークというやつね」

愛情もないけど、か。そんなに明白なのか、だれが見てもわかるぐらいに？　胸のここにある心臓が鼓動をやめてしまいそうなぐらい急にどっと疲れた。また涙がこみあげてきたが、力ない涙であり、ただ体液が浸みだしたにすぎない。

「要は、そういう連中だってことか」彼は低くつぶやく。「あいつら、ジプシーか？　他にわたしのなにを盗んだんだ、このクロアチア人ジプシーどもは？」

「〝くさい〟物言いはやめてったら、ポール。クロアチア人はクロアチア人でしょうよ。そんなこと、あなたはわかっているはずでしょ。ひと握りの善きクロアチア人がいて、ひと握りの悪しきクロアチア人がいて、その中間が何百万人といる。ヨキッチ一家はとくべつに悪いクロアチア人でもないわ。ただ、ちょっと無神経で、ちょっと気性が荒いだけ。ドラーゴだってそうよ。ドラーゴが不良じゃないのは、あなたもわかってるわね。言っときますけど、あなた自身が彼に話したのよ――わたしが思うに、偉そうにね――この写真は自分のものではなく、自分は国の歴史のためにこれらを保管しているにすぎないって。それをいうなら、ドラーゴだってその歴史の一部でしょう、お忘れなく。ヨキッチ家の一員を、たとえばお祖父ちゃんを、まあ、いささか時期尚早だけど、国の記憶に挟んだからって、どんないけないことがあると、ドラーゴは思うかしら？　ほんのおふざけよ。その結果どんなことになるかなんて、よくよく考えもしなかったのかもしれない。だけどね、無軌道な若者のどれほどが、自分たちの行動の結果を『よくよく考える』と思う？」

「ヨキッチの祖父さんだって？」

「ええ、ミロスラヴの父親よ。ミロスラヴ本人が写っていると思ったんじゃないでしょうね？ でも、がっかりしないで、すべてが失われたわけじゃない。実際、運がよければ、なにひとつ失くすこともないんだし。十中八九は、あなたの愛するフォシェリがまだドラーゴの手にある。すぐに返却されなければ、警察に通報すると言いなさい」

彼は首を横にふる。「いいや。気が動転して写真を焼いてしまうかもしれないぞ」

「だったら、彼の母親にかけあってみるのね。マリアナに。先方はばつの悪い思いをするでしょう。長男を守るためなら、きっとなんでもするわよ」

「なんでもというと？」

「責任をぜんぶ引っかぶるでしょう。なんといっても、一家のなかで絵画の修復家といったら、彼女なんだから」

「それで、どうなる？」

「さあ。その後どうなるかは、あなたしだいでしょ。乗りこんでいってひと騒ぎしたければ、すればいい。いやなら、やめとけばいい」

「騒ぎ立てる気はない。真実を知りたいだけだ。これがだれの発案なのか、ドラーゴか、そのなんといったかな、ショーンか、マリアナか？」

「それはまた、ずいぶん控えめな真実の囲い込みですこと。もっと踏みこんで聞きたくないの？」

「いや、それ以上は聞きたくない」

「どうして自分が獲物に選ばれたのか、どうしてカモにされたのか、知りたくないの？」

「知りたくないね」

「まあ、お気の毒。ブローが当たらないうちに、もう縮みあがっているじゃない。でも、たぶんブローなんて飛んでこないわよ。マリアナはあなたの前で平身低頭するでしょう。〃わがあやまち《ミア・カルパ》です。わたくしをいかようにもなさってください〃とかなんとかね。実際、彼女のところへ怒鳴りこまないことには、信じられないでしょうけど。まだ納得してもらえないかしら？　だって、そうでなければあなたになにが残る？　ジプシーたちに担がれたというつまらないストーリーだけ。潑溂たるジプシーの女性とハンサムなジプシーの若者にね。それじゃぜんぜん話の目玉にならないのよ、光るものがない」

「いいや。断固おことわりだ。怒鳴りこんだり脅したりなど、とんでもない。いいか、エリザベス、こんなふうに小突き回されたり、あんたの頭のなかにあるそんないかれた物語の先棒を担ぐのは、うんざりなんだよ、わかってくれないか！　あんたの求めているものはわかる。マリアナを――あの語はなんだったか？――そう、〃食い物〃にしてほしいんだろう。やがてそれが旦那にばれて、わたしは撃ち殺されるかぶちのめされるかする。わたしに演じさせたい〃話の目玉〃というのは、この手のことだろう？　セックス、嫉妬、暴力、世にも下卑た類の行動」

「馬鹿なことは言わないでよ、ポール。人をぶちのめしたり撃ち殺したりしても、いま問題になってるような危機は解決しないわよ、本質はモラルの問題なんだから。さすがのあなたでも、それぐらいは認識してるでしょ。でも、わたしの提案が気に障ったなら、撤回する。ドラーゴにも、彼の母親にも、話はもっていかない。話して説得できないものを、無理強いできるわけありませんからね。大切な写真をなくしてしまっていいなら、そうなさいよ」

　マリアナに掛けあえと、コステロ女は言う。しかし彼女になにを言えるだろう？　〝もしもしマリアナ、元気かね？　先日の晩は妙なことを言ってしまって、すまない。シャワーで転んだ晩のことだよ。まったくどういうことだろうな。頭がどうかしていたんだ。ところで、わたしの写真コレクションの一枚が紛失してるんだ。ちょっとドラーゴに声をかけて、間違って荷物に入れてしまってないかリュックを確認してもらうことはできないかな？〟

　なによりも、責めるのはご法度だろう。もし糾弾すれば、ヨキッチ家に拒まれ――いまは彼も一家のなかに患者であり雇い主という位置を弱々しいながら占めているが――それもおしまいになる。

　マリアナに電話するより、また手紙を書くべきではないか。今回は情緒不安定はしっかり抑えこみ、言葉遣いにも最大の注意をはらい、彼女に対する、ドラーゴに対する、そして紛失した写真に関するおのれの状況を、冷静に分別をもって説明する。けど、手紙なんて今日び、だれが書くだろう？　だれが読むだろう？　最初の手紙だって、マリアナは読んだのか？　そもそも受けとっただろうか？　それらしき素振りも見せないが。

　ある記憶がよみがえる。子ども時代に訪れたパリ。ラファイエット百貨店。書類を入れて蓋をしたカルトゥーシュ（カートリッジ）が、エアシューターでこっちの売り場からあっちの売り場へ飛ばされるのを眺めている。シューターのハッチが開くと、気送管のお腹からシューッと低く空気が漏れたのを思いだす。いまや消えてしまった伝達システム。合理化で存在しなくなった世界。あんなにあった銀のカルトゥーシュはぜんぶどうなったんだろう？　溶かされて、銃器の薬莢や誘導ミサイルにでもなったのかもしれない。

しかしクロアチア人が相手だと、話が違う。旧世界に属する故国では、カナダやブラジルやオーストラリアなど、遠く離れた家族に手紙を書き、切手を貼って郵便ポストに投函する伯母さんやお祖母ちゃんたちがいるだろう。イヴァンカが暗誦大会でクラス賞をとりましたとか、まだら牛が仔どもを産みましたとか、元気ですか、こんどはいつごろ会えそうですか？　などと。だったら、手紙が来たってヨキッチ一家もそう変には思わないかもしれない。

ミロスラヴさんへと、彼は書きだす。

わたしはあなたの家庭を壊そうとしたのだから、黙って口を閉じ、なににせよ神の見舞う罰を受け入れるべきだと感じていることでしょう。しかし黙るわけにはいかない。わたしの私物である貴重な写真が姿を消し、それを取り返したいからです。（付け足すと、これはドラーゴが売ろうにも売れないでしょう。写真の市場ではあまりに有名な一枚だから）

なんの話かわからなければ、息子さん、奥さんに訊いていただきたい。

しかし今日は、その件で手紙をしたためているのではない。提案をするためです。

あなたはわたしが奥さんに下心があるのではないかと疑っている。それはある意味、図星です。でもどんな下心であるかは、早とちりしないでもらいたい。

わたしが差しだそうとしているのは、お金だけではない。ある無形のもの、人のもつ無形資産も差しだしたい。主に愛情ということです。あなたではなくマリアナと話した時のことですが、わたしは教父《ゴッドファザー》という語を使った。いや、実際には口にしておらず、思っただけかもしれない。わたしの提案というのは、以下のようなものです。無期限で相当額の貸付をし、ドラーゴと、もしかしたら他のお子さんたちの教育費を出す代わりに、あなたがたの団らんの場《ハース》に、家《ホーム》に、あなたがたの心と家のなかに、教父のいる場所を見つけてもらえないだろうか？

カトリックのクロアチアで、教父制度があるのかどうか、わたしにはわからない。あるかもしれないし、ないかもしれない。参考に読んだ本には書かれていなかった。しかしこの概念はあなたもよく知っておられるだろう。教父というのは、洗礼盤の前に実父とならんで立ったり、子どもの頭のあたりでうろうろしたり、子どもに祝福の言葉をかけたり、一生涯の力添えを誓ったりする男のことです。洗礼式における司教は神の子キリストすなわち中保者の化身であり、父親はもちろん父なる神であり、となると教父は聖霊の化身である。少なくとも、わたしはそう理解しています。実体のない、怒りも欲望も超えた、霊的な存在。

あなたは街からいくらか離れたマノ・パラに住んでおられる。わたしの今の身体状況では、こちらからお宅に伺うのは現実問題、たやすいことではない。それでも、方針としてはお宅の家庭の扉をわたしに開いてくれますか？　わたしは見返りになにも求めない。形のあるものはなにも。求めても、まあ、裏口の鍵ぐらいのものでしょう。奥さんや子どもさんたちを、あなたから取りあげようなどという気はさらさらない。あなたがたのそばをうろついて、（ぶっちゃけた話）あなたがどこかで忙しくしている時には、心からの祝福をご家族に注ぎたいと思うだけなのです。

わたしがお宅の家庭のなかにどんな立場を望んでいるか、ドラーゴはいままでは難なく理解しているはずです。下の娘さんたちの場合はもう少しむずかしいでしょう。彼女たちには当面なにも話さないという選択をするなら、それもわたしは理解します。

この手紙を読みはじめた時には、こんな提案をされるとはきっと思ってもみなかったでしょう。

わたしのフラットでの出来事（写真コレクションから写真がなくなったことなど）について知り合いに話したところ、警察に通報したほうがいいだろうとのこと。しかしわたしはそんなことはこれっぽっちも考えていない。いうなれば、この不愉快な事件のおかげで生まれた突破口を利用してペンを走らせ、自分の気持ちを伝えているだけなのです（おまけに、今日びの人間はいったいどれだけ手紙を書く機会があるでしょうか？）。

あなた自身、手紙というものをどう感じているかわかりませんが、生まれた国が古い伝統をもち、ある意味ではよりよい世界であることを考えると、ペンをとって返信することに違和感はお持ちでないかもしれない。いや、やはり手紙は慣れないということであれば、いつでも電話をくださいい（8332 1445）。それとも、マリアナに伝言を託すか、ドラーゴに託してもかまわない。（ドラーゴに背を向けるつもりはないということです。とんでもないと、彼に伝えてください）。あるいは、ブランカでもいい。最後は決まって沈黙。沈黙には意味がつまっている。

さあ、この書簡に封をして切手を貼り、考え直したりしないうちに最寄りのポストまで遠征してこよう。以前は幾度となく逡巡し、考え直してばかりいましたが、もう再考なんぞくそくらえだ。

心を深くこめて

ポール・レマン

# 第二十八章

「医者に診てもらったほうがいいと思わないか？」彼はコステロ女に言う。

彼女は首を横に振る。「なんでもないわよ、ちょっと寒気がするだけ。じきにおさまるから」

ただの寒気のようにはとても見えない。咳が出ているし、しかも痰のからんだ咳で、なんだか肺の奥深くに積もり積もった粘液をいちどきにひと塊吐きだそうとしている感じなのだ。

「ブッシュでもらってきたんだろう」彼が言うと、コステロはなんだかわからないという顔で見返してくる。

「公園のブッシュに寝泊まりしていると言わなかったか？」

「ああ。そうよ」

「わたしなら、ユーカリ油をお薦めするな」彼は言う。「お湯を沸かした鍋に、ティースプーン一杯のユーカリ油をたらす。その蒸気を吸いこむんだ。気管支の不調には効果てきめんだ」

「ユーカリ油ですって！」コステロは言う。「このごろじゃあ、とんと聞かないわね。最近は吸入器を使うのよ。鞄にひとつ入ってる。まるで役に立たないけど。以前はフライアーズ・バルサム

（ベンゾインチンキ。鎮静作用がある）を常備していたけど、どこの店も置かなくなっちゃって」

「田舎の店でなら買えるさ。アデレードなら売ってる」

「あらそう。われらがアメリカの友に言わせれば、〝やっぱね《ザット・フィギュアーズ》〟ってところ」

なんなら、ユーカリ油を買ってきてやってもいい。鍋にお湯を沸かし、あまつさえ、薬のキャビネットを漁ってフライアーズ・バルサムを探しもするだろう。コステロが頼みさえすれば。しかし彼女は頼んでこない。

　ふたりは一本のワインを挟んで、バルコニーの席に座っている。すでに暗く、強い風が吹いている。もしコステロの具合が本当にわるいなら、屋内にいたほうがいいだろうに。しかし彼女はこのフラットへの嫌悪を隠そうともしないし――昨日などはここを〝あなたのバイエルン的斎場〟などと呼びさえした――こっちはコステロの世話人じゃない。

「ドラーゴはなにも言ってこないの？　ヨキッチ家からの連絡は？」と、訊いてくる。

「なにもないね。手紙は書いたんだが、まだ投函していない」

「手紙ですって！　また手紙なの！　なんなのよ、郵便チェスでもしてるわけ？　あなたの言葉がマリアナに届くまでに二日、マリアナから返事が来るまでに二日。解決策が見つかる前に、みんな退屈で死んじゃうわよ。書簡小説の時代じゃないんですからね、ポール。マリアナに会いにいきなさいよ！　面と向かって話すのよ！　しかるべき騒ぎを起こしなさい。足を踏み鳴らして（あ、もちろん比喩よ）！　怒鳴って！　『こんな扱いを受けるつもりはないぞ！』なんて言ってやりなさい。だって、ふつうの人たちはそうするでしょ、マリアナやミロスラヴのような人たちならそうするわよ。人生は外交文書のやりとりで出来てるんじゃない。それどころか《オ・コントレール》、人生はドラマなのよ。

人生は行動。行動と情熱！　フランスの生まれなんだもの、そんなことわかってるはずよね。品よくいきたいというならそれもいいわよ、品がいいのは悪いことじゃないし、でもそのために情熱を犠牲にしないこと。フランスの演劇を考えてごらんなさい。たとえば、ラシーヌを。ラシーヌ以上にフランス人的な人はいないわね。ラシーヌの戯曲は、片隅で背を丸めてああだこうだと企図をめぐらし計算ばかりしている人たちを描くんじゃない。ラシーヌが描くのは、対決よ、相手にむかって長広舌を浴びせる」

　この女、熱に浮かされているのか？　この激昂ぶりはどうしたことだ？

「いまどきフライアーズ・バルサムの出る幕があるなら」と、彼は応じる。「昔ながらの手紙だってあってもいいだろう。少なくとも、書いた手紙が不適当だと感じたら、破り捨てて一から書きなおすこともできるんだ。言葉だとそうはいかない。感情の昂ぶりのままに喋ったことは、取消しがきかないんだ。あんたがたは書き直しのできるありがたみをよく知っているだろう」

「わたしの話になるの？」

「そうさ。最初に頭に浮かんだことを書き殴って、そのまま出版社に送ったりするわけないだろう。まずは原稿を寝かせて再考する。手も入れるだろう。ものを書くというのは、推敲、すなわち再考することではないか。再考、再々考、さらに考えを重ねていくことではないのか？」

「ええ、ごもっとも。書くというのはそういうこと。いうなれば、再考のn乗、はてしない再考よ。けどね、再考についてわたしに説教するって、あなた何様のつもり？　だいたいね、カメみたいな自分のキャラクターにあわせて、再考の訪れをおとなしく待っていれば、家政婦に愛の告白をするなんて愚かしくも取り返しのつかないことをせずにいれば、こんな面倒なことにはなっていないのよ。あなたもわたしも。あなたはこのすてきなフラットに快適に配置されて、黒いサングラスのレディの訪問を待っていればよかった。わたしはメルボルンに帰ることができた。けど、そう望んでも時すでに遅し。こうなったら、黒馬にしっかりつかまって、どこに連れていかれるか見ているしかない」

「おい、わたしのどこがカメなんだ？」

「だって、あたりの空気を延々と嗅いでから、ようやく頭を突きだすのがあなたでしょ。なにをするにも、そんな大層な手間がかかる。なにもウサギになれと言ってるんじゃないのよ、ポール。ただ、自分の心のなかを覗いてみて、そのカメ的キャラクターなりに、カメなりの情熱の範囲で、マリアナへの求愛をスピードアップする方策が見つからないか探ってみてと、お願いしているだけなの――今後も彼女に求愛する気があるならの話だけど。

あのね、ポール、地球は情熱でまわっているのよ。字が読めるんだから、そんなことわかってるでしょ。情熱なしには、世界はいまだ虚空であり形をもたないであろう。ドン・キホーテを考えてみてよ。『ドン・キホーテ』という作品は、ラマンチャの退屈さを嘆きながら揺り椅子に座っている男の話じゃない。洗面器を頭にひっかぶり、忠実なる老耕馬にはい登って、偉業をなしとげるべく、やにわに飛びだしていく男の話よ。エマ・ルオー、のちのマダム・ボヴァリーは、いきなり出かけていって、支払いの算段もつかないのに高価な服を買ってしまう女よ。〝わたしたちは一度きりしか生きられない〟。アロンソ・キハーナ（キホーテの本名）も、エマも言ってるわ。だったら、試しにやってみようじゃないか！　やってみなさいよ、ポール。さあ、どんなことになるか」

「要は、あんたの小説のネタになることが起きるんじゃないかってことだろう」

「というより、だれかが、どこかで、あなたのことを本にするかもしれない。だれかがあなたのことを本にしたいと思うかもしれない。だれかよ、だれでもありうるわ、わたしだけの話じゃなくてね。ねえ、書物に書かれるに値する人になるかもしれないのよ。アロンソやエマと並んで。メジャーになるのよ、ポール。ヒーローのように生きる。古典文学が教えてくれることは、それでしょ。主役になれ。そうでなければ、人生になんの意味がある？

　さあ、さあ。なにか行動に出て。なんでもいいから。わたしを驚かせてちょうだい。あなたの人生が毎日変わり映えしなくて、世界が狭くて、日ごとにつまらなくなっていると思うなら、それは、このバカたれなフラットから滅多に出かけないからかもしれない。そう思ったことはないわけ？考えてもみて。西インドのマハーラーシュトラ州のジャングルのどこかに、いまこの時もトラがその琥珀色の目をあけているでしょう。でも、トラはあなたのことなんかまるで考えてないのよ！あなたのことも、コニストン・テラスに住むだれのことも、これ以上ないってぐらいトラは気にしてない。星空のもと散歩に出かけたのは、いつが最後？　たしかにあなたは片脚をなくした、歩き回るのも楽しくはないでしょう。でも、ある年令を過ぎれば、わたしたちはみんな多かれ少なかれ、片脚をなくすようなものだと思う。失われたあなたの片脚は、なにかの兆候《サイン》だか象徴《シンボル》だか症候《シンプトン》だか——ええと、どの語がどの意味だったか覚えられないんだけど——まあ、そういうものにすぎないのよ、年老いていくということ、年老いて面白みをなくしていくということの、ね。だったら、なにを嘆くことがあるの？

　ちょっと、お聴きなさい。

吾は在る　しかし何者であるか　だれも気にかけず　知りもしない
友たちは　忘れ去ったかのように　見向きもしない
吾は　おのれの哀しみを　自分独りで味わい尽くす

この詩を知ってる？　イギリスの詩人ジョン・クレアよ。気をつけて、ポール。でないと、ジョン・クレアみたいになって、おのれの哀しみを自分独りで味わうことになるわよ。だって、ご承知でしょうけど、いずれだれも気にかけてくれなくなるから」

コステロ女が相手だと、どこからが真面目な話で、どこからがおちょくられているのか、さっぱりわからない。イングランド人、つまりアングロ‐オーストラリア人は対処のしようもあるのだが、いつも手こずるのはアイルランド人、オーストラリアに住むアイルランド系の人々なのだ。たしかに自分とマリアナ、つまり片脚を切断した男と活発なバルカン女の話を喜劇に仕立てたがる者はいるかもしれない。とはいえ、どれほど彼をコケにする喜劇を書こうと、いまコステロが構想中らしきものには敵うまい。そこが対処のしようがないところであり、アイルランド人気質と呼ぶものなのだ。

「そろそろ中に入ったほうがいい」彼は言う。

「まだ平気よ。おお、星空よ……その先はなんだったかしら？」

「知るかね」

「おお、星空よ、おお、なんとか、かんとか。まったく、どういうことだと思う、あなたみたいにちっとも好奇心もなければ、冒険心もない男に、わたしがくっついているなんてねえ？　説明できる？　ところで、元をたどれば英語の問題にいきつくんじゃないの？　母語でない言葉で行動するのに、あなたがいまひとつ自信をもてないということに。

ほら、フランス時代の話を改めて聞いてからずっと、じつは耳をそばだてて聴いていたの。そうね、あなたの言うとおり、あなたはふつうに英語を話すし、たぶん英語で考えてもいるし、夢まで英語で見るんでしょう。それでも、本当に自分の言葉とはいえない。なんならこう言いましょうか。英語はあなたにとって、偽装、あるいは仮面、カメの甲羅の一部だって。あなたが話すのを聞いていると、いうなればいつも持ち歩いている〝言葉の箱〟から次々と言葉を選びだして、きちんと並べていくのがわかるのよ。本当のネイティヴ・スピーカーは、それを母語とする者はそういう話し方はしない」

「だったら、ネイティヴはどんな話し方をするんだ？」

「心で話すのよ。言葉は内側から自然と湧いてきて、その人はただ歌う、言葉にあわせて囀《さえず》るのよ、言ってみれば」

「なるほどな。フランスへ帰れってことか？　『鐘がなる』でも歌ってろと？」

「からかわないでちょうだい、ポール。フランスへ帰れなんてひと言もいってないじゃない。フランスとはもう長年、没交渉なんでしょう。あなたは外人のような英語を話す、と言っているだけよ」

「外人のような英語を話すのは、わたしが外人だからだ。わたしは生まれながらの外人であり、これまでの半生ずっと外人だった。だから詫びる理由も見つからない。外人がいなければ、ネイティヴもいないことになる」

「生まれながらの外人ですって？　まさか、そんなことないわ。稟性《ひんせい》のせいにするのはおよしなさいよ。まあ、ちょっと発育不全の気味はあるけど、あなたはまったくもって気立てがいい。でも、話を聞けば聞くほど、あなたの性格を解くカギはそのしゃべりかたにあるとはっきりしてきたわ。本みたいにしゃべるのよね。むかしむかしあなたはお行儀のいい青ざめた少年であり――目に浮かぶようだわ――本の内容を真に受けすぎるきらいがあった。いまもそのままだけど」

「いまもどのままだというんだ？　血色が悪いってことか？　お行儀がいいってことか？　それとも発育不全か？」

「ほら、男の子って自分がなにかおかしなこと言ってないか、絶えず気にするでしょ。では、提案をさせてちょうだい、ポール。このフラットを閉めて、アデレードに別れを告げてはどう。アデレードはおよそ墓場みたいなところだものね。ここにはあなたが楽しめる生活はもはやない。カールトンに引っ越してわたしのとこで暮らしなさい。英語のレッスンもしてあげられる。どうすれば心で話せるか、教えてあげるわよ。一日に二時間、週に六日。七日めはお休み。あなたの食事も作ってあげられるしね。マリアナみたいなプロには及ばないけど、人に出せるていどの料理ではありますす。それで夕食後、気が向いたら、また秘蔵の思い出話を聞かせてくれればいいわ。それをわたしはのちのち、ご自分の話だと気づかないぐらいスピードアップした面白い形で、語りなおしてあげましょう。その他には？　品のないお愉しみはなしよ――そう聞いておけば安心でしょ。聖なる天使みたいに清らかに、わたしたちは暮らす。それ以外の点では、わたしが面倒みてあげるわ。その代わり、わたしの面倒もみられるようになっておいて。約束の日が訪れたら、わたしの瞼を閉じ、鼻の孔に綿をつめて、わたしのために短い祈りを捧げるのは、あなたよ。逆に、もしわたしが後に遺されたら、同じことをする。どう思う？」

「結婚のように聞こえるが」

「そうね、ある種の結婚かしら。友愛結婚。ポールとエリザベス。エリザベスとポール。旅の道づれ。あるいはカールトンでは気乗りがしないようなら、キャンピングカーを買って、あちこち観光しながらオーストラリア大陸を旅するのもいいわね。フランスへの飛行機に飛び乗ってもいい。そういうのはいかが？　ラファイエット百貨店とか、タラスコンとか、ピレネー山脈とか、むかしのお気に入りの場所を案内してくれないかしら。選択肢はいくらでもあるわ。さあ、どう思う？」

相手はアイルランド人であるにせよ、真摯な、半ば真摯な問いかけに聞こえた。こちらが答える番だ。

彼は立ちあがり、テーブルに手をついて身体を支えながらコステロを正面から見る。今回ばかりは、歌うように話せるだろうか？　目を閉じ、心を空っぽにして、言葉が出てくるのを待つ。

「なぜわたしなんだ、エリザベス？」言葉が出てくる、「この世にあまたの人間がいるなかで、なぜよりにもよってわたしを選ぶんだ？」

またもや言い古されたいつもの言葉、期待はずれのおなじみの歌になった。その先にどうしても進めないのだ。心のなかにどんな歌がつまっていようと、この問いへの答えが得られないことには。

エリザベス・コステロは黙ったままだ。

「わたしなんかカスだよ、エリザベス。卑金属だ。金にもならない。あんたにとってなんの使い道もない、いや、だれにとってもなんの価値もない人間だ。あまりに青白く、あまりに冷たく、あまりに臆病だ。どうしてわたしを選んだ？　わたしなんぞがなにがしか利用できると踏んだのはなぜなんだ？　どうしてわたしにくっついている？　なにか言え！」

　コステロは話しだす。

「あなたはわたしのために作られたからよ、ポール。わたしがあなたのために作られたようにね。当面はこの説明でいいかしら。それとも、もっとプレナ・ヴォーチェで、大声《フル・ヴォイス》で語ってほしい？」

「ああ、思い切りフル・ヴォイスで語ってくれ、わたしみたいなトンマでも理解できるようにな」

　コステロは咳払いをする。「つまり、わたしのためだけにポール・レマンは生まれてきたのよ。わたしが彼のために生まれてきたように。彼の力は率いる力、わたしの力はついていく力。彼の力は行動する力、わたしの力は書く力。もっと聞く？」

「いや、もう充分だ。では、率直に尋ねさせてもらうが、コステロさん、あんたは実在しているのか？」

「わたしが実在しているかって？　わたしは食べて寝て、苦しみもすればトイレにも行く。風邪もひく。もちろん実在しているわよ。あなたと同じぐらい本物よ」

「頼むから、いっぺんぐらい真面目になってくれ。質問に答えてほしいんだ。わたしは生きているのか、それとも死んでいるのか？　わたしが把握できていない何事かが、マギル・ロードであったのか？」

「それで、あんたはあの世であなたを出迎える担当の幽霊じゃないのか——あなたが訊きたいのはそういうこと？　いいえ、安心して、哀れな二本足の獣よ（シェイクスピア『リア王』第三幕第四場より）、ここにいるのがわたし、あなたとなにも変わらない人間。来る日も来る日もなんだか知らないけど、紙に次から次へと殴り書きをして生身のお婆さんよ。

もし統《す》べる霊なるものがいるとすれば――個人的にいるとは思わないけど――鞭を持って監視している相手は、あなたではなくわたしでしょうね。〝だらけるんじゃない、青二才のエリザベス・コステロめ！〟そう言って、ピシっと鞭をくれる。〝とっとと仕事を進めろ！〟いいえ、そんなことにはならないわ、これはごくふつうのお話よ。ほんとにごくふつうの、高さ・幅・奥行のある、ただの三次元のお話で、ふつうの生活と変わりないし、わたしがあなたにしている提案もごくふつうのものでしょ。いっしょにメルボルンへ行きましょう。カールトンにあるすてきな古い邸宅なの。気に入ると思うわ、豪邸がたくさんある界隈よ。ヨキッチ夫人のことなんか忘れなさいよ、これっぽっちも脈がないんだから。それより、わたしと組んでみなさいって。あなたのベスト・コピーヌ（ガールフレンド）になるわよ、最晩年のコピーヌにね。おたがい歯があるうちは、パンを分かちあいましょう。さあ、どう？」

「いつも持ち歩いてる『言葉の箱』から、それとも心から、一体なにを言えばいいんだ？」

「ああ、いい質問ね。なんて覚えが早いんでしょ！　今度ばかりは心から答えなさいよ、ポール！」

コステロが話すあいだ、ずっとその口元を見ていた。彼の癖なのだ。話している相手の目を見るのがふつうだろうが、彼は口元を見る。〝品のないお愉しみはなしよ〟と、コステロは言った。しかしこうしている今も、あの口に、干からびたばかりか萎びた唇と、その上にうっすら生えた柔毛に口づけたらどうだろう、などと想像してしまう。友愛結婚にはキスは含まれているか？　彼はそっと目を伏せる。もっと嗜みに欠ける男だったら、身震いしているところだろう。

そしてその所作をコステロは見てとる。べつに神のような存在でなくともわかる。「子どものころ、お母さんにキスされるのが嫌いだったでしょう」と、低い声で言う。「どう、当たった？　首をすくめておでこにキスはさせるけど、それ以上はなし？　オランダ人の義父にいたっては、なにもさせなかった？　子どものころから小さな大人になりたかったのね。自律した小さな大人に。だれにも頼らず、自力でやっていく人間に。あなたはふたりに、お母さんとその新しい夫に、むかむかしてた？――ふたりの息がかかり、臭いがし、いい子いい子、ナデナデされたときに。たとえばマリアナ・ヨキッチみたいな女性が、身体的なものに嫌悪をもった男を愛せると思える？」

「わたしは身体的なものを嫌ったりしてないが」彼は冷たく言い返す。さらに、こう付け足そうとしたが、やめておいた。〃わたしが嫌うのは醜いものだ〃。「マギル・ロードの事故以来、日々、身体的な枷に押しこめられるばかりで、他にどんな生活があると思う？　それでもわたしがいまも自分で自分の始末をつけないのは、いまだに生きているのは、身体的なものを信じている証しだ」

そうして言い立てながらも、コステロ女がどういう意味で「言葉の箱」と言ったのか明らかになってきた。〃ジブンデ、ジブンノ、シマツヲツケル〃か。〃なんとわざとらしい言葉だ。なんと心のこもらない言葉だ！　コステロに乗せられてした数々の告白とおなじじゃないか！〃そう思うと同時にこう考えてもいる。〃あの午後、あと五分あれば、もしリューバが小さな番犬みたいにうろついてこなければ、マリアナはわたしにキスしたはずなんだ。いまにもしそうだった。そうとも、肌で感じたんだ。きっと屈みこんで、そっとそっとわたしの肩に口づけていたろう。それで、なにもかもがうまくいった。わたしは彼女を抱き寄せ、そうするだけで、たがいに寄り添って横になり、ぴったりと身体をあわせ、腕に抱きあい、息と息が交じるぐらいふれあう感覚をふたりとも知ることができたろう。故郷《ホーム・カントリー》のような安らぎを〟。

「ねえ、認めてもらえないかしら、ポール」コステロ女はまだしゃべっている。「わたし、玄関口に現れた日から現在まで、きわめてよくユーモアを保ってきたでしょ？　悪態のひとつもつかず、意地悪なことも言わず、さかんにジョークをとばし、アイルランド流のお世辞で膨らませて。ちょっと訊かせてもらうけど、わたしが根っからこういう人間だと思ってるの？」

彼は口を開かない。べつなことを考えている。エリザベス・コステロが根っからどんな人間だろうと知ったことか。

「根は怒りっぽい婆さんなのよ、ポール。すぐに陰険な怒りに駆られてしまう。それどころか、ちょっと腹黒くもある。あなたにとってこれだけ軽い重荷でいられるのは、感じよくふるまおうと心に決めたからにすぎない。そりゃ奮闘したわよ、嘘じゃない。カッとしないよう自制したことがどれだけあったか。あなたのことにしても、わたしが口にしたことが、自分の最悪の部分だと思う？　だれかカメ並みにのろいとか、間違いにうるさいとか。その先がまだまだあるんだから、ほんとよ。だれかがあなたの最悪の部分を知ったとする。とんでもなく人を傷つけるような最悪の部分よ。それを知ったうえで持ちださず、それどころか胸にしまってあなたにニコニコしながら、ささやかなジョークをとばすとしたら、これをなんと呼ぶ？　こういうのを愛情というのよ。こんな人生の終わりも終わりになって、世界の他のどこに愛情を見いだせると思うのよ、この醜いお爺さん？　ええ、わたしだってその『醜い』って言葉には慣れてるわ。『醜い』のはおたがいさまよ、ポール。年寄りで醜くて。この世界中の美をできるだけ抱えこんでいたがる——。決して衰えることがないのよ、人の願望というのは。ところが、いまや世界中の美のほうがわれわれ年寄りなんてだれもお呼びでない。そういうわけで、年寄りは若いころより少ないもので、ずっとずっと乏しいものでやっていくはめになる。それどころか、出されたものはなんでも食べるようでなくちゃ、飢えてしまう。だったら、親切な教母さんがこのわびしい生活環境や、なんの希望もなく、痛ましく、実現不可能な夢からすいっと連れだしてくれるというなら、断るには慎重になるべきでしょうね。

再考する時間を一日あげるわ、ポール。二十四時間よ。それでも申し出を拒んで、いまのノロマなコースに固執するというなら、目のもの見せてあげるわよ。どれだけあしざまに言われることか」

腕時計を見ると、三時十五分だった。夜明けまでにはまだ三時間もある。三時間もどうやって時間をつぶせというのか？

リビングルームには明かりがついている。エリザベス・コステロは自分でくっつけたテーブルいっぱいに書類を散らかし、その上で頭を抱えこむようにして眠っている。

どうしたいかといえば、この女のことは厳に放っておきたい。ここで起こしたりして、さらなる毒舌に身をさらすなんてまっぴらごめんだ。あの毒舌にはうんざりしている。古代ローマの円形闘技場で、どっちを向いたらいいかわからず右往左往している老いぼれグマみたいな気分だ。身体中に無数の傷をおいながら。

それでも。

それでも彼はコステロの頭をそうっと持ちあげ、その下にクッションを滑りこませてやる。

これがおとぎ話なら、醜い老婆が美しい王女に変身する瞬間だろう。しかしおとぎ話でないのは明らかだ。初対面で小当たり的な握手をして以来、エリザベス・コステロとはまるで身体の接触がなかった。その髪の毛は生気を欠き、こしがない。その髪の毛の下には頭蓋骨があるわけだが、その内部でどんな活動がおこなわれているか、できれば知りたくないものだ。

もし対象が子どもであれば——たとえばリューバだったら、あるいは、ハンサムで、思い出すだに胸張り裂けそうな食わせ者のドラーゴだったら、この行為は「やさしい」と形容されるだろう。しかしこの女が相手の場合、「やさしい」とは呼びがたい。たんに、ある老人が具合の悪いべつの老人にしてやりそうなことである。「人道的」ということだ。

他のだれもがそうであるように、おそらくエリザベス・コステロも愛されたいのだ。そして、だれもがそうであるように、この終末期におよんで、まだなにか見つからないものがあるという感覚に付きまとわれている。見つからないものがなんであるにせよ、コステロが彼のなかに探しているのは、そのなにかなのか？ もしかしてこれが、幾度となく繰り返してきた彼の問いへの答えなのか？ だとすれば、なんたる馬鹿げたことか。彼自身が生まれてこのかた、ずっと自分を見つけられずにいるのに、そんな人間がどうしてコステロのミッシング・ピースでありえよう？ 〝船外《マン・オーバ》転落《ーボード》！（船から人が落ちた際のアナウンス）〟 異邦の海岸沖の荒波に消ゆ。

どこか遠い地に、いつか図書館の本で読んだコステロの二人の子がいる。本人が語ろうとしないのは、たぶん彼らに愛されていない、あるいは充分に愛されていないからだろう。おおかた彼と同様、エリザベス・コステロの毒舌に嫌気がさしてしまったのだ。無理もない。あんなのが母親だったら、自分だって距離をおくと思う。

メルボルンのがらんとした家にひとりぼっちで晩期に入り、愛情に飢えながら、よその州に住む隠退した肖像写真家――赤の他人だが、彼も彼なりに手痛い思いをしており、やはり愛情を求めている――そんな男の他、憩う相手もいない。コステロのいまの状況に、人間としての、人間らしい説明がつくとしたら、そんなことに違いない。ミツバチがある花にとまり、スズメバチがある虫を襲うように、ほぼ無作為に彼に目をつけたのだ。とんでもなく不明瞭で入り組んだ道すじなものだから、探索する気にもなれないほどだが、ともかく彼女の愛されたいという欲求と、創作活動すなわちこの卓上に散らかった紙類が、どういうわけか繋がるわけである。

　コステロが書いているものに目を向ける。太い字で、〝（ＥＣが思うに）オーストラリア人作家とは――なんという宿命か！　その男の血管にはどんなものが流れているのか？〟その言葉の下には、雑に横線が引かれている。その後には、〝食後、ふたりはカードゲームをする。ゲームを使ってふたりの違いを浮き彫りに。ブランカが勝つ。狭くはあるが強力な知性。ドラーゴはカードは得意ではない。不注意にすぎ、自信過剰のため。リラックスして微笑みながら、息子を誇りに感じているマリアナ。ＰＲはゲームを利用してブランカと仲良くなろうとするが、彼女は退いてしまう。冷たい却下〟。

　食事の後、カードゲーム。ＰＲとブランカ。彼らは紆余曲折の末、ひとつの家族となるのだろうか。血管に氷水が流れているような男と、血気盛んなヨキッチ一家が？　コステロはあのめまぐるしく動く頭で、他にどんなことを企んでいるのか？

　書き手は眠りつづけ、その作中人物は気を紛らすものを探してうろうろする。なんていうのはジョークだが、しかし現実問題、それを笑ってくれる相手がだれもいないわけで。

　書き手の忙しい頭はいま、枕の上で休息中。耳をそばだてれば、その胸のあたりから、空気を吸って吐くゴロゴロいう音が聞こえてくるだろう。彼はランプのスイッチを切る。なんだか、早めに寝ついて夜中に目が覚めてしまう、そんなことが多いようだ。コステロのほうは遅くまで物語を紡いで宵っ張りをしがちのよう。こんなふたりがどうして家庭など築けるだろう？

# 第二十九章

「一報もせずに訪ねるのは遠慮したいな」彼は言う。「断りもなく訪ねてこられるのは好まないし、自分でもしないのが流儀だ」

「そう言わないで」と、エリザベス・コステロ。「一度ぐらい流儀に反したっていいじゃない。手紙を書くよりはるかに自然だし、はるかに愛想がある。でなければ、あなたの表象的花嫁さんと、どうやってシェ・エル、あちらのホーム・グラウンドで会おうというわけ?」

彼は幼少のころを振り返る。あれはバララットにいたころ、電話が普及する前の時代、日曜日の午後になると、オランダ男の青いルノーのヴァンに四人で乗りこみ、事前の断りもなく知人を訪ねにいったものだ。あのなんとも退屈な時間! 多少なりとも楽しみを伴う思い出といえば、義父の園芸仲間アンドレア・ミッティガの小さな自作農地を訪ねたことぐらいだ。巨大な給水タンクの裏手にあるクモの巣のはった狭苦しいスペースで、彼は初めてプリニー・ミッティガを相手に、男と女が相たがえる領域へと息をこらして探索に踏み出したのだった。

「来週の日曜日もまた来てね、約束よ」プリニー・ミッティガは一家が帰る段になると、決まってそうささやいた。すでにラズベリー・ジュースを飲み、アーモンド・ケーキを食べた四人は、それからまたヴァンに乗りこみ、ミッティガ家の菜園でとれたトマトやプラムやオレンジで重たくなった車で、ウィラマンダ・アヴェニューへと帰っていく。プリニーの言葉に、毎度、肩をすくめるしかなかった。「さあね」無表情にそう答えないとまずいのだが、内心は彼女とのレッスンの続きをやりたくてうずうずしていた。

「ポーリーとプリニーったら、またお医者さんごっこしてたわよ」ヴァンの後部に俄《にわ》かごしらえしたシートに座った姉が、報告する。

「してないだろ！」彼はそれを打ち消して、姉を脇に抱えこむ。

「子どもたち《アレ・レザンファン》、静かになさい《ソワィエ・サージュ》！」母がいさめてくる。オランダ男は背を丸めてハンドルを握り、ミッティガ家の敷地内の凸凹をよけるのに忙しく、話など聞いていない。

オランダ男は四速のまま最低スピードで運転した。オランダで身につけた運転セオリーだった。登り坂にさしかかると、ヴァンのエンジンはぶるぶるいって息もたえだえになった。後続車がずらりとつながって、クラクションを鳴らしてきた。しかしクラクションぐらいで堪《こた》えるオランダ男ではない。「いつだって急かされる《トウジュール・プレッセ・プレッセ》！」と、オランダ人らしい軋み声で言ったものだ。「いかれたやつらめ《イル・ソン・フー》！　ガソリンの無駄遣いだ《イル・ギャスピーユ・ドウ・レサンス》、以上《セ・トウ》！）」自分のエサンスはだれのためにもギャスピエすまいぞ、と。かくしてバッテリーを節約するため、一家の車は暮れゆくなかをライトも点けずにのろのろと進んでいくのだった。

「あーあ《ウ・ラ・ラー》、みなさんガソリンの無駄遣い《イル・ギャスピーユ・ドゥ・レサンス》！」彼と姉は、腐ったダリアの球根が臭うヴァンの後部でささやきあった。粗野なオランダ人風に子音を軋らせて発音し、鼻を鳴らして笑いながらその鼻息を飲みこむようにする。そうする間にも、ホールデンとかシボレーとかステュードベイカーなどのまともな車たちは加速して追い越していく。「くそ《メルド》、くそ《メルド》、くそーっ《メルド》！」

その時分には、オランダ男はショートパンツを穿くようになっていた。生粋のオーストラリア人のなかで、オランダ男がだぶだぶの短パン姿で、なまっちろい脚をむきだしにして、踝丈のチェックの靴下なんか履いている姿ほど、気恥ずかしいものはない。うちの母さんはなんだってあんな男と結婚したんだろう？　暗い寝室であの男にあんなことをさせたんだろうか？　オランダ男がやつの一物で母さんにそんなことをしている図を想像すると、姉弟は屈辱と怒りではち切れそうになった。

バララットでルノーのヴァンに乗っているのはオランダ男だけだった。どこかのオランダ人から中古で買ったのだ。〝ルノー《ルノー》、この車のほうが経済的だ《ロート・ラ・プリュ・ゼコノミーク》〟と、評するのだったが、ヴァンは年がら年中どこか故障して、いつも修理工場に預けられ、あの部品だのこの部品だのがメルボルンから届くのを待っていた。

ここアデレードにはルノーのヴァンなど走っていない。プリニー・ミッティガもいない。お医者さんごっこもなし。現実があるばかりだ。古き時代を偲び、最後の〝不意の訪問〟をすべきなのだろうか？　ヨキッチ家の面々はそれにどう応じるだろう？　突然の来訪者の鼻先でドアをぴしゃりと閉めるか、それとも、広い意味でいえばミッティガ家と同じ消え去った（または消え去りつつある）旧世界から来た彼らは、訪問者たちを歓迎し、お茶とケーキをふるまって、帰りにはおみやげをどっさり持たせてくれるだろうか？

「まさに探検旅行ね」エリザベス・コステロは言う。「マノ・パラ暗黒大陸へ。きっと自分の殻から出ていく経験になるわ」

「あんたとマノ・パラへ行くとしても、それは自分の殻から出るのが目的じゃないぞ」彼は言い返す。「わたしはべつに逃げなくちゃならんものなど抱えていないからな」

「それから、旅連れのお招きありがとう」と、エリザベス・コステロはお構いなしでつづける。

「独り旅のほうがいいなんて思わないわよね？」

いつだって能天気なやつだ、と彼は思う。こうきっぱりと能天気な相手と暮らすのは、疲れるにちがいない。

「あんた抜きで行こうだなんて夢にも思わんよ」と、彼は答える。


ずいぶんむかしだが、ゴーラーへの道すがらマノ・パラを自転車で抜けていったことがある。当時は、ガソリンスタンドのまわりにほんの数件の家が点在し、裏手に丸裸の低木林があるばかりの土地だった。いまや、見わたすかぎり新興住宅地がつづいている。

セヴン・ナラピンガ・クローズ。これがマリアナとの契約書に書かれた住所だった。ふたりがタクシーを降りたのは、コロニアル・スタイルの家の前で、緑の芝生に囲まれて、四角く小さい簡素な日本式庭園がある。黒大理石の面を水がちょろちょろと流れ落ち、灯心草がはえ、灰色の玉石が敷きつめられている。〝ものすごくリアル！〟エリザベス・コステロが車から降りながら、感極まった声を出す。〝いかにも本物っぽい！　あ、手を貸しましょうか？〟

運転手が松葉杖を手わたしてくる。タクシー料金は彼が払う。

ドアは手を入れられるぐらい開いている。ふたりを訝しげにじろじろ見つめてくる娘がいる。顔は血色がわるく、無表情で、片方の鼻の孔に銀のピアスをしている。これがブランカだな、と彼は思う。一家の真ん中の子であり、万引き犯であり、彼の加護をいやがっている娘。姉も妹のように美人だったらと半ば願っていた。しかし、現実は違った。

「やあ」彼は声をかける。「ポール・レマンだ。こちらはミセス・コステロ。お母さんにお会いしたいのだが」

娘は一言《いちごん》もなく、姿を消す。ふたりは玄関口の上り段でいつまでも待たされる。なにも起こらないままだ。

「入ってみたらどうかしら」エリザベス・コステロがしびれを切らして言う。

中に入っていくと、そこは白の革で統一されたリビングルームで、片側にある大型テレビのスクリーンと、反対側の壁にかけた巨大な抽象画——白地にオレンジとライムグリーンと黄色が渦を巻いている——が目立っている。頭上でファンがまわっていた。民族衣装を着た人形やら、アドリア海に沈む夕日の絵やら、郷愁を誘うようなものは一切ない。

「すごくリアルだわ！」エリザベス・コステロがまた言う。「だれがこんな部屋を想像したでしょ！」

この〝リアル〟に関する発言はある意味、自分にむけられたものではないか。彼はそう感じる。きっとなにかのあてこすりなのだ。しかしなにを言いたいのかはわかりかねた。

ブランカとおぼしき娘がドアのむこうから顔を出す。「いま、来まーす」と、一本調子で言うと、また引っこむ。

マリアナはとくに身じまいもせずに現れた。ブルージーンズに、太いウエストを隠そうともしない白い木綿のシャツ。「今日は秘書といっしょですか」彼女は前置きもなく切りだす。「ご用件は？」

「いや、べつに直談判にきたわけじゃないんだ」彼は言う。「わたしたちの間にはちょっとした問題があるだろう。すっきりさせるには、穏やかに話しあうのがいいだろうと思ってね。エリザベスはわたしの秘書ではないし、これまでもそうだ。ただの友人だよ。今日は天気がいいのでついてきたんだ。ドライブでもしようかと思って」

「田舎道をドライブよ」エリザベスが言う。「ごきげんいかが、マリアナ？」

「ええ、良いです。では、座ってください。お茶はどうですか？」

「ぜひ一杯いただきたいわ、ポールのぶんもね。ポールが昔の習慣をなつかしむとしたら、友だちの家にふらりとお茶を招《よ》ばれにいくなんていうのは、まさにそれね」

「そうなんだ、エリザベスはわたし自身よりわたしのことをよく知ってるよ。口を開く必要もないぐらいだ」

「けっこうですね」マリアナが言う。「お茶いれます」

強い日差しに、ブラインドの羽根は斜めに薄く開いているだけだが、その隙間から、裏庭に立つ背の高いゴムの木が二本と、木の間に吊るされたからっぽのハンモックが見える。

「ライフスタイルってやつね」エリザベス・コステロが言う。「今日びはそう呼ぶんでしょ？　われらが友ヨキッチ家には、維持すべきライフスタイルがある」

「どうして嘲うのかわからんね」彼は言う。「マノ・パラでだってメルボルンと同様、人がライフスタイルをもつ権利がある。自分たちでライフスタイルを選べないなら、どうしてクロアチアを後にする理由があるだろう？」

「べつに嘲ってなんかいないわよ。それどころか、感心することしきり」

マリアナがお茶をいれてもどってくる。お茶だけでケーキはなし。

「で、どうして来ましたか？」と、尋ねてくる。

「ドラーゴと話せないかな？　ほんのちょっとでいい」

マリアナは首を横に振る。「いま家にいません」

「わかった、だったら」と、彼は言う。「提案をしたい。ドラーゴはいまもうちのフラットの鍵を持っている。火曜日の午前中、わたしは外出して、たぶん夕方近くまでもどらない。朝の九時までに出かけて、三時前には帰らないだろう。ドラーゴに伝えてくれないか。家にもどったときに、なにもかもが元通りになっていたらうれしい、とね」

長い沈黙がある。マリアナは青いビニールサンダルを履いている。青のサンダルに、紫に塗った足の爪。彼とマリアナ、元肖像写真家と元絵画修復家であっても、その美的センスはかけ離れているようだ。きっと他の諸々の点でもかけ離れているのだろう。たとえば、「自分のものと人のもの」に対する考え方だとか。ひとりの女性を夫のもとから奪おうと、彼は夢みてきた。〝きみの生活の面倒をみたいんだ。保護の翼をきみの頭上にまで広げてあげたい〟。現実に、マリアナと、敵意丸出しの娘ふたりと、食わせ物のドラーゴの面倒をみていくというのは、どんなことだろう？　どれだけもつことやら、彼も、彼の保護の翼とやらも。それはそうと……その一方で、マリアナのバストのなんと誇らかなこと、なんと見目のよいことか！

「その鍵のこと、わたしなにも知りません」マリアナは言う。「ドラーゴに鍵をわたしてるんですか?」

「いっしょに暮らしている間、玄関の鍵を渡してあったんだ。うちのフラットに居候していた間だよ。わたしの手元に鍵がひとつ、彼のところにもひとつある。だからドラーゴはフラットの物を持ちだせるし、元にもどすこともできるってわけさ。わたしが家にいようがいまいがね。手元の鍵を使えば。これ以上、どうはっきり言えばいいのかな」

テーブルの上に、オウムガイの形をしたクロームめっきのライターが置かれている。マリアナはそれで煙草に火をつける。「あなたも文句を言いにきましたか?」エリザベスにそう尋ねる。「あなたもうちの息子が泥棒したって?」

エリザベスが肩をすくめるさまは芝居がかっている。「どう考えたらいいかわからないわね、それだけはわかる」彼女は言う。「今日びの若者は、ほんとに誘惑が多いものねえ……でも『泥棒』って言葉は……大げさだし、重すぎるし、決定的な感じね。アメリカでは『窃盗《ラースニー》』という語を使うわよ。重窃盗、軽窃盗と、その間にあるいろんなレベルの盗み。わたしが思うに、ポールが考えているのは軽窃盗、すなわちコソ泥みたいなものでしょう。最も軽いもののひとつ。たんに拝借したと考えてもいいぐらいの軽罪。あなたが言いたいのはそういうことじゃなくて、ポール? ドラーゴか、まあ、それより彼の友だちのほうが怪しいようだけど、とにかくあなたの物をひとつふたつ借りていったので、できれば返してほしい、ということでしょう?」

彼はうなずく。

「それを言いに来たですか?」マリアナは言う。「前に電話もしないで、警察みたいにいきなりドアを叩いて。あの子、なにをとりました? なにをとったと言うですか?」

「写真を一枚、わたしのコレクションから。フォシェリの作品だ。オリジナルの代わりにコピーが置かれていた。しかもわざわざコピーに手を加えてどうしようと思ったのか、わからないが。それに、わたしたちは警察じゃないぞ。馬鹿ばかしい。警察がタクシーで乗りつけてくるかね」

マリアナはぞんざいに電話のほうを指す。もう帰れ、ということか？　まだお茶も飲み終わっていなかった。「オリジナルって？　そのオリジナル写真ってなんです？　カメラを人に向けて、カシャッと撮る。コピーができる。カメラってそういう働きでしょう。カメラはコピー機みたいなものです。だったらオリジナルってなんですか？　オリジナルがもうコピーでしょう。絵とは違うです」

「馬鹿なこと言うなよ、マリアナ。そういうのを詭弁というんだ。写真は実物とは違う。たしかに絵画とは異なるが、だからといって、どれもコピーというわけではない。一枚一枚が新たなものなんだ。新たな現実なんだ。この世に新しく生まれてきた、新しいオリジナルなんだよ。わたしは自分にとって価値のあるオリジナル写真をなくした。だから、返してほしい」

「わたし、馬鹿なこと言ってますか？　あなたが写真を撮る。あるいはその男、なんと言いますか、フォシェリですか、彼が写真を撮って、あなたがプリントする。一枚、二枚、三枚、四枚、五枚。このプリント、ぜんぶオリジナル。オリジナルが五回、十回、百回出てきても、コピーじゃないって？　一体なにが馬鹿なことですか？　あなたは急にやってきて、ドラーゴにオリジナルを探してこいと言う。なんのため？　死んだ後、オリジナル写真を図書館に寄付するためですか？　そうして有名になるため？　名高いレマンさんに？」と言って、エリザベス・コステロのほうを向く。

「レマンさんはうちにお金を出すって言います。知ってますか？　わたしが介護の仕事をやめられるようにしてくれるって。これからは新しい人生を送りなさいって。ドラーゴにも新しい学校を、キャンベラにあるお高い学校を勧めてくれたです。学費を払ってくれるって。なのに、こんどは息子が盗みをしたと言います」

「いまの話は正確じゃないな。確かにきみの面倒をみると言った。子どもたちも含めてね。しかし『新しい人生』など勧めていないぞ。そんなことを言うほど馬鹿じゃない。新しい人生なんてものは存在しないんだ。人生はひとりにひとつずつしかない」

「じゃ、どうしてドラーゴが盗んだと言います？」

「『盗む』という語を使った覚えはないが、もし使ったとしたら、無条件に撤回するよ。ドラーゴが、というより実際は彼の友だちのショーンじゃないかと思うが、とにかくわたしのコレクションから写真を一枚もちだして、つまり借りて、コピーをとり、さらになにやら手を加えた。どうやったのかは、正直言ってわたしにはわからない。こういう技術に関してはきみのほうが詳しいだろう。わたしはオリジナル写真をとりもどしたい。写真さえもどれば、穏便にすますし、なにもかもが元通りだ。またドラーゴには遊びにきてもらって構わないし、仲間たちもつれてきたっていい。なんなら泊まっていっても構わない。借りたまま返さない癖がつくのは良くないんじゃないか、マリアナ。成長期の少年にとって良いことじゃない。こんどのその学校、ウェリントン・カレッジでだって、そんなことは通用しないだろう」

「ウェリントンの話はおしまいです。ウェリントンに行かせるお金がうちにはないです」

「だから学費は出すと言ったろう。あの申し出はまだ有効だよ。なにも変更はない。ほかの費用についても払うつもりだ。お金は問題にしなくていい」

「お金が問題でないなら、なにをそんなに怒ってますか？　どうして押しかけてきますか？　日曜日なのに警察にみたいにドアをドンドン叩いてくる。ドンドン」

彼はむかしから言い合いというのが得意ではなかった。とくに女たちには遣りこめられる。元妻に関してはとみにそうであった。実際、こうして考えてみると、結婚生活が終わりを告げたのもそのあたりが原因なのだろう。そんなに多々言い合いをしたわけではないが、決まって彼の負けだった。ときにはこちらが言い負かしていたら、アンリエットとはまだ一緒にいたかもしれない。戦うこともできない男に縛られているなんて、どれだけ退屈なことか！

それは、マリアナが相手でも同じだった。もしかしたらマリアナは彼にもっとがんばってほしいのではないか。じつは、彼に遣りこめられるのを密かに望んでいるのではないか。ここで形勢逆転すれば、彼女を失わずにすむかもしれない。

「だれも怒ってなどいないさ。手紙を出そうと思っていたんだが、直接持っていったほうが早いと気づいた。ここに置いていくことにするよ」と言って、珈琲テーブルに手紙を置く。「メルに宛てたものだ。暇なときに読んでもらえればいい。それに――」エリザベス・コステロをちらっと見て、「古き時代のように、ふらりと寄ってお茶を招《よ》ばれながらお喋りするのもいいんじゃないかと、ふたりとも思ったわけさ。あれはなかなかいい習慣だった。社交的であり、なごやかであり。すたれてしまったのが残念だよ」

そんなふうに水を向けても、エリザベス・コステロは助け舟を出してこない。目を閉じて後ろに背をもたせ、ぼんやりしている。例のごとく睨みをきかせてくるリューバがそばにいないのが、せめてもの救いだ。

「突然ドアを叩いてくるのは警察だけです」マリアナは言う。「まず電話して、お茶を飲みにいくと言えば、警察みたいに脅かさないです」

「脅かしたかね、それはすまなかった。事前に電話すべきだったな」

「そのとおりね」エリザベスが上半身を起こして言う。「電話すべきだった。問題はそこよ。それはこちらの落ち度だわ」

しんと静かになる。勝負の決着がついたのか？　明らかに彼の負けだ。しかし堂々たる負けぶりを見せたから、再戦を望めるだろうか。それとも惨敗だろうか？

「タクシー、いりますか？」マリアナが言う。「タクシー、呼びますか？」

彼とコステロ女は顔を見あわせる。「ええ、お願い」エリザベス・コステロが答える。「そうでないと、ここにいるポールがまたなにか言いそうだから」

「ここにいるポールはもう言うことはない」彼は言う。「ポールは自分の持ち物を取り返そうと思ってやってきた。しかし現時点でポールはあきらめている」

マリアナは立ちあがると、横柄な態度で手招きをする。「来なさい！　ドラーゴがどんな泥棒か見たいなら、見せてあげます」

彼はソファから立ちあがろうとする。四苦八苦するさまを見ても、マリアナは手助けに出ようとしない。彼はエリザベス・コステロのほうをちらりと見る。「行ってらっしゃいよ。わたしはここに残って、次の幕が始まる前にひと息をついておくから」

彼は苦心しながら立ちあがる。すでにマリアナは階段をあがっている。その後を一段ずつ、手すりにすがりながら、ついていく。

〈立入禁止〉でかでかと書かれた紙がドアに貼られている。〈おまえのことだよ！〉

「ドラーゴの部屋です」と、マリアナは言って勢いよくドアを開ける。

部屋はブロンド色の松材で機能的にしつらえられている。ベッド、机、本棚、パソコンデスク。これ以上ないほど清潔で整理整頓されている。

「たいしたものだな」彼は言う。「片付いているじゃないか。驚いたよ。うちではこんなに片付けたことがなかった」

マリアナは肩をすくめる。「いつも言ってるんです。散らかしてもなにも言わないから、レマンさんが好きなんでしょう。でもうちでは散らかすの許しません、そういうのは要らない。あなたの家はここだからって。それに、海軍入りたいなら、潜水艦で暮らしたいなら、片付けられるようになりなさいって」

「その通りだな。潜水艦で暮らしたいなら、身ぎれいにしないと。ところで、それがドラーゴの望みなのかい？　潜水艦で暮らすのが？」

マリアナはふたたび肩をすくめる。「さあ、わかりません。まだ若いです、まだほんの子どもです」

彼に言わせれば——実際口にする気はないが——ドラーゴが部屋を整頓するなら、それはいつも肩越しに息をしている母親の存在があるからだろう。マリアナ・ヨキッチは本人がその気になれば、かなりの脅威をあたえる。先々まで背負っていくには、そうとう存在感のある人間だ。

ドラーゴのベッドが接する壁には、ポスターサイズに引き延ばされた写真が三枚、ピンで留められている。二枚はフォシェリのものだ。鉱夫たちのグループと、編み枝造りの小屋の入り口に集まった女子どもたちを写したもの。三枚目はカラー写真で、プールに飛び込む八人の男のしなやかな身体がとらえられている。

「さあ」と、マリアナ。両手を腰にあて、彼がしゃべりだすのを待っている。

彼は近くに寄って、二番目の写真を検分する。両手を泥だらけにした少女の胴体の上には、リューバの顔がのっており、こちらを射るような目で見つめている。完璧とは言いがたい出来ばえだ。頭の向きと肩の角度がちぐはぐだった。

「ただの遊びです」マリアナは言う。「深刻なことじゃない。ただの――なんと言うんでしたか？――スリップ？」

「姿かたち《シェイプ》だろう。画像《イメージ》」

「ただの画像です。パソコンで画像をいじって遊んでるだけです。そのどこが泥棒です？ 今どきのはやりですよ。画像ってだれのものですか？ こう言いたいですか、わたしがあなたにカメラを向ける」と、指を彼の胸につきつける。「そしたらわたしが泥棒ですか。あなたの画像盗んでますか？ そんなわけない。イメージは自由でしょう。あなたのイメージ、わたしのイメージ。ドラーゴは自分のしてること、隠してもいません。ここの写真は――」壁に貼られた三枚の写真を指して、「みんなあの子のウェブサイトにあります。だれだって見られる。サイト見ますか？」

マリアナが手で示す先には、低くハム音をたてるパソコンがあった。

「いや、けっこうだ」彼は言う。「コンピュータには不案内でね。ドラーゴは好きなだけ写真のコピーを作ればいい。そんなことは気にしない。わたしはオリジナルさえ返してもらえればいいんだ。オリジナルの写真を。フォシェリの手にふれた写真たちを」

「オリジナルですか」マリアナは急に破顔する。思いやりすら感じられなくもない。この男がコンピュータのことやオリジナルの概念やなにかを解さないとすれば、それは強情のせいではなく、ただ無知だからだ、という考えでも浮かんできたのだろうか。「わかりました。ドラーゴが帰ったら、オリジナル写真のこと訊きます」と、そこで間をおいて、「エリザベスが」と、つづける。「これから一緒に住むようになりますか？」

「いや、そういう予定はないが」

マリアナはまだ微笑んでいる。「でもグッドアイデアでしょう。あなた、ひとりぼっちにならないです、その、緊急事態のときも」

そこでまた彼女が間を置くと、その間合いのうちに、そうか、自分を二階につれてきたのはドラーゴの写真を見せるためだけではないんだな、と勘付く。

「あなた、いい人です、レマンさん」

「ポールと呼んでくれよ」

「いい人です、ポール。でも、あなた、あのフラットで寂しすぎる――言ってることわかります？　わたしもアデレードに来る前、クーバー・ペディで寂しかったから、よくわかります、よく。一日中うちにいて、上の子たちは学校だし、赤ちゃんと――リューバはまだ赤んぼでしたから――ふたりきりでいると、だんだん、ええと、後ろ向きになります。あなたもフラットに閉じこもって、後ろ向きになってるかも。子どもも話し相手もいないし。すごく……」

「すごく塞ぎこむ《グルーミー》？」

マリアナは首を横に振る。「いえ、英語でなんと言うのか知りません。とにかくひっつかむんです。目の前に来たものをなんでもひっつかむ」と言って、片手でなにかをつかむ動作を見せる。『藁をもつかむ』ってやつだろう」彼は言葉を足してやる。間に合わせの英語力では伝えきれなくなったらしいが、そんなようすを見せるのは初めてだ。こっちがクロアチア語さえ話せたら！ クロアチア語なら、心から歌うように話せる気がする。習うには遅すぎるだろうか？ ここアデレードでもクロアチア語教師は見つかるだろうか？ レッスン1は、愛するという意味の動詞から。ljubとかなんとかいう語だ。

「とにかく」と、マリアナは言う。「エリザベスが一緒に住むようになれば、マリアナのことは忘れます。教父の件も忘れる。教父になるなんて無理な話でしょう、現実的じゃないです。だって、どこに住みますか、その教父さんは？ 教父さんをナラピンガ・クローズに住ませたいですか？ 現実的じゃないでしょう——どうです？」

「一緒に住みたいなんて言った覚えはないが」

「ここに越してきたら、どこで寝ますか？ ドラーゴのベッドですか、あの子が寝ている横に？ それとも、わたしとメルと一緒に寝たいですか、男二人と女一人で？」いまやマリアナの声には、こみあげる笑いが交じっている。「そうしたいですか？」

彼は笑えない。喉が渇いている。「なら、裏庭にでも住まわせてもらうか」と、しゃがれた声で言う。「そこに小屋でも建てて。わたしはおたくの裏庭に立てた小屋に住み、きみたちを見守る、きみの一家みんなを」

「はい、はい」マリアナは快活に切りあげる。「お喋りはもう充分でしょう。エリザベスが一緒に住むようになる。いろいろ立て直してくれる。もう塞ぎこみなくなる」

「もう塞ぎこ、まな、くな、る、だよ」

「もう塞ぎこまなくなる。おかしな言葉です。クロアチア語では、オヴァイ・グルミと言います。塞ぎこむんじゃなくて、『振りをしている』ということです。本当の姿じゃないって。でも、あなたのは『振り』じゃないですね？」

「違うとも」

「ええ、わかってます」と言うと、驚いたことに――マリアナも自分で驚いたのではないかと思うが――爪先だって、彼にキスを、二回キスをする。左右の頬に一回ずつ。「さあ、階下へおりましょう」

# 第三十章

階下のエリザベス・コステロは独りではなかった。彼女を見おろすように、おかしな恰好の人物が立っている。だぶだぶの白いオーバーオールを着た男で、布バケツみたいなもので頭はすっぽり隠れている。なにかしゃべっているようだが、布で声がくぐもり、言葉が聴きとれない。

マリアナがすかさず男に近づいていく。「ザボーガ、ザール・オペート！」と、笑いながら声をあげる。「髪の毛がはさまって！　あれをかぶるたびに」と言って、妙な被り物を指しながら、「髪の毛がはさまるから、こうしてわたしが……」と、指でねじる動作をする。

マリアナは男の両肩をつかむと——なるほど、夫のミロスラヴだ——後ろを向かせ、彼の長い髪がからまった被り物をはずしにかかる。ミロスラヴは後ろに両手をのばし、彼女の腰のあたりをまさぐろうとする。マリアナはひょいと身をかわし、被り物を髪の毛からはずす。夫がそれを持ちあげると、熱気で紅潮した顔があらわれる。上機嫌のようす。

「蜂ですよ」ミロスラヴは説明する。「蜂の巣を動かしてた」

「うちの主人は養蜂家です」マリアナが言う。「前に主人に会ったですか？　こちらコステロさん。

レマンさんのお友達よ。こちらはメルです」

「はじめまして、メル」エリザベス・コステロが言う。「エリザベスと呼んで。お話には聞いてましたけど、いわば実物に会うのはおたがい初めてね。蜂を飼ってるんですの？」

「趣味ていどです」メルまたはミロスラヴは答える。

「うちの主人は、主人の家は、ずっと蜂を飼ってます」と、マリアナが口をはさむ。「主人の父も、その前は祖父も。だからメルはこのオーストラリアでも蜂を飼ってます」

「そんなに多くない」と、メルが言う。「でも、いい蜂蜜です。主にゴムの木からとれる。ちょっとユーカリみたいな味がするですよ」

夫婦のくつろいだ雰囲気がすべてを物語っている――そして、マリアナの笑い声や、夫の髪を遠慮なくいじるようすが。疎遠の夫婦だなんてとんでもない。疎遠どころか、仲睦まじいじゃないか。ときには喧嘩もする仲のよさ。たまには責め立てたり、やり返したり、皿を割ったり、ドアをバタンと閉めたりして、バルカン流のスパイスを添える。しかしその後には、後悔と涙があり、熱いセックスになだれこむ。あるいは、ふたりが仲違いをし、マリアナは家を出てリディー叔母さんの家に身を寄せているという話は、ぜんぶ嘘、作り話だったのだろうか。それにしても、なぜそんなことを？　彼はなにやら遠大なプロジェクトにとりこまれているのだろうか、理解できそうにないプロジェクトに？

「オーバーオールは暑くてしょうがない」メルが言う。「着替えよう」そこでしばし間を置き、「自転車のようすを見にきたですか？」と尋ねてくる。

「自転車ですか？」と、彼は訊きかえす。「いいえ。どの自転車のことです？」

「まあ、それはぜひ見たいわ」エリザベスが口をはさんでくる。「どこにありますの？」

「まだ完成してませんが」メルが答える。「ここしばらく、ドラーゴは作業してないから。まだ済んでないところもあります。でも、はるばる来たんですから、見てってください。息子は気にしないです」

「それは、ぜひ」エリザベスが言う。「ポールもたいそう楽しみにしてたんですよ」

「だったらどうぞ。外で会いましょう」

ポールとエリザベスとマリアナは列になって外に出る。後から、短パンにサンダル、〈チーム・バルボリン〉と書かれたTシャツを身につけたミロスラヴもやってくる。そしてガレージのドアをがらがらと開ける。なかには見慣れた赤のコモドアがあり、その横に、ミロスラヴが「自転車」と呼ぶものがある。

「あらまあ！」エリザベスが声を高くする。「変わった乗り物ね！　どうやって動かすの？」

ミロスラヴはそのマシンを押してガレージから出すと、にっこりしながら彼のほうを向く。「説明してくれますね」

「横臥式のリカンベントバイクだよ」彼は答えて言う。「この型のものは、ペダルを漕ぐ代わりに、手でクランクを回して動かすんだ（日本では「ハンドバイク」とも呼ばれる）」

「で、これをドラーゴが組み立てたの？」エリザベスが言う。「ぜんぶ独りで？」

「そうです」と、ミロスラヴ。「ブレージング（蠟づけ）だけわたしがやりました。うちの工場の作業場で。ブレージングは特殊技術だから」

「まあ、なんてすてきな贈り物かしら」エリザベスは言う。「そう思わない、ポール？　これでまた自由に出かけられるわね。自由に散策できる」

「ドラーゴはあなたにお礼を言いたいです」マリアナが言う。「いろいろお世話になって、レマンさんありがとうって」

みんなの視線が彼、レマンさんにあつまる。どこからともなくリューバが姿をあらわしていた。ブランカまでが——彼女は端から彼の存在に難色をしめしていたはずだが——いつのまにか輪に加わっている。スリムな身体つき。しなやかな身のこなし。さすがあの父親の娘。美人とはとても言えないが、女は後からきれいになるものだ。ブランカが彼に礼を言う番も来るのか？　この子も、甲斐がいしく贈り物を作ったりしたのだろうか？　どんな贈り物だろう？　刺繍入りの財布か？手染めのネクタイか？

耳から始まって顔全体が赤らんでくるのを感じる。恥じるあまりの赤面である。止めたいとも思わない。赤面して当然のことをしたのだから。「これは豪華だな」彼は言う。ここで松葉杖をついて一歩前に踏みだし、ごほうびの品をもっと近くで眺めたのは、そうするのを期待されているだろうし、そうして然るべきだと感じたからだ。「いや、豪華だ」と、繰り返す。「ほんとに豪華なプレゼントだよ」〝豪勢でもある〟、と心の中で付け加えたが、口には出さない。マリアナにいくら払っているか知っているし、ミロスラヴがいくらぐらい稼いでいるかも見当がつく。〝わたしにはもったいない贈り物だ〟。

前方の車輪はふつうの自転車のサイズで、歯車とチェーンが一式ついている。後方の二つの車輪はただ回転するだけだ。鮮やかな赤のスプレーでペイントされた自転車は（正確にいうと三輪車だが）、高さが一メートルもない。これで通りを走ると、乗っている人間はカードライバーの視界にほとんど入らなくなる。だからドラーゴは、オレンジ色の旗をつけたグラスファイバーの竿をシートの後ろに立ててくれていた。頭上で勇壮にはためく小さな旗は、不届きなウェイン・ブライトどもをこの世から追い払うためのもの。

リカンベントバイクか。これまで乗ったことはないが、生理的に好きになれないのは、プロスティーシスや諸々の偽物が好きになれないのと同じだ。

「なんだか豪華すぎて」と、彼はまた言う。「言葉が出てこないよ。ちょっと走らせてみてもいいかい？」

ミロスラヴは首を横に振る。「ケーブルがついてないです。ギアケーブルも、ブレーキケーブルも。ドラーゴがまだ付けてないです。でもレマンさんがいる間に座席の調整をしましょう。ほら、座席の下にレールをつけたから、前後に動かして調整できる」

ポールは松葉杖を下に置くと、上着を脱ぎ、ミロスラヴが手を貸してくるのを受け入れ、自転車の座席に乗りこむ。妙な座り心地だ。

「座席はマリアナが手伝ったです」ミロスラヴが言う。「そのう、あなたの脚にあうようにデザインして、わたしたちがグラスファイバーでかたどりする」

何時間かでできることではない。何日も、何週間もかかったろう。父と息子と、母までが手を貸し、家族で何週間もかけて造ってきたに違いない。赤面したまま火照りは引かなかった。引いてほしいとも思わない。

「こういう型のは自転車屋に売ってないから、一台かぎりのカスタムメイドで作ろうと思いました。ちょっと押してあげます。感じがつかめるでしょう。いいですか？　わたしは押すけど、手を離さない。だって、ほら、ブレーキがないから」

見物人たちは脇にのく。ミロスラヴは舗装した車道へと自転車を押していく。

「ハンドルはどうやって切るんだい？」ポールは訊く。

「左足で。ここにあるバーに——わかります？——バネがついてる。心配しないで。すぐにコツをつかめます」

ナラピンガ・クローズには車通りがない。ミロスラヴはやさしく自転車を押しだす。ポールはクランク状の把手をつかみ、自転車がひとりでに舵をとってくれることを願いつつ、試しにまわしてみる。

当然ながら、これを実用に供することはないだろう。コニストン・テラスの保管室行きとなって、そこで埃をかぶるだろう。ヨキッチ一家がかけてくれた手間暇は、すべて水の泡と帰す。この家族はそのことをわかっているのだろうか？　初めから承知のうえで、自転車を組み立てていったのか？　こんな運転レッスンをするのも、おたがいのために一家がとりおこなう儀式の一環なのだろうか？

そよ風が顔をなでていく。一瞬、マギル・ロードを自転車で走っていく自分の姿を思い浮かべてしまう。旗が頭上で鮮やかにはためき、この男を憐れんでやるよう世界に注意をうながしている。乳母車——何によく似ているかといえば、乳母車だ。白髪まじりの老けた赤ん坊を乗せて、町へお出かけ。見物人たちもさぞやにこにこするだろう。にこにこし、アハハと笑い、口笛を吹く。おじいちゃん、じょうずじょうず！

しかしもっと見方を広げれば、ヨキッチ一家はまさにそういうことを彼に教えようとしているのだろう。そんなにしかつめらしい顔をせず、しかるべき在り方をする。要は三枚目ってやつだ。松葉杖でぴょこぴょこ歩いているか、さもなくば自家製の三輪車で町をうろつく一本脚の老紳士。町の名物のひとつであり、古めかしい人種の一例であり、土地柄に色合いをそえる。そうこうするうちに、またウェイン・ブライトがエンジンをふかして彼を狙ってくるだろう。

ミロスラヴはまだ横につきそっている。ここで彼が大きく弧を描いて自転車をUターンさせ、敷地内の舗道へもどれる態勢をととのえる。

エリザベスが手を叩きだすと、他のみんなもそれに倣う。「ブラボー、わが騎士よ」彼女は言う。「憂い顔の騎士よ」

彼はからかわれてもとりあわない。「どう思う、マリアナ?」彼は尋ねる。「わたしはまた自転車に乗ってみるべきかな?」

そう訊いたのは、マリアナはいままで一言も発していなかったからだ。マリアナはその夫よりもエリザベス・コステロよりも、彼のことをよくわかっている。彼が男の威厳をたもつべくどんなにがんばってきたか、最初からずっと見てきたうえで、それを馬鹿にしたことなど一度もない。そういうマリアナはどう思うだろう? 威厳をかけて闘いつづけるべきか、それとももう降伏すべき時なのか?

「そうですねえ」マリアナはゆっくりと答える。「似合ってますよ。試してみたらどうですか?」

マリアナは左手を顎にあて、右手で左ひじを支える恰好をしている。いわゆる考える人、大人の思慮をめぐらす時の古典的なポーズだ。彼の質問をしっかりと正当に吟味してから答えた、というサインである。この頰にまだその唇の感覚が残っている女が、時々ちらっとわかったような気がしてやっぱりよくわからない理由でこのハートをつかんで離さない女が、いま発言したわけだ。

「きみがそう言うなら」と、彼は言う（〝愛するきみがそう言うなら〟と言いそうになったが、ミロスラヴを傷つけたくないのでやめておいた。もっともミロスラヴはそんなこと知っているに違いないし、リューバも知っているに決まってるし、ブランカも間違いなく知っているし、要するに顔にはっきり書いてあるのだが）。「きみがそう言うなら、試してみるよ。ありがとう。誠心誠意、心から、みなさんひとりひとりにお礼を言うよ。なかでもここにいないドラーゴに特別の感謝を」「わたしときたらそんな彼を見くびり不当な評価をしていたんだ〟と付け足したいところだ。「わたしときたらそんな彼を見くびり不当な評価をしていた」と、実際に付け足した。

「気にしないで」ミロスラヴが言う。「たぶん来週ぐらいには、トレイラーに乗せて届けにいきます。ケーブルとかそういう作業がまだ少しあるが」

そう言うとエリザベスのほうを向き、「さて、そろそろお暇《いとま》すべきじゃないか？」と言ってから、こんどはミロスラヴに、「手を貸してもらえるかな？」と頼む。

ミロスラヴが手をさしのべ、彼を座席から立たせる。

「ぴーあーるえくすぷれすって」と、リューバが言いだす。「ぴーあーるえくすぷれすってどういう意味？」

実際、三輪車のフレームにそう書かれているのだ。颯爽と風を切るような巧みな字体で、***PR Express***と。

「すごく速く走れるって意味だよ」彼は答える。「PR・ザ・ロケットマンだ」

「ロケット・マン」と、リューバは繰り返してにっこり笑う。初めて向けてくれた笑みだ。「おじさん、ロケット・マンじゃなくてスロー・マンのくせに！」と言って、くすくす笑いだすと、母親の太ももにしがみついて顔を隠す。


「まさに敗走だな」彼はエリザベスに言う。タクシーで南へ向かい（head south で「失敗する」「消滅する」の意もある）、帰路につく。「完敗だ、倫理的完敗に他ならない。こんなに自分を恥じたことはない」

「ほんと、上首尾とはいかなかったわね。あんなに怒り狂っちゃって！　なんて独りよがりだったの！」

　怒り狂う？　なんの話をしているのだ？

「考えてもみて」コステロはさらに言う。「あなた、教子を失うところだったのよ。それもなんのために？　耳を疑ったわよ。古い写真一枚のことで！　あなたのことなんてこれっぽっちも気にかけてない他人の集団が写った写真でしょ。彼らから見たら、まだ生まれてもいないフランス人の男の子なんだから」

「頼むよ」彼は言う。「議論はもうごめんだ。とてもそんな気になれない。なんの権利があってドラーゴがわたしの写真をひきとるのか、いまだによくわからんが、その話はもういい。マリアナによると、写真はいまドラーゴのウェブサイトにあるそうじゃないか。わたしはとんだもの知らずでね。どういう意味なんだ、ウェブサイトにあるというのは？」

「それはね、ドラーゴ・ヨキッチの人生と時代に興味をもった人はだれでも、くだんの写真をしげしげと鑑賞できるってことよ。オリジナルの形であれ、新たに修正を加えて引き延ばした形であれ、とにかくその人の家で個人的にこっそりと。ドラーゴがあの写真をどうしてそういう方法で公開することにしたのか、それはわたしに訊かれてもわからない。来週の日曜日には、あなたの乗り物を届けにくるでしょう。そのとき本人に訊きなさいな」

「写真贋造の件はほんのジョークだと、マリアナは言い張ってたが」

「贋造なんて大げさねえ。そんなの贋金づくりに使うような言葉でしょう。ドラーゴはお金になんかさらさら興味がない。もちろんただのジョークよ。そうでなければなんだというの？」

「ジョークというのは無意識と関連があるものだろう」

「ジョークというのはたしかに無意識と関連があるかもしれない。でも、ジョークはただのジョークという場合もある」

「だれに向けられた――」

「あなたに決まってるでしょ。他にだれがいるのよ？　笑わない男。冗談のわからない男」

「しかし、わたしがずっと知らないでいたら？　この『ジョーク』とやらにまったく気づかないまま墓場行きになったらどうするんだ？　ジョークが州立図書館でも発覚しないままだったら？　最後の最後まで気づかれずにいたらどうするんだ？　〝ほら、坊やたち、この写真を見てごらんよ。バララットの金鉱掘りたちだよ。この荒くれそうな口ひげを生やした男をごらん！〟そんなことになったらどうする？」

「そうなれば、一八五〇年代のヴィクトリアでは山賊ひげが流行りだったというのが、この国の民間伝承の一部になるでしょう。それだけのことよ。ごたごた騒ぐほどのことじゃないわよ、ポール。大事なのは、あなたがフラットから出て、マノ・パラを訪れ、そこで最愛のマリアナとふたりきりで言葉を交わし、彼女のだんなの養蜂ウェアと、息子があなたのために組み立てている自転車を見るにいたったということ。この贋造事件とやらの唯一、大事な成果はそれよ。それがなければ、このエピソードにはまったく見るべきものもない」

「なくなった写真プリントのことを忘れてるぞ。写真とその実物との関係についてあんたがどんなご意見をもっていようと、わたしのフォシェリの一枚が、正真正銘国宝ものの一枚が、金には換えられない一枚が、消えてしまったというのは事実だ」

「あなたの大切な写真は消えたりしてないわよ。キャビネットをもう一度、覗いてごらんなさい。十中八九、間違ったファイルにでも入っているから。そうでなければ、ドラーゴが持ち物のなかに写真が紛れているのを見つけて、こんどの日曜日に謝りながら返してくるでしょう」

「それで?」

「それにて、一件落着よ」

「それからは?」

「その後のこと? 日曜日の? 日曜日の先があるのかどうかわからない。あなたとヨキッチ一家との付き合いは、日曜日で最後になるかもしれないわね。奥さんも含めて。ヨキッチ夫人に関しては、ああ、思い出だけがあなたの元に残る。彼女のしなやかな脹脛《ふくらはぎ》、あのバストのみごとな曲線、チャーミングな言い間違いにしても同じ。愛しい思い出、後悔の念が陰をおとす思い出だけが残り、それは記憶というものの常で、時がすぎゆくとともに薄れていく。時間とは偉大なる治療師であるって言うでしょ。とはいえ、ウェリントン・カレッジからは四半期に一度、請求書が届く。それをあなたは名誉にかけてきっと支払うでしょうね。毎年、クリスマス・カードなんかも来る。〈素敵なクリスマスと幸多い新年をお迎えください――マリアナ、メル、ドラーゴ、ブランカ、リューバ〉って」

「ほう、なるほど。預言者の気分になっているところで、わたしの未来に関して他にどんなことを明かしてくれるかね、コステロさん？」

「つまり、マリアナの後釜が出てくるのか、それともマリアナがあなたにとって最後の女性になるのかってこと？　それは場合によるわね。このアデレードに留まるなら、介護士たちしか見えてこないわ。介護士の見本市みたいに次々と、ある者は美人で、ある者はそれほどでもなく、しかしマリアナ・ヨキッチのようにあなたの心の琴線にふれる介護士はひとりも出てこない。一方、メルボルンに越してくるなら、わたしがいるわよ。忠実なる老いぼれ馬が。まあ、わたしの脹脛じゃ、あなたの厳しいお眼鏡には適わないだろうけど」

「それで、心臓の具合はどうなんだい？」

「わたしの心臓のこと？　良くなったり悪くなったりね。階段をあがるときには、オンボロ車みたいにガタピシいってあえいでる。あえて言えば、そう長くはもたないでしょう。どうしてそんなこと訊くの？　自分のほうが介護するはめになるんじゃないかと心配なの？　大丈夫——間違ってもあなたにそんなこと要求しないから」

「だったら、そろそろ子どもたちを訪ねていく頃合いじゃないか？　子どもたちもなにかしてくれてもいい時期じゃないのか？」

「子どもたちはね、ポール、広い海を隔てた遠方に住んでいるのよ。どうしてわたしの子どものことなんか持ちだすの？　うちの子たちも養子にして、継父になりたいのかしら？　そんなことになったら、あの子たち腰を抜かすわ。あなたのことなんて聞いたこともないんだから。

でも、あなたの質問の答えはノーよ。子どもに世話を押しつける気は毛頭ないの。他がぜんぶだめとなったら、自分で老人ホームに入るわ。もっとも、わたしの求めるケアは、悲しいかな、知るかぎりどんな老人ホームでも得られそうにないけど」

「それはどういうケアなんだ？」

「愛あるケアよ」

「うん、確かにそれは今日びお目にかかるのがむずかしいな、愛あるケアというやつは。〝そこそこ上手い介護〟で妥協するしかないかもしれない。優れた介護というのはあるもんだよ。世話する相手を愛さなくたって、優秀な介護士にはなれるからな。マリアナがいい例だ」

「それがあなたのアドバイスってわけね。プロの介護で我慢しろと。承服しかねるわ。優秀な介護と愛ある二本の手のどちらかを選ぶとしたら、わたしはなんどきでも愛ある手のほうを選ぶ」

「とはいえ、わたしは愛ある手は持ちあわせていないんだよ、エリザベス」

「ええ、なさそうね。愛ある手も、愛ある心も。〝隠棲するハート〟って、わたしは呼んでるわ。あなたのそのハートを隠れ家から引っぱりだすには、どうしたらいいのか？――それが問題よ」と言うと、急に彼の腕をつかむ。「ちょっと見て！」

バイクが三台、対向車線をやってきて次々と行きすぎ、反対方向のマノ・パラへと疾走していく。

「いまの赤いヘルメットの子――ドラーゴじゃなかった？」コステロは息をつく。「ああ、まさに若さゆえね！　ああ、不死身の心ゆえに！」

ドラーゴではなかったかもしれない。偶然にしてはよくできすぎている。縁もゆかりもない若者三人組かもしれないが、彼らの血管にも同じように熱く逸る血が流れているのだろう。ともあれ、赤いヘルメットの若者はドラーゴだったことにしよう。「ああ、ドラーゴよ！」彼は律儀に後をつづける。「ああ、若さゆえに！」

　タクシーがコニストン・テラスの家の前で止まり、ふたりを降ろす。

「さてと」エリザベス・コステロが言う。「長い一日が終わったわね」

「そうだな」

　こんなときこそ、コステロを家に招き入れ、食事と寝場所の提供を申し出るべきなのだろう。しかし彼はなにも言わない。

「気の利いた贈り物じゃなくて？」コステロは言う。「あの新しい自転車。ドラーゴもよく気がつくわ。考え深い子じゃないの。これで、行きたいところどこへでも行けるようになるわね。まだウェイン・ブライトが怖いなら、川べりの道で乗るだけにすればいいわ。身体のエクササイズにもなる。気分も明るくなるわよ。すぐに腕の力も強くなるでしょう。あの自転車、ふたり乗り用のスペースはあると思う？」

「後ろに子どもが乗れるぐらいのスペースはあるがね。でも、大人ふたりは無理だ」

「ほんの冗談よ、ポール。いいえ、あなたの重荷になるつもりはないわ。わたしもサイクリングに出かけるなら、自分のマシンを、できればモーターつきのやつを用意するわよ。むかし自転車にとりつける小さなモーターがあったわね、ほら、プスプスいって坂道なんか登るときに役に立つあれ。あれはまだ売ってるのかしら？　フランスにもあったっけ。ああ、そうそう、ドゥー・シュヴォ、二頭の馬って意味ね」

「なにを言いたいのかはわかったよ。ただ、それはドゥー・シュヴォじゃない。シトロエンの2C《ドゥー・》

V《シュヴォ》はべつなものだ」

「それとも、バス・チェア（病人用の幌つき車いす）はどうかしら。ほんとに用意したほうがいいのはこれかもしれないわね？　房飾りつきの日よけとハンドルがついているようなやつを。アンティークショップを見てまわってもいいわね。きっと見つかるわよ、アデレードならバス・チェアを買うのにもってこいの場所よ。ミロスラヴにシュヴォを二つ、つけてもらいましょう。そうしたら一緒に冒険に出かけられるじゃないの、あなたとわたしで。あなたにはもうオレンジのすてきな旗があるから、わたしもなにか柄でも描いて自分の車につけるわ」

「鉄小手をはめた拳なんかどうだ？　白地に黒い鉄小手をつけた拳が描かれ、その下のモットーは『魔女にあたえる鉄槌《マレウス・マレフィカルム》（十五世紀に異端審問官らが書いた魔女の論文）』」

「『魔女にあたえる鉄槌』ね。申し分ないわ！　なんだかすごく冴えてきてるじゃない、ポール。あなたにそんなウィットがあるってだれが思ったことでしょう。『魔女にあたえる鉄槌』がわたしのモットー、あなたには『とんとん拍子』ってどう。国中をツーリングしましょうよ、ふたりで。この広くて茶色い国中を北へ南へ、東へ西へ。あなたはわたしに強情さを教え、わたしはあなたになににも頼らず、ほとんどなににも頼らずに生きる術を教える。きっと新聞記事になるわよ。わたしたちは存分に愛されるオーストラリアの名物になる。なんていいアイデアでしょ！　なんたる名案！　これこそ愛じゃない、ポール？　わたしたちついに愛を見いだしたわね？」

　半時間前にはマリアナとともにいた。なのにいま、マリアナははるか後ろに遠のき、彼にはエリザベス・コステロしか残されていない。あらためて眼鏡をかけ、向きなおって、彼女の姿をじっくりと見る。澄んだ遅い午後の陽射しに照らされ、あらゆる細部、髪の一本一本、血管のひとつひとつまでがよく見える。その姿をしげしげと眺めた後、自分の心のなかもとくと眺めてみる。「いいや」と、彼はようやく答える。「これは愛じゃない。なにかべつなもの。愛には欠けるなにかだ」

「それがあなたの最後の答えなの、どう？　もう梃子《てこ》でも動く見込みはない？」

「そのようだな」

「けど、あなたがいなくなったら、わたしはどうすればいいの？」

コステロは微笑んでいるようだが、その唇はふるえてもいる。

「それはあなた次第だよ、エリザベス。海にはたくさん魚がいるそうじゃないか。でも、わたしに関しては、とりあえず、さよならだ」そう言うと、彼は身を乗りだしてコステロの頬に三回キスをする。子どものころ教わった正式な形で、左、右、左と。

# 謝辞

惜しみないアドヴァイスとサポートを与えてくれた、アリアナ・ボゾヴィッチ、カトリーヌ・ローガ・ドュ・プレシス、ピーター・ゴールズワーシー、ピーター・ローズ、ジョン・ウィリアムズ、シャロン・ツウィーに感謝します。

# 訳者あとがき

本書は、ジョン・マクスウェル・クッツェーのSlow Man（二〇〇五年）の全訳である。

だいたい訳書のあとがきは、あらすじ紹介、作品解題、作者の経歴紹介などと並ぶものだが、今回はそういうお行儀の良いフォーマットはすっ飛ばして書こう。ところどころで不意に、ストーリーのポイントを明かしてしまうかもしれないので、注意してお読みください。

はっきり言って、えぐい、どぎつい、過激。しかしこの面白さはどうしたことだろう！『恥辱』に見られるような知的職業にある中高年の失墜と絶望、そして硬質で乾いた文体による語り、『敵あるいはフォー』のようなポストモダン風の挑発的コンセプト、『夷狄を待ちながら』や『鉄の時代』など多くの作品に見られる身体への暴力とその痛みと、他者への共感の問題、また、アパルトヘイト撤廃後に作者が諸作品で掘り下げている「老い」と「看取り」のテーマ、それから『エリザベス・コステロ』『動物のいのち』などに登場する作者のオルター・エゴ（分身）である女性作家コステロの登場と、クッツェー畢生のテーマや方法論を結晶したような作品なのである。

ここには、作者ならではの老いや死生観、「人は災害に遭っていかに生くべきか」といったテーマがかなり強烈な形で表現されている。移民文学であり、介護文学（老老介護？）でもあり、刺激的な小説論・芸術論を擁し、また最近話題の「贈与」「交換」という経済学的見地から読んでも面白い一作かもしれない。こんな一筋縄ではいかない作品を、しかし作者はいかにもメタフィクション的な入れ子構造や脱構築的なオチやらに頼ることなく、最後までリアリズムの手法で堂々と描きるのである。戦略は「メタ」にして戦術はリアリズムのそれだ。これはもう「剛腕」と表するしかない。

本作の舞台は、ノーベル文学賞受賞後、クッツェーが南アから移り住んでいるオーストラリアのヴィクトリア州。フランス系移民で六十代の離婚歴のある独身男、ポール・レマンが、幕開け一行目で車にはねられる。このへんの単刀直入ぶりもクッツェーらしい。多くのリアリズム小説では、冒頭、主人公が自転車に乗って出かけるシーンがあったり（主人公の風采や人となりが多少わかる）、あたりの風景描写が挟まれたり（彼／彼女の生きている環境が多少わかる）、やおらそこにスピードをあげた車が……という展開になるだろう。しかし本書は「右側からガツンときて……」（The blow catches him from the right.）と、日本語訳文では十文字、英語原文でも二十九文字で、この男はすでにある運命を決定づけられてしまう。そこから先は、ポールの視点から描出話法に近い三人称形式で語られる。彼の見るものしかページには現れないから、ほとんど密室劇のようになり、登場人物もきわめて限られてくる。

事故で片脚を失った彼は義肢をつけることを断固拒み、家に閉じこもりながら、唯一外界とのつながりとなるクロアチア移民の三十代の介護士、マリアナ・ヨキッチに恋をする。しかし彼女には夫と三人の子どものいる家庭があり、思い余って愛の告白をしたとたん、距離をおかれてしまう。ポールは一家を経済的に支援することで関わりをもとうとし、さらには、ヨキッチ家の三人の子どもの教父になって支えてやりたい、マリアナの夫とは「コ・ハズバンド（共夫）」でもいい、なんならプラトニックでもいいや……と必死にすがっていく姿は哀切をきわめ、それを相変わらず素っ気なく綴る文章は残酷である。しかしそれと同時に、この比類ないドライな文体は人間のもつ可笑しみをむしろ雄弁に伝える働きをするだろう。

ちなみに、アメリカ屈指の文芸サイト〈サロン・ドット・コム〉では、その文体はこう評されている。

「レマンの物語は悲しい。これを読めば、読者も心から悲しみを覚えるだろう――それは、いたって素っ気ない文体で書くクッツェーの才能ゆえである。読む者はレマンの苦境じたいより、むしろそれを語る文章の徹底した潤色のなさに絶望感を喚起される。〈中略〉こんなに飾り気のない文章を読んだことがあるだろうか？――しかしそこに漂う空気には多くのものをはらみ、ずしりと重い」（ヒラリー・フレイ）

四肢のひとつを失った男と介護士という、『誰がために鐘は鳴る』を彷彿とさせるような設定のなかに、ある日、謎の人物が乱入というか闖入してくる。それが、作者の分身でもあるエリザベス・コステロだ。七十代で心臓が悪く見た目の冴えないこの女性作家について、作家のジョン・バンヴィルは「男性作家が考案した分身としてはもっとも奇妙な人物」だと言っている（The New Republic ONLINE）。さらにポールについては「特性のない男」のカリカチュアのようだ、と。

さて、コステロが不意にポールのフラットを訪ねてきた時点で、それまでそこそこふつうのリアリズム小説と見えていたものはあっさりと様相を一変（表層的にはそうとは見えないが、とんでもない「侵入」が起きる）。コステロは本書の冒頭を読みあげたりする。途中の文章を引いて創作講義のようなことまでしてみせる。

ポストモダン文学を読みつけた読者には明白で、ある意味、使いつくされた手だろう。作品のなかに作者が押し入ってきたのだ。しかしコステロに言わせれば、「あなたのほうから来たのよ」ということになる。コステロがしれっとして入りこんできた瞬間の衝撃を、バンヴィルはこんな楽しい言葉で表現している。「ナボコフなら、その瞬間、眉毛がくるっと真後ろに回ってしまうような驚き、などと言うだろう」

プロットを操作するコステロは、いわばギリシャ悲劇に登場して人々の先行きを決める「デウス・エクス・マキナ（機械仕掛けの神）」の役割をはたすはずだが、そこは古代ではなく現代文学のデウス・エクス・マキナであるから、被創造物は作者の自由にはならないという概念を体現している。作中人物と一緒にうろうろするのであるが、この遍在するコステロ女史は現実の批評家たちにとっても、ある種、恐怖の存在のようで、熱烈歓迎して面白がる人、逃げださんばかりにする人、両方のようだ。

本作の登場人物は、オーストラリアという土地柄からしても頷けるが、ほぼ移民ばかりで構成されており、そこには、クッツェーの主要テーマのひとつである「（非）同化と疎外」というテーマが切実に表現されている。コステロはオーストラリア生まれのようだが、元はアイルランド系だ。ヨキッチ一家にしても、五人の話す英語のレベルにはグラデーションがあり、マリアナとミロスラヴには同じような文法破格が見られる（時制や三単現の屈折変化がないなど）が、マリアナのほうが多弁で「流暢」であり、そのぶん愛すべきマラプロビズム（誤用法）が頻出する。ドラーゴになるとネイティヴと同じだが、こんどは若者らしい言い回しが混じる。不思議なのは、最終章で訪れるヨキッチの自宅では、ミロスラヴの英語が妙にうまくなっていることだ。じつは一家は貧しい移民家族を演じていたのではないか、ポールが疑《うたぐ》るように、一家でなにか芝居を打っていたのではないか……と、言語面からそんな憶測をもったりもした。
むずかしいのはフランス系のポールの英語である。本人も言うとおりきわめて「流暢」であり、精緻な言葉づかいであるが、訳していて、これまでのクッツェーの文章と違うテクスチュアを感じたのも確かなのだ。フランス語がときおり混じるだけではなく、なにか紗《うすぎぬ》のような異質性が文章にかかっている。本人はこのように表現している。

「言語に関して言えば、わたしにとっての英語はあなたの場合とはどうしたって違う。流暢さとは関係がないんだ。お聞きのとおり、わたしの話す英語は流暢このうえないだろう。しかし英語をものにするのが遅すぎた。母乳のように自然なものではなかったからね。実をいうと、まったくなじんでないんだ。内心では、いつも腹話術師の人形みたいに感じてる。わたしが言葉をしゃべっているのではなく、あくまでわたしを通して言葉が話されている、とね。英語はわたしの芯の部分、モン・クールから出てきていない」と、ここで彼は言いよどみ、踏みとどまる。〝わたしの芯はがらんどうなんだよ〟。そう言いそうになる。

あるいは、話していると鏡の中のもうひとりの自分が割り込んでくるように感じると言ったり、care とか home などのゲルマン系のむしろ簡単な英単語にむしろ不可解さ、計り知れなさを感じると言ったりする。そしてどこに行っても、at home な気もちにはなれない。フランスにもオーストラリアにも、いわんや義父のオランダにも、どこにもナショナル・アイデンティティを感じられない。さらには、『恥辱』の主人公と同様、自分自身も見つけられず、自分にも同化できない状態を端的に「生まれながらの外人」と表現している。

「外人のような英語を話すのは、わたしが外人だからだ。わたしは生まれながらの外人であり、これまでの半生ずっと外人だった。だから詫びる理由も見つからない。外人がいなければ、ネイティヴもいないことになる」

今回は作者自身の英語がいささか変化しているように感じた。そして蛇足だが、訳者自身の翻訳観も近年変化してきている。もとは、日本語に原文を同化させて滑らかに読めるようにする「こなれた訳文」をどちらかというと目指していたが、考えが少し変わりつつある。とくに本作では原文が含みもつ異質性を活かすようにした。フランス語、クロアチア語、ラテン語など、英語以外の言葉が多く入りこみ、さまざまなスタイルの英語が混在するテクストの亀裂や凹凸の感触を反映し、しばしばカタカナでルビをふったり、逆にカタカナに漢字でルビをふったり、訳文では日本語に同化させつつ長い脚注をつけて「舞台裏」を開示したりした。訳者もポールが言うように、手探りで異言語のなかを進んでいる。

善意のヨキッチ家の存在はさまざまに解釈できるだろう。コステロと別な手段で、結局はポールの生活と財産を乗っ取らんばかりになるのだから。彼らもまた恐るべき闖入者と言えるかもしれない。

また、文中に滑りこまされた、「オリジナルとは何か？」といった芸術論や、コステロによる創作理論も、本作を一段と示唆に富むものにしている。「作者の死」の旅路の果て、『遅い男』は二十一世紀らしいラストを迎える。相変わらず最後まで甘い夢を打ち砕く小説だが、それでもクッツェーの他の作品と同様、透徹したまなざしこそが、読者の心に消えがたいひと条《すじ》の救いを残す。

今回もまた傑作の翻訳に携われたことに深く感謝したい。長いこと「遅い翻訳」を待ってくださった早川書房、そして言葉に尽くせない力添えをいただいた担当の山口晶さんに、末筆ながら篤くお礼を申し上げます。ありがとうございました。

二〇一一年十二月

本文中に、一部差別的ともとれる表現が使用されていますが、これは本書の文学的価値および登場人物の設定に鑑み、原文に忠実な翻訳を心がけた結果であることをご了承ください。

訳者略歴　お茶の水女子大学大学院修士課程
英文学専攻，英米文学翻訳家　訳書『恥辱』
J・M・クッツェー，『昏き目の暗殺者』マ
ーガレット・アトウッド（以上早川書房刊），
『嵐が丘』エミリー・ブロンテ他多数

遅《おそ》い男《おとこ》

2011年12月20日　初版印刷
2011年12月25日　初版発行

著者　J・M・クッツェー
訳者　鴻巣友季子《こうのすゆきこ》
発行者　早川　浩
発行所　株式会社早川書房
東京都千代田区神田多町2－2
電話　03－3252－3111（大代表）
振替　00160－3－47799
http://www.hayakawa-online.co.jp

印刷所　精文堂印刷株式会社
製本所　大口製本印刷株式会社

Printed and bound in Japan

ISBN978-4-15-209261-8 C0097

乱丁・落丁本は小社制作部宛お送り下さい。
送料小社負担にてお取りかえいたします。